他们不是士兵，

却在和平年代永远身处于战火最前线。

愿世人永远不会忘记世界上

还有一个将死亡抛之脑后，记录战争残酷的职业。

——

（本故事纯属虚构）

大鱼
有爱的
青春
陪伴者

小花阅读

灿若星河的你

Canruo Xinghe De Ni

叠石 著

黑龙江美术出版社

图书在版编目（CIP）数据

灿若星河的你 / 叠石著 . -- 哈尔滨 : 黑龙江美术出版社 , 2020.10

ISBN 978-7-5593-6245-2

Ⅰ . ①灿… Ⅱ . ①叠… Ⅲ . ①言情小说－中国－当代 Ⅳ . ① I247.5

中国版本图书馆CIP数据核字(2020)第129784号

---

can ruo xinghe de ni

灿若星河的你

出 品 人 / 周　巍
著　　 / 叠　石
特约策划 / 蒋彩霞
责任编辑 / 李　旭　张泽群
封面设计 / 蔡　璨
内页设计 / 西　楼
封面绘制 / Rambobo
出版发行 / 黑龙江美术出版社
地　　址 / 哈尔滨市道里区安定街 225 号
邮政编码 / 150016
发行电话 / （0451）84270524
经　　销 / 全国新华书店
印　　刷 / 湖南达美程智能科技股份有限公司
开　　本 / 880mm×1230mm　1/32
印　　张 / 8.5
版　　次 / 2020 年 10 月第 1 版
印　　次 / 2020 年 10 月第 1 次印刷
书　　号 / ISBN 978-7-5593-6245-2
定　　价 / 36.80 元

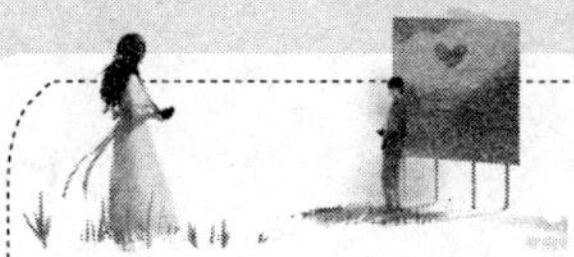

CANRUO
XINGHEDENI

目录

contents

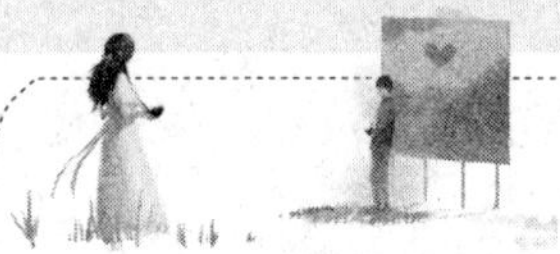

CANRUO
XINGHEDENI

目录

contents

引 / 子

那个眼神，她见过一次便不会再忘，她没想过能再次遇到他，毕竟长河漫漫、人海茫茫，只有一面之缘也算不上什么熟识。

人潮拥挤，再次见到他是三年后在榕城市某高校里举行的一场有关“战争与战地记者”的分享会上。

安逸侧着身子在摩肩接踵的会场里艰难地朝前挪步着。

当她赶到的时候，分享会的演讲已然接近尾声。只是片刻的工夫，迟到的她随着台下响起的雷鸣般的掌声，顺着众人的目光瞥到了台上最后一名演讲者鞠躬谢幕的身影。

那是个身材高挺的男人，他的眉梢处隐约留有一道浅淡的疤痕。

一双熟悉的眸，透彻乌黑，依旧如故。

依旧是匆匆一瞥，记忆却早已随着那双深邃的瞳孔穿梭回了三年前惊心动魄的一刻。

现在看来，那记忆显得那样模糊……

2011 年 3 月，栗国战争全面爆发。

彼时，安逸还是个名不见经传的电视台小记者，刚刚踏上记者一行的她便主动请缨，第一次前往战地进行报道工作。

同年 4 月，林樾携同搭档魏旭阳赶赴栗国，踏入了邦加萨（栗国城邦）这片战火纷飞的土地。

林樾已记不清这是自己第几次进入到交战战区进行拍摄工作了。

那时，当那颗火箭弹落在离自己两三百米距离炸开的时候，他又一次地感受到了战地的无常。

“旭阳，是突袭！不要拍了快走！”

林樾高声呼喊着搭档魏旭阳的名字，让对方快点跑。

刹那间，他与魏旭阳便被涌来的混乱人群所冲散。

林樾背着笨重的摄影器材，拨开层层人群，穿过拥挤人群间的缝隙，尽可能向安全的区域跑去。

而涌来的人群像是受到惊吓的鸟儿一样四下乱窜，没有目标方向。

“肖义志，你们在哪儿？”

战火片刻间便已烧红了整个邦加萨的天际线，在轰鸣的战火炮声里安逸的高呼声显得微乎其微。

只身一人迷失在混乱人群里，安逸顿时心慌意急。

她也想着先行朝安全区的方向撤离，却远低估了危险来临时，逃亡者的力量。

“啊！”安逸被一股莫名的力量冲撞到，一下子身子便失去了平衡，猛地向后一倾。

下一秒，她便跌进了一只厚实的臂膀里。

安逸时至今日也都说不上来，自己与他初次眉目相对时的那种感觉。身处异国硝烟弥漫的战场，陌生的东方男人又显得那样亲切。或许这便是命运的奇缘，跌跌撞撞间，林樾从混乱的人群里擦身接住了快要跌倒的安逸。

与他的初次相见竟显得是那样狼狈不堪，安逸永远也忘不了那么一天，自己这般狼狈的面容，会被他，被一个陌生的男人尽收眼底。

“小心！”他将安逸揽入怀中，用手护住了安逸的头部，用胸膛紧紧地护住她的身体。人群继续从两人的身旁碰撞而过，林樾用身体抵挡住了迎面而来的碰撞。

“你没事吧？”

“没……没事。”安逸因受到惊吓而喘息未定。

在那一刻的炮火轰鸣声里，安逸确切地感受到了身旁这个陌生男人急促的鼻息。

她从未与一个陌生男人靠得这么近，近得与他紧贴在一起，一同呼吸着此刻烟火弥漫的紧张空气。

“你是中国人？”定下神来的安逸脱离开林樾，惊奇地望向他。

“你也是？”林樾也这才反应过来。

林樾万没有想到除了自己，竟然还会有中国同胞跑到这样一个炮弹横飞的战区。

“你一个女孩怎么会孤身一人跑到这里？这不是你该来的地方，是来不及撤离吗？”林樾疑惑地问。

安逸并没有急于回答他抛出来的这一连串问题，而是看见林樾挂在胸前的相机，以及他身上携带的大大小小的摄影装备，笑说：“你以为就你一个人是记者啊！你没见过女记者？”目光上下打量了他一番，“再说了，我也不是一个人，只不过和搭档走散了。”

两人目光再度相视。

“你也是……记者？”林樾顿时化解了心中的疑惑，不过看样子不像。

安逸点了点头。

同行加同胞就因为这样才倍感亲切，两人相互对视着不约而同地傻笑了。

两人仿佛都已忘记了自己还未脱离危险区。

又一颗火箭弹在不远处落下炸开，巨响过后，硝烟裹挟着热浪在空气中滚滚扑面而来。

“小心！”林樾再次一把拉住了她，按住了她的头部，两人卧倒在洼地里。

不断有掀起的沙土落向匍匐在地的两人，接二连三的炮弹在两人的不远处相继落下。

来不及寒暄，两人被突如其来的火箭弹吓得面如土色，一想到如果这颗火箭弹要是恰巧落到了自己脚下，那后果简直不堪设想。

想到这里，两人便不寒而栗起来。

安逸的心脏在历经了这一连环的惊心场面之后，仿佛就只剩下了急促且机械性的扑通跳跃。她甚至可以清晰地感受到自己全身的每一处毛孔都在无限地扩大，身上的每一根汗毛都直立着瑟瑟发抖。

热浪飕飕地从两人的头顶呼啸而过。那一刻，林樾深切地感受到了死亡濒临的气息，那真是一种无助的感觉。即使这样的感觉自己曾无数次体会过，可当这一刻再度降临的时候，这种卷土重来的滋味，竟是那么让人无以言表。

“我们先撤离这里，要不然下一颗火箭弹落在你我的身旁，我们可能就要去见上帝了。”林樾对着自己身旁这个陌生的女人说道。因为怕炮火的巨响声掩盖掉自己的声音，林樾说话基本是靠吼的。

硝烟弥散之后，林樾一只手拉着安逸的手，一只手护着头部，半蹲着迅速地往安全区前进。

那时安逸就这样被这个男人宽大的手掌紧握住了不停颤抖的手，弓着背脊狂奔在硝烟弥漫的战火里，像电影里慢镜头的升格那样，穿梭着。

他回过头来将目光望向自己，而自己却看到了他眉宇处缓缓蜿蜒流淌出的猩红色液体。

林樾感觉到自己的额头处传来了一阵湿热感。

这大概是刚才在躲避火箭弹的时候被飞溅出的弹片刮擦到了眉角。

逃到安全区后，安逸迅疾地从口袋中掏出应急的纱布替林樾止血擦拭。

流淌的血像一条飞舞的血蛇，透着那股浓烈独特的腥香。好在伤口并不是很大，亦不是很深，血很快便止住了。

安全区外人群拥挤，到处是寻觅的声音与身影。

她用微颤的手替林樾清理完伤口，内心依旧难以平复。她深深吐了一口气，一想到刚才的场景，心脏就止不住地怦怦跳动。

“幸好这伤口不是很深，要是伤口再往下移一点可就伤到眼睛了。”她一边替林樾擦拭掉沾染在脸上的血渍一边说。

林樾感受到她那双手轻轻触碰过自己脸庞时的温暖。她小心翼翼，神情舒缓，像是在做着一件不容打扰的事那样投入。林樾看见了她眸子里涌动的流光，感觉自己脸上顿时涨起一阵羞涩的潮红。他屏息凝神，想刻意躲避开她那双动人的眼眸。

“我……我还是自己来吧！”他夺过湿纸巾，那种不自在的感觉真叫人难受。

这是第一次有一个女孩让林樾心跳骤快，是一种他至今也说不出的感觉，像内心里一颗破土而出的种子第一眼看到阳光的样子。是他有生以来第一次看到一个怯弱的女孩在自己面前竟那么想保护她。

“已经没事了。”林樾看着她，情不自禁地笑了。

安逸望着离散的人群，忽然想起什么：“对了，我还要去找我的队友，再不会合，他们该着急了。谢谢你的救命之恩，就此分别了！”

安逸急匆匆地向人群深处跑去。

林樾看着她的背影，手紧握着带有他自己血渍的湿纸巾。

“哎，你叫什么？”反应过来的林樾立即向她远去的背影呼喊道。

“我吗？我叫安逸——平安的安，逸就是走之旁加个兔。”她止步回答完后，挥手告别，转身继续朝前跑去。

“安逸……安逸。”林樾在嘴里缓缓地默念了两遍这个名字。

“喂——那个……我叫林樾！”

安逸却早已跑远。

“‘歌声震林樾’的林樾！”他对着安逸渐行远去的背影再次喊着，可这次林樾不确定她是否能够听得清楚。

炮火的巨响淹没了林樾的喊声，又一颗炮弹落下，在林樾的身后绽放出一道刺眼的橘红色光束，瞬间照亮了天际，也仿佛一下子吞并了一切事物。

“感谢林樾先生精彩的演讲，谢谢。接下来是分享会的提问环节……”主持人字正腔圆地将那个名字报得格外响亮震耳。

安逸一怔。

他叫什么？林樾？在此之前他的名字竟显得那样模糊。

原来他就是林樾……

那个赫赫有名，无畏生死，勇闯过大大小小主战场拍出令人惊叹不已的照片的林樾。

就是眼前这个，三年前在邦加萨紧握自己的手奔跑在战火硝烟里的男人。

第一章

世界这么大，你我那么小

01

PPT 上正播放着林樾近几年来的战地履历。安逸翻看着手头上的会议资料，他的照片赫然在列。

“林樾？”起初她有些惊讶，但后来转念一想，毕竟这次电视台与新江社的联合报道行动规模很大，为了以表诚意，对方搬出名声赫赫的林大记者也是意料之中的事情。

这是安逸这个月第二次听到这个熟悉而又陌生的名字。

安逸抬头瞟了一眼 PPT 上他的照片，确认无误后，她欣然一笑。

“林樾，战地记者。在他镜头里记录下的战争中的人与事物不计其数。”

“2008 年曾只身一人进入混乱的索马里境内拍摄过纪录片，2011 年栗国战争，他深入战地报道，之后辗转于叙利亚、伊拉克、以色列、巴勒斯坦等中东各国。”

栗国战争。安逸并不陌生，她曾参与报道过战争内容。也正是那年四月，她第一次遇见了他。

电视台的例行会议上，台长张欣华正介绍着这次与新江社合作的“H国战地新闻的报道计划”。

“他就是我们这次合作报道中，新江社的代表成员，也是这次战地报道小组的总领队——林樾。”

“安逸，”张欣华将目光转向她，“这次与新江社的合作报道你是我们台委派的成员之一，你一会儿带上肖义志、邵奕鸣，还有余汇晨去趟新江社和对方对接一下，相互之间了解了解，谈论一下出发事宜。”

安逸点头：“好！”

这天，林樾和往常一样来到报社，上班的第一件事就是打开电脑浏览最新的国际事况。

他一打开电脑，邮箱里就蹦出了两条邮件的收件信息。他立即点开，一封是他的师弟，同样身为战地记者的许南峥发来的。

此人目前正在局势动荡的H国内，几日前林樾发邮件询问H国局势情况，这是他的回邮。

“回林樾兄，最新收到的消息，目前H国国内事况复杂，但各国记者进驻H国正常。不过最近多次发生过外国记者被绑失踪事件。依我看此刻H国就像是一潭水，表面看着风平浪静，实则风起云涌。请林樾兄如果到了H国还望多加小心。”

邮件时间显示为2014年6月15日，两天前。

另一封则是林樾相识的M国记者阿加沙发来的邮件，时间也是两天前。邮件内容大体是询问他将于何时抵达H国境内，不知能否碰个照面。

林樾不好确认，只是回复了大体的时间，又说现在自己仍在国内，因为报社上头迟迟没有下达出发的消息，自己现在只能确定的是离出发的日子应该不远，但又不确定自己到时候是否能与他碰上照面。故此，林樾又在邮件末尾处加了一句朋友之间的说笑话：“不知此行能否顺利与你相见，如不能，还望下次抽空见到时，加沙兄补我一顿答应好的 M 国下午茶。”

回复完邮件，林樾又丝毫不懈怠地立马整理起前往 H 国的审批手续资料，浏览网上现阶段外媒对 H 国局势的解析。

越浏览下去，林樾就越按捺不住自己这颗作为新闻工作者想挖掘新闻热点的心，更何况他还是一名战地记者。深入战地，揭露与记录战争背景与事况也正是他职责所在，只是迟迟没有接到报社上级的命令，他也只有眼巴巴地坐着干着急的份儿。

突然，一脸便秘表情的搭档魏旭阳来到林樾身旁悄声说道：“林樾，你知道这次报社与电视台合作报道的事情吗？”

“知道，不就是新闻共享嘛！”林樾一边浏览着网上的新闻，一边轻描淡写地回答。

得知林樾还被蒙在鼓里，魏旭阳思虑着补充道：“有些事我觉得并不应该瞒着你，现在估计也就只有你还被蒙在鼓里。”

林樾听魏旭阳用古怪的调子这么一说，一头雾水地停下了动作。

“什么意思？”

魏旭阳凑到林樾的耳边：“事情才没有那么简单呢！这次电视台那边也委派了一些人到我们这边，共同组成一个报道小组一同深入战地进行报道工作。”

林樾一听，顿时急了，几乎叫了起来：“什么？”这和原先自己听到的消息不一样啊！

他声如洪钟立马引来了其他同事的目光。

“嘘，小点声！”魏旭阳急忙压制住林樾。

林樾意识到之后立马压低了声音：“不是，你的意思是说他们派人加入我们这次的报道行动？全程？”

“嗯！”魏旭阳打了个响指，“不过我觉得这也没什么不好的。”

林樾难以淡定：“不行，这事我得找社长问个清楚。”

他迅速起身朝社长办公室走去。

魏旭阳见状，对林樾远去的背影喊道：“你可别说是我说的！”

此刻，社长谭仕德正忙于整理手头的文件资料，丝毫没发觉林樾怒冲冲地走了进来。

林樾对着谭仕德的办公桌一掌拍下，聚精会神的谭仕德被吓得不轻。

“林樾你干吗呢，吓我一跳。”

还没等谭仕德把话说完，林樾就已脱口问询：“我问你，这次咱们报社与省电视台战地合作报道的事情你是不是还有细节没说清楚？”

谭仕德和林樾是老交情了，也深知自己这位老友的脾气。知道这件事不应该瞒着他，正好他自己找上门来，谭仕德看着林樾那怒火中烧的样子，立马安抚：“林樾啊，你先别生气！坐下说。”

谭仕德引导林樾坐下慢慢地谈。

“听我说。”谭仕德气定神闲、不紧不慢。

“这次与电视台合作报道的事情是双方各派成员组成小组，相互协作赶赴 H 国进行战地报道，是协作。”谭仕德义正词严地说。

他边说边沏了一杯茶，递到了林樾的面前。

林樾推开茶杯：“谭仕德，我告诉你，战地报道我可是独来独往惯了，除了我和我的搭档魏旭阳，其他人我一律不同意！”斩钉截铁的语气。

“林樾啊，你这说着说着怎么又急了呢？”见状，谭仕德再次安抚。

林樾心平气和下来：“老谭，你也知道的，上战地报道可不是闹着玩的，那炮弹四落、枪林弹雨的，有时候我连自己的安全都不能确保，你现在给我整这么多人，你当是去旅游观光啊？”

“这也都是上面的计划，报社也正是考虑到了这一点才想到让你来做资深领队的嘛！不过你放心，都是经历过专业培训过的人，也上过战地参与过大大小小的战地报道，专业素质绝对没问题。”谭仕德拍着胸脯保证。

林樾据理力争：“这不是不放心的问题，这是……”

林樾话音未落,魏旭阳便跑了进来:“社长,电视台那边来人了！”

两人的争论被打断。

“好！”谭仕德回复魏旭阳。

谭仕德起身正准备出去接见，转头见林樾丝毫没有跟去的意思，依旧坐在原地，一副不情不愿的样子。于是，他也只得好言相劝：“林樾，你看这人都来了，我们总得去见见吧，不然对方会觉得我们太小气了不是？”

林樾极不情愿地在谭仕德的带领下与对方见了面。

02

林樾看到朝自己阔步走来的安逸时，犹如见到了故友一般。

“安逸？”他错愕地喊出记忆里那个女人的名字，极为惊讶。

安逸和她的搭档肖义志、余汇晨、邵奕鸣走过来。

“没想到，林大记者还能记得我这个无名小卒啊！”安逸笑着寒暄，主动伸出手。

林樾不知所措地也伸出手，两人握手示礼。

之后社长与魏旭阳也一一与对方成员握了手表示欢迎。特别是魏旭阳，握着美女余汇晨的手简直不舍得撒开。

“安记者不也还记得我嘛。”林樾调侃。

安逸笑了笑：“我之所以记得你那是因为你是我的救命恩人，哪有忘记救命之恩的道理。”

林樾万没有想到自己竟还能再次遇见她。三年前，被战火吓得心慌意急的女人显然已经成熟许多，可容颜未改分毫。

见状，谭仕德喜上眉梢：“这太好了，你们两人还都认识。听你们这么一说，其中的渊源肯定不浅吧？”

“谈不上认识，只是与林记者有一面之缘，不过，我们两人算是一见如故呢！”她笑着向谭仕德正式地介绍自己，“谭社长，你好，我们是电视台派来这次与贵报社赶赴 H 国进行战地联合报道的小组成员。”

她转身为谭仕德一一介绍：“这是肖义志、邵奕鸣，他们主要负责摄像工作；这是余汇晨，负责统稿工作。”

“你好！你好！”

正式介绍完之后，谭仕德好奇地问：“林樾这小子平时大门不出二门不迈的，不是关注战地就是往战地里跑，没想到还和安记者这样的美人认识。安记者，你和林樾是什么时候有过一面之缘的？”

安逸正要开口回答，林樾却已语气淡淡地回答：“2011 年 4 月，栗国。”

“是，在栗国。战地上我和队友们走散了，林记者路过还救过我一命。”安逸笑着补充。

还没等几人谈论到合作事宜，林樾就已抢先一步打断：“对不起，安记者，我不能同意这次的联合报道行动。”

说罢，他转身离开，徒留几人不知所措，一脸茫然。

谭仕德神色万变，内心暗暗责怪着林樾在外人面前竟这么不给自己面子。

他只得在其他人面前尴尬地赔笑。

安逸看着林樾的背影，潇洒异常，宛如玉树临风。

这倒挺像是他的风格，雷厉风行，绝不多言。

03

回到电视台，安逸被台长叫了去。

新闻组里几个爱八卦的同事纷纷朝着余汇晨围过来。

得知余汇晨几人这次是去见鼎鼎大名的战地记者林樾时，几个女同事露出羡慕的神情。她们这群吃瓜群众早就已经在私下里臆想了许久。

“汇晨姐，那个林大记者帅吗？那天我看了电视转播的分享会，林大记者往那儿一站，简直帅呆了！”一个女同事边说边露出痴迷的傻笑。

另一女同事说道：“是啊！本人是不是比电视上的还要帅，跟我们说说嘛！”

“真羡慕汇晨姐你们这次能和林大记者一起合作。”

“你如果想也可以向组织申请去战地报道啊！”

“要是能和帅哥在一起，共赴刀山火海又何妨！”

……

众人七嘴八舌谈论的全都是有关林樾的话题。

余汇晨觉得自己越来越不懂现在这些年轻女生了，难道只看脸吗？自己是绝对不会关注男人到底帅不帅这样肤浅的问题，毕竟最后能与自己过日子的男人必须得是踏踏实实为了生活的，而不是仅仅靠一副好看的皮囊。

“我说你们这些小女生整天都在想什么，是不是任何好看的男生都是你们遐想的未来男朋友啊？”余汇晨打算拨正她们的择偶观。

“汇晨姐你不懂，每一个女生心里，都存在一个白马王子般的梦中情人。”

“别忘了，会骑马的可不一定是白马王子，也可能是唐僧。”余汇晨叹息。

“哎呀，汇晨姐你别说什么唐僧啦，你告诉我们，林樾本人是不是超帅的？”

余汇晨翻阅着手上的文件，面对这几个花痴少女，摇头无奈：“帅不帅我不知道，反正架子还蛮大的。”

“怎么了？”女同事好奇地问。

余汇晨不免想起林樾转身离开的画面，抱怨道：“别提了，还没正式打照面呢，人就走了。”

“啊？怎么回事？安逸姐吃闭门羹了？”

余汇晨皱眉：“什么叫吃闭门羹啊！我说你们这些小年轻，是不是工作太轻松了？去去去……一边忙去……”

小姑娘们吐了吐舌头，纷纷散开。

04

“刚刚报社那边跟我交谈过了，联合报道的事，不会因为他一个人的不同意而改变。”

台长张欣华也因为自己亲自派出的这一员大将受挫归来而心有不甘。

“实在不行，我和报社那边交涉考虑一下换人参与此次的联合报道行动。”

“别！”安逸立马阻止。

“要是换成其他人，我……我可能也不同意这次的联合报道……林樾那边我去说服。”安逸说这话的时候好似没有任何底气。

张欣华有些诧异，不过看安逸倔强的样子，也不好多说什么。

“如果没什么事，我……我先去忙了……”安逸声若蚊蚋。

“等等。”张欣华叫住安逸。

她走到安逸面前：“林记者的资历与经验在战地记者这一行是有目共睹的。我知道你脾气倔，认定了的人或事很难改变。这样吧，我一会儿把谭社长的联系方式给你，你抽空去找林樾，和他好好聊聊。”

“谢谢台长。”她很高兴能得到这份支持。

报社那头，劝说林樾的重担自然而然地就压在了魏旭阳的头上。谭仕德下令要尽快获得林樾的同意，因此，魏旭阳夹在了这两个人中间。

一边是多年的兄弟情谊，一边是顶头上司。

林樾的脾气魏旭阳是知道的，可显然还是顶头上司更让他惧怕些，最后他犹豫再三，硬着头皮来劝说林樾。

“免谈！”林樾言语果断。

“何必呢！亲哥，你是我亲哥行了吧，求你看在我的面子上答应了吧！再说了，你和老谭赌气也不要把我夹在中间，伤及无辜啊！”魏旭阳装作一副可怜兮兮的样子，苦苦央求。

“别叫我哥，我没你这个不讲义气的兄弟。你和老谭是一伙的？还有，我这不是赌气。”

“你这不是赌气这是啥？就算我们不好，瞒着你这件事，你就大人不记小人过原谅我们吧！”

“别以为我不知道，瞧你刚刚对电视台的女生那样，是不是后悔把这件事告诉我了？”

魏旭阳一时语塞，心想早知道他会有这么大的反应自己就应该守住这个秘密，可偏偏自己这张嘴就是没有个把门的。

林樾的神情变得肃穆起来：“旭阳，说实话。你看我们这些年在战争里的采访，这一路走来你和我都再清楚不过。不说别的，就说说自己那些所见吧！你还记得栗国那次吗，我们去首都的路上，遇见的那辆遭受袭击的汽车。你应该不会忘。我们带着职业的职责，毅然决然地跑了过去。”

说到这里，林樾不禁屏息，用手抚了下鼻子，仿佛那日的场景历历在目。魏旭阳也知道那日的场景有多么……多么令人窒息。

“我永远也忘不了那一天，那辆遭受袭击的汽车里的场景有多么恐怖。那天拍摄完，我们一整天都吃不下饭，只要一想到那场景就忍不住恶心干呕。你说，像我们俩这样的大老爷们看到那样的场面胃里都一阵翻江倒海的，她们要是看见了呢？我一直认为自己心理素质还算可以，起码和你相比不算太差，这些年走过多少大大小小的战场目睹了多少血腥场面，可你不知道，我也不能确保自己一直不会崩溃。在战场上，那些让人心理防线土崩瓦解的场面太多了，有些人不适合去面对那些场面，她们的眼睛还很纯净……这不是我们手里的相机，看到什么只要一个删除键就可以消失，那是一辈子残留在记忆里的东西。”

这是林樾第一次与魏旭阳语重心长地交谈。

魏旭阳想起自己小时候过生日，一个最好的朋友送给自己一幅亲手绘制的图画，因为自己太过于喜欢了，生怕周遭会有什么东西毁了它，所以加倍小心翼翼像是保护自己最珍贵的东西那样保护着它。此刻的林樾就像是小时候要小心翼翼保护那幅画的自己一样，每个人都有自己想保护的东西，不让任何坏的事物破坏它，以保证它的完美无瑕。

魏旭阳觉得三年前的那件事一定给林樾的内心留下了不小的阴影，是一辈子都挥之不去的。如果没有那一场意外，或许现在他们也都还在吧。

林樾心里清楚，如果自己一开始不同意这场联合报道，单单只是因为老谭和魏旭阳起先瞒着自己而心有不甘，是在赌气，那么当他再次见到安逸时，这就变成了一种想要保护一个人的欲望了，他心知那年的事情绝对不能再发生第二次了，他承受不起。

05

周末，安逸照着从老谭那儿拿到的地址，找到了林樾所居住的小区。

小区位于榕城市郊，地理位置极其偏远，安逸步入小区前一度怀疑这里的治安问题。可当她走进小区里面时，内心的顾虑全然消散。

小区内环境清幽，乔木葱翠，绿树成荫，有不少老人在散步。

这里更像是退休老人会选的养老居所，安逸没想到林樾的生活环境竟如此“老式”。

“3 栋，601……”

安逸对照着地址，应该是这里没错。

安逸摁下门铃，不久，门打开了。

林樾穿着白色的衬衣，看上去尤为精神、整洁。他头发有些湿润，想必是刚刚洗完澡，浑身散发着丝丝成熟男性的清爽气息。

看到安逸，林樾有些意外，却又像是在意料之中。

“进来吧！”林樾语气平淡。

“是老谭让你来的吧？”他问。

“不是，是我自己来的。”

“随便坐，一个人有点乱。”

林樾所说的有点乱，在安逸看来绝对是谦虚之意。

屋子是三室一厅的构造，却被改造成两室一厅，所以显得极其通透宽敞。阳台上还种了些许绿植，是近几年来流行起来的多肉植物，看得出屋主是个注重生活品质的人。

屋内被整理得一尘不染，清清爽爽，书柜上所有的书籍也都分门别类地码得整整齐齐，让进屋的每一个人都会不自觉地认为屋主一定是一个有强迫症的人。

“你这小区环境还挺好，只不过太过于冷清了。”安逸把目光收回来，继而又笑道，“你可不要告诉我，以你的工资买不起市中心区域的房子？”

他回答：“你若是一年有一大半时间是待在战地，你也会因为听厌了炮火声，而更向往一个清净的居所。”

林樾倒了一杯水递给了安逸。

“你今天来应该不是为了想要参观我的房子吧？”

“谢谢。”安逸接过水。

两人面对而座。

安逸先行开口："当然不是，想必你也知道我今天来的目的吧。"

她看着林樾，继续说道："我知道你的顾虑，但请你相信我，也相信我的队友。"

"抱歉，那天可能是我做事欠妥。不过我不是不相信你，这只是我的原则，战场上枪弹无眼……"

"可是……"

林樾挥了挥手打断了安逸的话。

他的意思，安逸明白，他不愿意再就此事谈论下去。

"我们之间也算旧相识了吧。老朋友之间见面我想我们应该聊点别的，工作以外的事情。"林樾说道。

"好吧！既然你不愿意再谈论，我也不好厚着脸皮再说下去了。看来今天我来你家，只能以访问旧友为名咯！"安逸随和地顺着林樾。

"那热烈欢迎。"林樾笑了。

安逸瞄了一眼书架，发现书架上摆放最多的，是有关战地方面的书籍。

"没想到你平常也喜欢看这些。"她起身走到书架前。

"职业习惯。"

"看来我也得向你学习学习才是。"

她从书目杂乱的书架中随手抽出一本书籍，那是美国作家林希·阿德里奥的《这个世界不会给你第二次机会》。

"林希·阿德里奥，曾多次获得国际新闻领域和报道摄影领域的大奖……2009 年获得过普利策新闻奖，也是个战地女记者。"她慢慢地翻阅着手中的书籍，读到书封上林希·阿德里奥的简介履历。安逸在话末独独强调"也是个战地女记者"，其实在新闻界这么多年，她深知语言运用的奥妙，特意强调也只不过是在向林樾表示自己并不会逊于这些西方女性，“说到战地女记者，其实我最崇拜的还是玛丽·科尔文，一个把一生都奉献给了战地的女人。”

安逸问林樾：“你呢？你最崇拜哪位战地记者？”

“罗伯特·卡帕。”林樾言语平平地回答。

安逸愣了下，她本以为他不会回答，因为这只是自己闲找出来的话题。

他停顿了片刻，又说了一句：“相机其实本不能阻止战争，但照片可以揭露战争、改变战争的发展。”

安逸知道林樾说的这句话其实是卡帕的一句名言，只不过，后人更多地记住的是他的另一句：如果你拍得不够好，那是因为你靠得不够近。

“你知道我为什么要从事战地记者这一行吗？”安逸合上手中的书。

林樾摇头。

“因为一句话。”她目光深邃，思绪慢慢穿梭在记忆里，“我大二那年，新闻系有一个出国交换的名额，经过层层选拔举荐，我和一个学姐成为最后两个争夺这一名额的人选。于是我们的选拔导师给我们出了一个课题，那是个有关战地记者的课题，这是我第一次接触到战地记者这个名词。为了做好课题我查阅了很多资料，到了公开论述的那一天我和那位学姐给那个课题总结出了两个不同的结论。”说到这儿她不禁有些怀念。

“那后来呢？”林樾问。

“后来一众教授经过讨论之后大多都不认可我的观点，其中就包括我的导师。”

“那你一定很沮丧吧？”

安逸摇了摇头：“不。因为那时我的选拔导师说了一句话……”

说起当年，安逸的脸上出现了一丝别样的青涩。

“安逸同学，虽然我们在座的多数教授不认可你的观点，但这次你的课题论述资料却是最缜密的，你勇于分享你的观点。”导师说着转身对前来聆听论述的同学和评委教授说道，“在座的各位同学教授，请允许我们这个世界有多元的表达，即便有些表达最后被大多数人公认为它是错误的。这也是我为什么要设置一个有关战地记者课题的原因，就是因为想让大家知道，有那么一群人他们在勇于为和平发声。今天安逸同学虽没能获得这个名额，但她收获了一份勇气。”导师话落，全场响起雷鸣般的掌声。

林樾听完安逸所述，他明白安逸导师所说的那一番话，这就像是伏尔泰所说的那句话一样：我不同意你的观点，但我誓死捍卫你说话的权利。

纵观世界近一百多年以来大大小小的战争，我们不禁反思战争给人类带来的究竟是什么？这也是林樾作为一名战地记者以来，一直所要追问的问题。

林樾道：“战地记者是战争的见证者和记录者，曾有人把战地记者分为三类，一类是‘旅游记者’，到战争边缘象征性走一遭便打道回府；一类是‘作秀记者’，武装到牙齿，写下几行字后就赶紧后撤；第三类……”林樾停顿了一下。

“是什么？”安逸好奇地问。

“第三类是‘铁杆记者’，他们在用自己的生命换回真实的战地报道。他们以其超乎常人的勇气向世人揭示战争的残酷细节，在靠近炮火并以生命为代价记录战场每一处细节，他们是捍卫自由和平的勇士，是把内心感受与发言权发挥到极致的人，敢说实话不怕得罪人的‘傻子’。”

安逸也笑了，本以为只有自己是那个实诚的“傻子”，没想到如今又多了一个不谋而合的人。

“所以你害怕了吗？”林樾走上前去，拿起她手上的那本书，“这个世界不会给你第二次机会。”

安逸看了看他，这才发现自己随意从书架上抽取出来的这本书籍，此刻竟然这般应景。

“不会。”她语气坚定地回答他。

两人谈论得如火如荼。

这时，林樾的手机骤然响起，打断了两人的交谈。

林樾做了一个请便的动作，然后走去阳台接起电话。

他接完电话回来，神色貌似有些不安与忐忑。

“看你那样子，今天貌似有些急事，不好意思啊，今天这么唐突就登门拜访了。”安逸满怀歉意地说。

“没有，本来也没什么事。”

安逸道：“那我就先告辞了。”说罢，就要起身离开。

“等等……”林樾犹豫不决地叫住了她。

“怎么了？”安逸莫名地问。

“我想……我想你当我的女朋友！”林樾语速极快地脱口而出。

“啊？”安逸一脸茫然。

反应过来的林樾才发现刚才自己的那句话听来让人误会，于是赶忙补充说：“不是！不是！我的意思是装一天我的女朋友。”他神情紧张，和刚刚那个看似稳重、淡然的林樾截然不同。

06

安逸不记得自己最后是怎么坐到林樾车子上的，这一切都还来不及了解清楚，自己竟然欣然同意了林樾这个莫名的请求。

“什么？见你父亲，在你父亲面前装你女朋友？”她张着大口，声音洪亮。

恍知细节的安逸就像是上了一条贼船。

“不用紧张，就是吃顿饭。”林樾粲然一笑，神情又恢复了原先那雷打不动的淡然。

吃顿饭？该不会是到了见家长订婚的地步了吧？

安逸内心忐忑不安。

林樾看透安逸纠结忧虑的内心，补充道：“普通的便饭。”

车子开了一路，终于在一家名叫“家味道”的餐馆前停了下来。

“见家长，在这儿？”

“我都说了是普通的便饭。”他关上车门，拉着安逸就往里面走。

店里十分宽敞，因为已经过了饭点，店里没有什么客人。安逸一下子便能断定那靠窗的位置上坐着的便是林樾的父亲。他看起来六七十岁，两鬓斑白却精神矍铄。

“爸！”林樾牵着安逸的手走到老人的面前。

说实话，安逸还真是觉得林樾可以做一名演员投入角色丝毫不用酝酿，反观自己却是内心忐忑。

此刻，她的手掌被他这样握着，就好似三年前在栗国战场上的那一幕，那股余温似乎也跨越了三年长河。

“介绍一下，安逸。”林樾豁达自然地介绍道。

安逸有些紧张地打招呼：“叔叔好，您叫我小安就可以了。”

“好，好，快坐，快坐。”林父满面笑意，热情地招呼两人坐下。

餐桌上已经上了许多道家常菜，香气扑鼻。

“也不知道，小安姑娘喜欢吃些什么，随便点的几道，不知道合不合胃口。”

“叔叔，我不挑的，什么都吃。”

“爱吃就好，林樾这小子终于肯带个姑娘来与我吃饭了。”

“爸，你说什么啊！”

不知是不是错觉，安逸觉得林樾在自己父亲面前平添了几分稚气。或许在父母眼中，孩子不管多大年纪，一直是一个长不大的孩子。

一顿饭下来，安逸发现林父的胃口显然不是很好，一大半时间都是用慈祥的目光注视着林樾。

“你看看，吃个饭都能像个孩子一样把米粒粘在嘴上。”说着，他便伸手去捻掉粘在林樾嘴上的米粒。

“我爸就总爱把我当小孩看。”林樾挠挠头，对安逸笑着说道。

安逸觉得自己好似一下子不认识林樾了，眼前这个在外人看来庄严的人在自己父亲面前，如同稚子，内心深处的那股自然情感表露无遗。

“小安，你是做什么职业的？”林父突然问。

安逸的思绪还沉浸于父子情深的画面里，一下子恍惚了。

“啊？我吗？我是一名记者，战地记者。”反应过来的安逸回答。

“那和小樾一样啊！”林父一下子开启了话匣，“小樾这孩子一年有近一大半的时间都在战地里奔波，得空的时候也不知道给家里来个电话。”林父一聊起林樾的职业，就滔滔不绝。

安逸不禁笑了，原来天底下的父母都一样。

“我妈也常常这么说我。其实，像我们这一行一旦投入到战争采访里就顾不上别的了，忙到没时间给家里打电话，我妈就常唠叨我。”

“你做这行，家人想必也很担心吧？”

“嗯，一开始我爸妈死活不同意，说干吗放着好好的生活不过，非要去什么战乱的地方，去那儿能干吗呢？送死啊！不过，我妈见倔不过我，便同意了。有时怕家里人看到电视上我的画面，怕他们听到战场上炮火的轰鸣声不安心，所以只要一到那个新闻点，我就叫家里的七大姑八大姨等亲戚轮番上阵支开他们。”说到这里，安逸不禁笑了笑，“叔叔您呢？林樾一开始当战地记者的时候您是为什么同意的？”

“小樾一开始做战地记者的时候我也是不同意，后来渐渐地也就随了他。我也是当过兵、上过战场的人，深知战场上枪炮不长眼。在我们那个年代，保卫家园成了所有男儿的职责，于是我满腔热血地参了军。好在后来没有了战争，生活也好了，你们这一代就是在和平里长大的孩子。说来也奇怪，我当初觉得男孩子就应该当兵，就应该带有几分热血，可等到小樾说他要做记者，做一名战地记者的时候，我就担惊受怕。作为一个父亲，我实在是想保护孩子，让孩子永远平安，可后来转念一想，他应该去看看和平之外的世界——人哪，要时刻保持着一颗忧患的心，既要珍惜这来之不易的和平，更要维护这份和平。”

07

不知不觉，夜色已暮。两人告别林父，安逸也不着急归家，应允林樾饭后散步的提议。

两人行走在榕城的南路步行街上，天色渐晚，夜市的街摊传来了阵阵的吆喝声。

空气里弥漫着尴尬的气息，最后还是林樾先开了口：“别介意，我父亲那人就是唠叨，说着说着就停不住嘴了。”

“没有，叔叔很有趣，我还挺喜欢和他聊的。不过一般别人家都是严父慈母，我觉得你们家是慈父啊！”

林樾的目光变得黯淡：“大概是因为我母亲早故的原因吧！”

“对……对不起。”安逸万没有想到，自己话题这么一扯便点中了他的痛处。

“没事。”林樾已看开了，还主动说起了他的母亲，“我的母亲是一名随军医生，在我八岁那年非洲突发疫情，她跟随支援医疗队去了疫情区就再也没有回来了……在我心中，她是一个英雄。”他眼中有流光涌动，“对不起，安逸，我们可以成为最好的朋友，但没办法成为肩并肩的战友。”

正是那天，她知道了外表沉稳强大的林樾也有脆弱、柔软的一面。

想起林樾说的那句“我们可以成为最好的朋友，但没办法成为肩并肩的战友”，安逸在心里默默说了一声对不起，自己要令他失望了。

08

林樾接到上级出发通知的那一刻，心里有些纳闷，难道与电视台的联合报道真的因为自己的反对而告吹了吗？

可是，事情有他设想的这般简单就好了。

机场里。

前往 A 国的航班还有四个小时才起航。因为 H 国战乱，各大机场相继关闭了直通 H 国的航线，林樾和魏旭阳只得先前往与 H 国相邻的A国，再搭乘陆路交通工具抵达H国境内。

放眼望去，机场里绝大部分的人都是拖家带口地前往国外旅游，那种喜形于色的心情从脸上的笑意里就可以看出。而像林樾、魏旭阳他们这样前往一个战火纷飞的国家的，还真是少之又少。

说来也怪，魏旭阳一到机场就说肚子疼，来来回回跑了十几趟洗手间。林樾不免有些担心，可魏旭阳硬说自己没事，只是吃坏肚子，肠胃有些不舒服而已。

洗手间里，某个说自己肚子疼的人坐在马桶上，正拿着电话与别人通话，那副鬼鬼祟祟的样子，像极了在密谋什么坏事。

电话那头传来余汇晨的声音：“不好意思，我们已经在来的路上了，拜托！拜托！拖住林樾的任务就交给你了，无间道同志。”

魏旭阳很不喜欢“无间道”这个称呼，好像自己是一个可耻的背叛者似的，于是语气不耐烦地催促他们。

“好了，我们的大功臣，我们马上就到了，别急。”余汇晨安抚着魏旭阳。

挂了电话，余汇晨倒显得有几分焦急，去往机场的路本就有些拥堵，却又在出发之前耽搁了一段时间，余汇晨不得不紧踩油门用尽量快的速度赶往机场。

“卫星电话，防弹衣……”车后座上，安逸一遍又一遍地检查着自己背包里的必带物品。

应该没有落下什么东西，安逸心想。

她看着手上已经有些褶皱的护照，想起出发前的一幕幕……

母亲得知她的行程后，拽住她的护照，撂下决绝的话：“你今天如果敢踏出这个门半步你就不要再回来了，从今往后，你是生是死与我们与这个家无关……”

“死老婆子，有这么咒自家孩子的嘛！”父亲出言维护。

“妈，你为什么就不能体谅一下我的工作呢？”她语带哀求。

“当初我就不同意你干这行，现在看你总算能安心地待在国内了，本以为你会消停下，可谁想到你又要去什么那鬼地方！”

……

一阵僵持之下，最后还是父亲出面压制住了脾气焦躁的母亲。这些年来，她只要和母亲因为工作上的事发生争执，出面解决的总是父亲。虽然父亲打心底也不同意她从事战地记者这一行，因为这一行实在太危险了，可他也知道她长大了，身为父母，他们不能一辈子以爱的名义禁锢住她。

“女儿大了，她自己的事情能够自己做主了，我们总不能一辈子拿根绳子把她拴在咱们身边吧？”父亲苦口婆心。

“死老头子，女儿难道不是你亲生的？你就这么眼睁睁地看她去这么危险的地方？你不阻拦也就算了，还任由她这么胡闹，你没看到电视上报道的那些触目惊心的新闻吗？”母亲埋怨着，语气软了下来。

见状，父亲对她使了个眼色，示意她赶快趁着母亲犹豫的时候拿了护照走。

母亲终究还是心软了，这么多年来，一次次阻拦女儿去那些危险的地方，却又一次次放手任女儿离去。她从母亲手中抽离出护照转身离去的时候，内心的那种愧疚随着凝聚于眶的泪水一下子释放而出，心被一种叫亲情的东西狠狠地揪了一下。

09

余汇晨开着车，从后视镜里看清安逸眼眶红红的样子，安慰道：

“阿姨说的那些都是气话，你别放在心上啊！”

“我没有，只是担心时间，对不起耽误到整个团队了。”安逸瞬间整理好了自己的情绪。

“放心，魏旭阳那小子既然答应了我们，就一定会帮我们拖住林樾的。”

下了高架桥之后的一段路程异常顺利，不一会儿，余汇晨就看到了在机场外着急蹦跶的肖义志、邵奕鸣。

余汇晨停下车，肖义志立马奔了过来：“你们总算来了。”

“不好意思，因为一些事情耽搁了。对了，离办理登机手续还有多久？”安逸问。

邵奕鸣看了看表：“还有一个小时。”

“好，我们先进去吧！”安逸说。

“你们说，我们这样骗林记者，他会不会生气啊？”邵奕鸣担忧道。

“什么叫骗啊，是他太固执了。我们也是记者，又不是业余的，凭什么不让我们去。”余汇晨愤愤。

“好了，好了，我们快进去吧！”肖义志打断了这无休止的“控诉”。

几人急匆匆地进了候机厅。

机场的广播里传来女播音员清脆柔和的声音，提醒着旅客办理的登机班次。

“旭阳，登机了。”林樾提醒魏旭阳，说着提起行李往登机口的方向走去。

魏旭阳赶忙上前阻拦：“等等，还有人没到呢！”

“谁啊？”林樾疑惑地问，感觉魏旭阳有些不对劲。

话音刚落，几个熟悉的身影朝着他们这边赶来。

“我知道是谁了。”林樾目光犀利地看着魏旭阳。

魏旭阳面对林樾这盘问似的目光，眼神心虚地瞥向别处，装作什么都不知道的样子。

“林记者你好！”余汇晨做事圆滑，主动上前卖乖地打了声招呼。她知道“伸手不打笑脸人”，主动一点总是没错的。

“谁让你们来的？”林樾言语淡淡，丝毫没有表现出被欺骗而生气的样子。他的目光在安逸身上徘徊，仿佛这句话是对她一个人说的。

“林记者，我们现在人都在机场了，如果你还是不同意，那现在就把我们打包带回去吧！”余汇晨知道林樾怕耽误了时间，语气也强硬起来。

林樾拿起手机拨号：“好，我这就打电话给老谭。”

这貌似和自己预想的不太一样！看着林樾已经拨出手机号，余汇晨赶忙又服了软：“别啊！”

“怎么，服软了？”林樾生来是软硬不吃。

眼看着余汇晨和林樾就要杠上，安逸急忙出面：“要登机了。”

安逸这句话没有任何威力，却是正中林樾的“要害”。

林樾放下手机。

“怎么了，不打了？”余汇晨见自己又占了上风，立马趾高气扬了起来。

“走吧，登机去。”林樾无奈地收起了自己的脾气。他知道，这个时候时间才是最重要的，在各国记者纷纷涌入 H 国战地时，如若他们为这点小事而逗留在国内，是相当不值当的。

“林记者你同意啦？”一旁的邵奕鸣兴奋道。

林樾闷不作声，像是一种默许。他神情平淡，看着也没有生气，只是暗暗对在一旁的魏旭阳说了一句：“叛徒！”

他终究还是领着这一群人浩浩荡荡地前往炮火纷飞的H国战地了。

其实，林樾的内心十分忐忑，因为前方有太多的未知等待着他们，此行不单单是他与魏旭阳两个人，这是一个团队，每一个成员的安全，都是压在他身上的重担。

第 二 章

天堂与地狱比邻

01

人在心情烦躁郁闷的时候都会用一些事情来分散自己的注意力，比如欣赏风景，林樾就是这样。

艾比利旅店的顶楼是一个空旷的平台，黄昏时分，林樾总喜欢坐在那里的木质长椅上，眺望布依曼小镇低矮错落的白灰色建筑，惬意地呼吸着清爽的空气。

每当这个时候，布依曼这座小镇的天空中都会盘踞着厚厚的云层。

布依曼小镇，是 A 国与 H 国的交界边境。从边境那头传来的战火声听得林樾一行人很是揪心，这种近在咫尺却又无法抵达的心情，让难以步入战地报道的记者犹如百爪挠心。

计划总赶不上变化，林樾本以为抵达了 A 国这座距离 H 国最近的小镇就可以很顺利地进入 H 国的古斯特罗市，可终究还是遇到了不小的麻烦。

这已是林樾一行人停滞在这座小镇的第七日，依旧没有得到该国出入境管理局的放行通知。

肖义志来来回回地跑了几趟有关部门，却总是得到“静心等待”之类的敷衍回复。林樾的心情也从一开始的不耐烦变成了随事态发展的顺其自然。新闻工作就是这样，心急吃不了热豆腐，需要有足够的耐心，该是你报道的它是不会跑的。

林樾优哉游哉地眺望天空，安逸却知道他心中的那股焦虑。

林樾深知在这个特殊时刻审批程序的烦琐，战火虽没有波及A国，却也是不得不严防的。这也正体现了H国境内战事剑拔弩张的局面。

几人下榻的旅店面对着一片草坡，草坡上零散着有两三棵大树，大树的树杈在夕阳的背景下是朦胧的金色。旅店右边不远处便是镇中心。A国的建筑群是交错而建的低矮平房，不管是在小镇还是城市。

在夕阳的泼洒下，灰白色的墙体却是透彻得发亮。

边坡上的草地慢慢地被夕阳的余晖所浸染，风吹草地发出细微的窸窸窣窣声，一时有海面波光粼粼的错觉。A国的生态环境相当不错，在这片草地上竟时不时地有一两只野鹿跑过，像是相互追逐着夕阳奔跑的孩子。

远方天边那几朵厚重的白云渐渐地铺散开，夕阳透过云层的间隙迸射出一道道彩霞，一切尽显优柔而缠绵。

02

艾比利旅店的老板是一个身材微胖、顶着啤酒肚、挂着络腮胡子、和蔼可亲的中年大叔。他叫珀特，听林樾一行人要去H国，连连惊叹。

有一次，珀特和林樾几人闲聊起来。他操着一口带着地方语言腔调的英语介绍说，他之前生活在H国，父亲是H国人，母亲是A

国人，父亲与母亲离婚之后，他随着母亲回 A 国，获得了 A 国国籍。这样算来，他也是半个 H 国人。他说他已经好久没有见过自己的父亲了，自从 H 国发生战争之后，他就彻底地与父亲失去了联系，如今他也已过不惑之年，父子之间不知是否还有再度相见的可能。

在这样的战火下，珀特自己也无能为力，只得默默为父亲祈祷。

说到这里，珀特不禁抹起了眼泪。

看着这个中年男人眼泛泪花的样子，林樾的内心也产生了一种异样的情绪。大人不是不会掉眼泪，而是不会轻易掉眼泪。以前，林樾总听父亲说，一个人走向成熟的标志就是他可以任意控制自己的眼泪与情绪，可到至亲离散等境地时，那种自制力是多么一文不值。痛哭流涕是排遣心中痛苦的最好方式，这是老天赋予人心最好的自愈良药。

母亲出事那年，父亲收到母亲噩耗之时，眼中也是泪花盈盈，强忍着哭意跟他说：“你母亲是英雄！”

那时，林樾不明白，所谓英雄就是要用自己的命来换取他人的命吗？如果这样，英雄的头衔他宁可不要，他要用这个头衔去换回母亲的命，可怎么也换不回来了。后来自己当了战地记者，冒着生命危险进行战地采访，才知道这一切与个人荣誉、英雄等称号无关，这是职业的信仰。直至这个战乱国家从炮火中走出，和平解放——这是一个战地记者职业生涯的成就，因为他见证记录了战争的残酷、和平的珍贵，记录下了血的教训，时时敲响避免后人重蹈覆辙的警钟。

布依曼小镇的人们对遥远的炮火声早已习以为常、不为所动了，他们麻木地照旧生活。可在不远的 H 国的人们呢？他们究竟是存活在怎样的世界里？他们也一定渴望着能迎来一片崭新的天地。

A 国与 H 国就像是两个世界，一面是天堂，一面是地狱。

夕阳西下，远方隐约还能听到炮火声，可不管 H 国是天堂还是地狱，林樾一行人都是要去到那边的。

艾比利旅店客人稀少，在求得老板珀特的特许下，晚饭时分，林樾几人便在顶楼的平台上支起了一张桌子。

主食是面包，类似于法棍，被切成一小块一小块，蘸着带有 A 国特色的酱汁。配菜是蔬菜沙拉，还有一杯香气浓郁的咖啡。

六个人食之无味，他们被滞留在这里，连出发的时间都不确定，进入 H 国似乎十分艰难了。

“你们多少也吃点东西吧！这么饿着，岂不是还没等到放行通知，人就已经垮了。”安逸劝说道。

“吃吧，都动起来。会有结果的。”林樾也只得这样安慰大家。

突然，肖义志像是想到了什么：“或许我们不需要拿到签证。”

“你是指非法入境？”魏旭阳问。

“是啊！”他点了点头。

当然，在 H 国战火纷飞的特殊时刻，“非法入境”一词自然不复存在。

“我看，现在要想早些进入 H 国也只有这个方法了，再等下去，可能彻底进不去了。”余汇晨附议。

肖义志的这个提议获得了大家的认可，眼下只有林樾一人默不作声。

“林樾，你觉得这个办法怎么样？”安逸问。

“不错，和我的想法差不多，特事特办。”

众人没想到林樾会欣然同意这个提议，都有些吃惊。

“这样吧，奕鸣和肖义志你们两人去找个向导，最好是熟悉两国地形路线的。汇晨和旭阳去找车子，我和安逸明天再去一趟出入境管理局，看看情况。”林樾有条不紊地布置着任务。

几人纷纷点头。

03

次日，大家分头行动。

一大早，林樾带着安逸前往出入境管理局。

一路上，林樾紧紧跟着安逸。在这样一个闭塞的、与外界交流甚少的国度，带着一个东方女孩走在这异国的大街上，时不时有好奇或是异样的目光投射过来，小心点总是好的。

布依曼小镇的街市，摊贩云集。

安逸觉得不管是在哪国，叫卖几乎都是永远不变的、最简单方便的销售方式。

摊贩们的叫卖声洪亮震耳，带着本国特色的饶舌音以及加快的语速，让安逸惊奇不已。

走在满是摊贩的异国街道上，安逸对贩卖的各种东西都抱着好奇的心态，路过时总忍不住去瞟一眼，而林樾却是无心顾及摊贩们贩卖的稀奇古怪的东西，时不时地出声让安逸快点走。

这让安逸觉得林樾很无趣。不过，她知道林樾心里想着的是怎样才能尽快进入 H 国，于是也没有反驳之意，只是她常常会被摊贩的叫卖声和摊子上的各种东西吸引而慢下脚步。

这时，林樾又不耐烦地说：“你再这么左顾右盼下去，信不信我把你丢在这儿？”

他表情严肃，显得威慑力十足，吓得安逸主动紧跟着他，不敢再拖拉。

走着走着，安逸又突然被从不远处传来的一阵香气吸引。

她循着香味看过去，只见一位中年妇女顶着竹编篮子在贩卖鲜花。这里的妇女总是头顶着贩卖的商品，诸如水果、小吃等，而且不管商品有多重，她们都能保持平衡，健步如飞。

安逸靠近一看，发现那是一种黄白色的花朵，用线串着，两朵一组。

她凑近一闻，花香四溢。

“这是什么花？”安逸好奇地问。

中年妇女听不懂英文，但大抵猜到了安逸问的是什么问题。虽然两个人语言不通，中年妇女依旧很是热情，连比带画着，希望安逸能够明白。

“这是白兰花。”林樾走过来为她解答。

“你怎么知道？”安逸问。

“你没有在国内旅行的时候遇到那种拦车售卖的吗？他们卖的就是这种花。”林樾一脸嫌弃，给了她一个“你没见过世面”的眼神。

“你以为谁都和你一样‘知识渊博’啊！”安逸噘起嘴。

她不再理睬林樾，转身和卖花的中年妇女比画着价钱。

“How much（多少钱）?”

这句，中年妇女显然听得懂，她比出五根手指。

“Five ？五块？”安逸反复确认后，从口袋里掏出当地的货币来付给了中年妇女。

交易完成后，安逸一副满足的模样，拿着花凑在鼻前闻了又闻。

“有你这么闻花香的吗，小心花香太浓鼻子受不了。”林樾继续吐槽。

“我乐意。”

安逸拿着用线串成的白兰花，放在掌心很是喜爱。林樾无奈地摇头，她可真像个未涉世的孩子，见到什么都是新奇的。

“你等等。”说着，他跑回刚才那个卖花的中年妇女那儿，又比画着要了一条长绳，然后跑回安逸面前。

“把你的花给我。”林樾对安逸说道。

安逸犹豫：“干吗？”

“给我，又不抢你的。”见安逸如此犹豫，护着手中的花不肯放手，林樾索性直接“抢夺”。

“哎……小心点！”林樾的抢夺引得安逸一阵叫唤，生怕这宝贝被弄坏了。

林樾夺过花，娴熟地用线穿了起来。

“把手伸出来。”他对着安逸说道。

安逸在一旁闷不吭声地看着林樾，乖乖地把手伸了过去。

林樾把那串白兰花改成了可以戴在手腕上的挂件。他小心翼翼地替安逸戴在了手腕上，细心地打了个结。安逸看着林樾认真的侧脸看得入迷，直到他一声“好了”，她才从呆望中回过神来。

安逸摇了摇手腕，两朵黄白色的小花在她手臂的摇晃间左右回摆，她兴奋地说：“这么一看，还蛮像一件工艺品的哦！”

林樾笑了笑，又是一句吐槽：“还真没看出来，两朵小花就能把你高兴成这样。”

“你懂什么，鲜花可是生活里的情调与浪漫。”安逸试图反驳。

“好了，不跟你抬杠。快走吧，再不走，到时候出入境管理局外又大排长龙了。”林樾无奈道。

两人正要迈步离开，这时一个七八岁的小男孩突然跑到了林樾和安逸两人的面前。小男孩衣着简单，只是衣服上沾满了灰尘，脸蛋上也挂满了尘土，可能是从 H 国逃来的难民。他伸出黝黑皲裂的双手做捧握状，嘴中念叨着什么。

林樾和安逸听不懂小男孩的话，彼此对视，一脸疑惑。

“他在说什么？”安逸问林樾。

林樾摇了摇头，他蹲下了身子和小男孩平视。然后，他询问小男孩：“你是不是肚子饿？想吃东西？”他一边说，一边比画着吃东西的动作。

小男孩的理解力非常好，连连点头。

其实早在小男孩双手摆出捧握状时，林樾心里就已经猜出了七八分。

看着小男孩渴望的样子，安逸顿时产生了怜悯之情，还没等林樾做出下一步动作，她就已经从口袋中掏出了一张 100 元的当地货币递给了小男孩。

林樾来不及阻止，钱就已经递到了小男孩手中。小男孩喜出望外，他知道这是“钱”，可以换取自己渴望的食物，他挥舞着手中的纸币，兴奋地说了一句什么便跑开了。A 国经济稳定，100 块钱对于小男孩来说足够吃上几顿好饭，这是最为欣慰的。

林樾神情无奈，而安逸丝毫没有发觉，完全沉浸在帮助到他人的喜悦之情里。

还没等林樾开口，不一会儿，从远处几个方向陆陆续续地跑来了七八个孩子，瞬间把两人围住了。

安逸吓得拉住林樾，扯了扯林樾的衣袖，靠在他的耳边问：“怎么回事？”

“什么怎么回事，我还要说你呢！这不都是你干的好事！”

“我……我怎么了？”安逸被吓得不知所措。

“肯定是刚才那个小男孩拿着钱，告诉这些孩子有人发钱了呗！”

“这好办！”安逸赶忙从口袋里掏出所有的零钱发给了围着他们的孩子，拿到钱币的孩子心满意足地跑开了，又来了其他的孩子，到后来安逸只能把口袋中的零食分发给孩子们。但是，孩子们越聚越多，随身携带的零食越来越少，得到消息的孩子纷至沓来，这就像是个无底洞。

见状，林樾只得赶忙拉着安逸逃离现场。

两人气喘吁吁地跑到了一处巷口。

林樾左看右看，发现没有孩子追上来，这才放下心来大口喘着粗气。

“散财童子啊你！”还没等安逸彻底缓过劲来，林樾就已开始责骂。

“我不是看他们可怜嘛！”安逸委屈地说道。

“傻瓜，财不外露懂不懂！这下好了，任何人都知道，这条街上来了个从东方来的大金袋了吧！”

安逸一时语塞，低着头瘪瘪嘴。

战乱之下，许多H国的难民相继从边境地逃至这里，滞留在这里，成为偷渡者，有家不能回。

两人不敢多待，加快步伐前往出入境管理局。

出入境管理局的相关官员依旧是一副懒惰敷衍的态度。办理窗口堆积着如山的护照，难民如潮，相关官员更加集中精力去审核他们的护照资料，自然而然就把像林樾、安逸这些要进入H国“没事找事”的人晾到了一旁。

对于相关官员这种三声不应，七声不响的办事态度，林樾和安逸虽然生气，却也无能为力。

“气死了！气死了！什么办事态度嘛！”安逸不悦地碎碎念着。

林樾和安逸回到旅店时已是黄昏，两人不仅精疲力竭，还一事无成。

好在余汇晨和魏旭阳带来了一个好消息。

“告诉你们一个好消息！”余汇晨扫视了一眼众人，一副喜笑颜开的样子。

“什么好消息？”林樾问。

魏旭阳故作神秘地清了清嗓子：“咳咳……珀特老板听说我们在为不能进入 H 国而发愁，并且还在四处找车子和向导，他告诉了我们一条可以进入 H 国抵达古斯特罗市的道路，还有，他愿意开车带我们去。”

“真的吗？我们可以离开这里了？”安逸兴奋地反复询问。

“是真的，我们明天出发。”魏旭阳笑着回答。

林樾的心情同样兴奋，可他要保持镇定。他有条不紊地安排着：“大家晚上好好休息，进入 H 国之后，全员进入高度戒备状态！”

“是！”

众人纷纷回应。

04

广袤大地的穹顶之下，云彩翻涌卷积着，渐渐地，半边天由白变红，映照在白灰土墙的建筑与绿色的草坡上，沉浸着一片红色的暖意。

晚饭之前，安逸坐在旅店顶楼的长木椅上，望着远方天空的晚霞。她终于明白林樾为什么那么喜欢一个人坐在这里对着天空发呆了。这样的美景，的确很能平复人心中繁杂的思绪。安逸觉得林樾的脾气让人捉摸不透，有时像一个温暖的邻家大哥，有时又像一个严肃的教导主任。

不知什么时候，林樾悄然坐在了安逸的身旁。

安逸还在为早上林樾痛骂自己的事情耿耿于怀，耍着脾气不愿理他。

林樾刚想开口说些什么，她就挪了个位置。

“生气了？”林樾开口问。

“哪敢啊！白天你可是把我骂得一无是处哦！”

正说着，那边余汇晨已把晚饭摆上了桌子。

晚饭几人照旧打算在顶楼解决，伴着夕阳的光晕惬意无比。

“吃饭了！”余汇晨扯着嗓子叫唤。

众人聚集到餐桌上。

由于可以离开 A 国进入 H 国了，这顿晚饭是由余汇晨亲自下厨所做，所以显得格外丰盛。

“林大记者是不是又惹到我们家安逸了？”刚落座，余汇晨就已开口调侃。

林樾不作声，反倒是魏旭阳开了口：“我家樾哥就是这样，毒舌、霸道外加缺一根筋，请多担待！请多担待！”

众人“扑哧”一声，纷纷笑了。而魏旭阳自然也得到了林樾一个凶煞的眼神。

“哎！林记者，以后可不许再欺负我们安逸，你看看我们这边可是有三个人为安逸撑腰的哦！”余汇晨笑道。

“不，你们那边是四个，把这个叛徒也算上。”林樾指了指魏旭阳。

“我……我……大哥我可是你身边的人啊！”魏旭阳求饶。

余汇晨拍了拍魏旭阳的肩：“得了吧，无间道！”

众人连连发笑。

“既然林樾你不仁就休怪我不义……我要揭你老底！”魏旭阳一副要告密的模样。

“啥劲爆消息啊，通通抖出来。”邵奕鸣起哄。

“你们知道林记者在我们报社的外号叫啥吗？”

“叫啥？”肖义志好奇地问。

“林妹妹……”魏旭阳神情贱贱，把语调拖得老长。

众人笑得打跌。

安逸看了林樾一眼，也忍不住捂着嘴爆笑。

魏旭阳拿自己开涮，林樾也没有生气，一边吃着盘子里的菜，一边露出一个皮笑肉不笑的“瘆人”笑容。

“为啥叫这个外号？”余汇晨问。

“你们不知道，他刚来我们报社时可受我们报社女同事欢迎了，惹得我们社里其他男同事嫉妒不已。那时候，这小子比现在还严肃，那简直就是一张‘阴雨绵绵’随时都会暴雨骤降的脸。然后有一次，同事聚会，大伙儿坐在一起玩游戏，才发现他其实是个很体贴的暖男，于是才和他打成一片。后来一个同事聊着聊着就说到《红楼梦》，他说，贾宝玉第一眼见到林黛玉就觉得她是从天上下凡而来，而林记者也像是突然跑到社里的林黛玉，引得社里一众女‘假宝玉’的青睐，打那以后，这个外号就传开了。”魏旭阳绘声绘色地讲述着，几人听得很是起劲。

“我在你们之中树立起来的形象啊，是不是分分钟没了？”林樾自嘲道。

“放心，林记者你在我们心中的形象依旧是高大伟岸的。”余汇晨说。

……

大家畅所欲言地聊着天，不知不觉，天色已黑，星星布满天空，如钻石般明亮闪烁。

“好美的夜空啊！”安逸仰望着天空，惊叹了一句。

众人也都随着安逸的这声惊呼，抬头遥望苍穹，星河流泻。

再看一眼眼前的这片安宁景色吧，或许到 H 国之后，就只有无穷无尽的硝烟与炮火了。

05

车子沿着公路行驶，两边是一望无际的沙漠戈壁。

林樾一行人乘坐的是一辆普通得不能再普通的 SUV，这辆破旧的二手车，是珀特老板几经辗转从一个商人那里收购来的，好在经过改装勉强可以容纳下他们六人。

虽然车里有些拥挤，但安逸从没有想过能有一刻可以像现在这样和林樾靠得如此近。

他们选择的这条路，其实是绕了个远路，这也是珀特老板以前走货时经常走的路。在没有拿到签证的情况下，非法入境，选择这条路再合适不过了。这条沙漠里的路，自是没有人会拦下他们进行一番不必要的盘问。若不是精通 A 国与 H 国地形路线的人，其他人很少知晓这条路。

车子在珀特老板的亲自驾驶下穿过了漫漫崎岖的路途，直驱在一望无际、看不到尽头的笔直公路上，道路两旁的沙尘卷积着扑向车子，只能将车窗紧紧关闭。这是这条公路的沙漠地段，环境恶劣，偶有几株猖狂的大型仙人掌伫立在沙尘中，炫耀着自己壮硕的躯体。

透过车窗看着这无边无际的沙漠戈壁，众人才感觉到沙漠的浩瀚，这般让人心生畏惧。

“你们坐好了，穿过前面的沙漠风暴区就是古斯特罗区了。”珀特老板用英语对几人说道。

“到了边境线那里您就把我们放下来吧，向导已经在那里等着我们了。”林樾不好意思再麻烦珀特老板。

珀特老板点了点头，他娴熟地驾驶着车子行驶进沙漠风暴区，滚滚沙尘拍击着车窗，一下子什么都看不见了。

安逸、余汇晨、肖义志等人有些担忧、害怕，这种阵势还是他们第一次遇见。珀特老板也看出了大家的心情，在穿过风暴区后对着后视镜里的大伙儿安抚性地笑了笑。

车子朝前继续行驶着，终于在几个小时后，林樾一行人在古斯特罗郊外看到了向导的影子，报社给他们约定好的向导已在那里等待。

车子停下，几个人下车。

“珀特老板，谢谢！我们有缘再见！”林樾拥抱了珀特。

“Good luck（好运）！”珀特拍了拍林樾的肩。

众人也依依不舍地与珀特告了别，上了向导的车子，就此分别。

06

向导是一名叫麦恩的当地青年，二十出头，一开始林樾担忧以他这样的年纪阅历是否可以担任他们在古斯特罗向导的工作。毕竟，接下来与当地人员的交流和安排都是要交由向导处理的，这需要有很强的社交能力。而事实告诉林樾，他的担忧是多余的。麦恩有很强的沟通能力，在林樾他们一上车就表现出来了，他热情、开朗，丝毫不像是一个在战争中成长起来的青年。

“林记者，你们好！我叫麦恩，是你们在古斯特罗的向导，你们在古斯特罗市遇到什么事情都可以来找我。”他一边开着车子一边说道。

车子又经过了长时间的行驶才抵达古斯特罗市内，好在这辆车子比刚刚珀特老板的车宽敞舒适些。

当低矮错落的土灰瓦房相继映入林樾一行人的眼帘时，他们才真正感受到了战地恶劣的环境。

入目皆是残垣断壁，被炸弹破坏后倒塌的砖石废墟，斑驳白墙之上满是流弹穿梭留下的坑洼弹痕，这里已经没有人居住。作为战地记者，他们已经司空见惯这样的场景，可每次再度目睹，心中却又是这般感慨万千。

大地一瞬间像是翻涌起了一阵氤氲的雾气，在满目疮痍的废墟里有烟气升腾。

麦恩对大伙儿说道：“这里的人大都已经撤走了，市区还有一些市民舍不得离开，而留了下来，不过多数是激进青年。”

林樾深知，从自己进入 H 国开始，所接触到的每一个人都有可能是他要采访和了解的对象，于是便和麦恩攀谈起来。

“麦恩，在你眼中你觉得这场战争给百姓带来了什么？”林樾严肃地问。

麦恩没有回避，回答道：“杀戮。”他言语简短，寥寥两个字便是他心里最为真实的感受，“自从这场战争爆发以来，百姓们就过着流离失所的生活。在无穷无尽的战火突袭下，他们成了四处流亡而无家可归的难民，就连自己明天能不能活着都不知道。即使是选择留在这里的人民也一样存活在炮弹的恐惧下，日复一日。这样的日子我们不知道会持续多久，因为我们已经没有家了。”麦恩的话里带着几分愤慨与悲怆，语气里透露出无奈。

古斯特罗市是当前 H 国最特殊的一块区域，是南北两方都想夺取的对象。早在林樾几人进入这里的一个星期前，南部的反政府武装就曾对这片地区发起了新一轮的攻击，而麦恩的哥哥就是死在了那场反击战之中。

“我热爱我的祖国，这是我们的家园，但我绝不允许有人玷污它！打着为国、为民的旗号而背地里却是为了争夺资源。我们只想要一个安稳的生活，我也不愿意看到他们为了私怨冲昏了头脑，把枪炮变成发泄个人仇恨的利器而对准自己的同胞。”麦恩激昂地说，“以前我们总觉得战争离我们很遥远，可是当一切突如其来的时候，我们才发现自己是如此的无能为力，在流弹枪炮下我们竟然连保护自己身边亲人的能力都没有，只能眼睁睁地看着他们一个个逝去。回头来才发现原来我们曾经也是有一个完整而幸福的国家。如今这里满目疮痍，变得我都快不认识了。可总有一天我们会在废墟上重新建立起一个崭新的、我们所认识的新家园。”

一向沉默不语的邵奕鸣也感慨道：“这让我想到了，去年我再次回到栗国做采访的时候，那里的人民在战后的废墟里做重建工作，我本以为当我把镜头对准他们的时候他们会因为反感而避开。可让我没想到的是那里的人民主动上前对着我的镜头露出一个个灿烂的笑容。其中一位穿着朴素的老人家上前用一口流利的中文与我打着招呼，我吃惊不已。后来，我从与他的交谈里知道，他们家在很早以前就搬到了中国，在战争还没有爆发的时候。他们家在中国经营小本生意，后来听说自己的国家爆发了战争，于是他哥哥、弟弟和他，三人毅然决然地回到自己的国家。我问他为什么？他说，因为我出生在这里，即使这里没有外人想象的那么好，可它终归是我的家。即使我们的力量微薄，可终归还是可以做点什么的。后来他的哥哥、弟弟都相继死在了炮火下，战争结束的时候他领养了十多个无家可归的孩子。我问他后不后悔回到这片土地，或者说他的哥哥和弟弟曾经有没有后悔过？他的回答是：我在中国的时候听过一句话，那句话是这样的‘生于斯，长于斯，死于斯，铭于斯，其魂气无不之也，其死而有不澌者矣’。”

“他在国家最落魄的时候愿意回去，愿意做栗国人，这或许便是对这个国家真正的热爱吧！”肖义志说。

其他几人若有所思地点头，表示赞同。

林樾觉得如果他们这一群人能够在这次的采访里悟出些道理也不枉白走这一遭。

“麦恩，我们需要一个翻译，你愿意兼当我们的翻译吗？”林樾主动邀约，同时也做好了被拒绝的准备，毕竟在战地里，少一事总比多一事要好。

“很高兴能帮到你们。”只是让林樾意想不到的是，麦恩欣然应允了。或许对麦恩来说，林樾这些外国记者就是他接触外面世界最好的枢纽。

在交谈中，林樾觉得麦恩这个小伙子最好的一点是，他有自己的逻辑思想，不随波逐流地附和，对于任何事情他都有自己的看法。

车子继续在残垣的街道行驶，在路过一片空地（正确来说是一处军营，因为没有了墙垣难以分辨）时，几人透过车窗看到一群男人正在做着什么事情，好似是军事操练。

想必他们或许就是古斯特罗市民自发组织的保卫军。职业使然，林樾下意识地举起胸前的相机拍了几张照片。

那群男人的年纪差距很大，有的是稚气未脱的青少年，有的是三四十岁的中年人。他们不是正规军队，却不逊于正规军，因为在古斯特罗的保卫战斗中，他们是主力军。有人专门传授他们使用各式各样的武器。听麦恩介绍，他们是志愿入伍的平民，在入伍之前职业身份各异，有工程师、教师、平民、无业游民……他们不满南北武装军的政权斗争，从而参与了这样一场保卫战争。

一个星期前的那场保卫战争对这里的人民来说是新的开始。他们欢呼雀跃，手舞足蹈，庆祝自己的胜利。这样的场景，或许也只有在古斯特罗市这样的“特殊区域”才能见到。

07

每个发生战争的地方，总有大批的各国记者源源不断地涌入，他们往往会选定一家酒店，作为自己的大本营，而那家被选定的酒店必须是安保、防卫等级最高的。

抵达与阿加沙约定好的圣司克酒店，林樾恰巧在门口看到了他。

阿加沙兴奋地给了林樾一个拥抱，并用他那并不流利的中文说道：“哦！林樾你终于来了！”

“许久不见，你的中文长进了不少。”林樾用英语回道。

两人如同许久不见的故友，情谊深厚。

林樾向阿加沙介绍了安逸等人：“我们这次人有点多。”

“人多好办事。”阿加沙笑着说，“我们马上要离开古斯特罗市了。”

“离开？你们要去哪里？”林樾问。

“报社派我们去 H 国的首都思若克里亚，那边人手不够。”

“这样啊！那可惜了，本来还以为能和你叙叙旧。”

“下次吧！”阿加沙叮嘱，“哦！对了，最近汽车炸弹频发，万事要小心。”

“你也要小心。”两人离别之前再次拥抱，“祝你好运！”

阿加沙和自己的同事离去，安逸和魏旭阳窃窃私语：“这个叫阿加沙的是不是对我们中国文化情有独钟啊？”

魏旭阳疑惑：“怎么了？”

“他身上戴着八卦形状的项链。”安逸说。

“是啊，他对中国的八卦五行挺感兴趣的。”

林樾一行人办完了入住手续，便一刻也不敢在酒店的大堂多待。这是战地记者一贯的职业病，他们觉得像酒店这样的地方，一旦闯入了恐怖分子或者携带武器者，大堂是最容易被袭击的地方。另外，在选择酒店的房间上也是有讲究的，尽量选择不是临街的房间。

一行六人选择了两套大的办公大房，每一个套房都有两间卧室和一间宽敞的书房。两个女人一个套房，四个男人一个套房。

安置好行李后，几人马不停蹄地前往报社在 H 国的工作站，依旧是麦恩开车带路。

麦恩做事很细心，他所选择的道路都是一些偏僻的小路，虽然会绕些路，但相对来说也会更加安全一些。

报社所租赁下来的作为工作站的房屋是一栋两层的水泥瓦房建筑，虽然简陋了些，但还算得上是个良好的办公场所。“树大招风”的道理他们几人都知道，越是不起眼的小楼越是安全。

小楼闲置了许久，卫生方面就不用说了。

打开门锁，余汇晨第一个黑脸：“什么啊！怎么这么像一百年都没人打扫过一样啊！”

飞扬的灰尘呛得几人直咳嗽。

地上满是脱落的水泥块和砖石瓦砾，办公桌也是东倒西歪的。

“有这么一个地方就已经不错了，哪还容得我们挑三拣四的。”肖义志说。

“好了，我们打扫起来吧，争取在太阳落山之前整理完这里。”安逸干劲十足。

“安逸你倒好，我平时在家可是什么都不做的主儿。”余汇晨懒懒地说道。

“懒成这样，小心以后嫁不出去哦！”邵奕鸣调侃道。

“要你管！”余汇晨撇了撇嘴。

08

整栋楼房清理起来着实让人精疲力竭，由于工作量大，苦力活自然而然就落到了这几个男人的头上，安逸和余汇晨分得了相对轻松的几个活。

“搭把手，把桌子往里推点。”林樾指挥着。

突然，窗外传来了一阵响声。

由于距离比较远，那声音听得不是很清楚，但大概是炸弹爆炸的声音。

“你们快看！”站在窗边的邵奕鸣大喊着。

几人迅疾围拢到窗前，只见远方升起了一阵滚滚黑烟，刚刚那阵爆炸声就是从那边传来的。虽然离得很远，黑烟却是那样清晰。

就在几人感叹之余，不远处又升起一阵黑烟。

“你们看那，那边。”眼尖的邵奕鸣指了指远方一处同样冒着黑烟的地带。

“是连环爆炸吗？”这样的场面，让安逸有些害怕起来。

“大概是吧！”林樾叹息，初来古斯特罗市就遇到这样的场面，着实让人心惊胆战。

林樾提醒道：“对了，白天我们在这儿就把窗户打开吧，以防炸弹的冲击波击碎玻璃飞溅出来伤到人。还有，晚上把电脑之类的贵重物品都带回酒店。”

几人连连点头。

回到酒店，打开电视。电视里正播放着当地媒体报道今天发生在古斯特罗市的连环爆炸事件。

林樾虽然听不懂 H 国语言，却可以猜测出几分。他转了几台，终于找到一个用英语播报的新闻电视台，从画面中可以看出现场状况的惨烈程度。四五辆被烧焦的车子冒着滚滚黑烟，爆炸处的民房已经成了一片废墟。

“今天上午十一时许，古斯特罗市多地段发生了汽车爆炸事件。下午一时许，在通往 H 国首都思若克里亚的市公路上也发生了一起汽车爆炸事件，目前事件造成五人受伤，三人死亡，其中两人为外国记者……”电视里播报员用流利的英文播报腔快速地播报着新闻要点。

“天哪，太惨烈了。”邵奕鸣看着新闻画面感慨道。

“林记者，明天有什么安排？”埋头工作的肖义志抬头问道。

“明天我们去今天连环爆炸的现场拍摄采访，还有，初到古斯特罗市我们得到当地的新闻中心签发一张记者证。”

“去办记者证的事情就交给我和邵奕鸣，那采访工作就交给你们了。”肖义志说道。

麦恩开车依旧是小心谨慎，避开大路转入小路。

林樾提到昨天发生的那起连环爆炸时，麦恩一副麻木的表情：“前阵子也经常发生类似的汽车炸弹事件，在古斯特罗市这片特殊的地区，有人想制造出恐怖的氛围。”

“你的意思是？”林樾其实听懂了麦恩的话中之意，却又明知故问了一番。

“换句话说，是想让人们认为古斯特罗是恐怖组织的基地。”麦恩补充说。

林樾顿时觉得其中的奥秘深不可测，像一条暗流涌动的河。

终于他们到达了昨天发生连环爆炸的一处地点，看见了爆炸后黑漆漆的汽车。距离事件发生已将近十二小时，如今这里被从附近地区闻讯而来的国内外媒体占领了，现场还有医护人员正在处理被炸弹炸飞的尸体残肢。

安逸和余汇晨下车后立马投入到工作之中，余汇晨扛起摄像机，安逸则一脸肃穆，准备播报。

四周有举着枪支的古斯特罗武装军人员，他们负责保护国内外媒体。

对于这种场面，林樾和魏旭阳这样的资深记者已见怪不怪。汽车炸弹、人体炸弹……林樾总觉得自己的心已经慢慢地变得麻木，像是习以为常，就仿佛在战乱地区，看到被炸毁的车子就一定会有人死亡，就一定会有触目惊心的血迹和尸体。渐渐地，从一开始翻江倒海的不适变得神情平淡，内心也变得愈加坚硬。

只是苦了安逸和余汇晨这两个不曾见过这样场景的女孩。

出于拍摄需求，两个女孩走近爆炸现场，最后，扛着摄像机的余汇晨终于忍不住生理反应，一阵呕吐。

对于她们来说，见识终究太浅，这一番动静反倒引来了其他记者的目光。

魏旭阳立马上前拍了拍余汇晨的背部，将她拉到了一旁。

“你没事吧？”魏旭阳悄声问余汇晨。

“没事……”余汇晨挥了挥手，可剧烈的反应是骗不了人的。

安逸还算心理素质强的一类，可那种场面换作是谁看到都无法释怀。

林樾终是把安逸也拉到了一旁，两人呆愣愣地杵在那里。林樾深知，在这种情形下，他人片刻安抚的言语远不比让她自己静一静效果好。

安逸觉得自己与林樾相比，与其他在场各国记者相比，逊色不少。

09

骤然突变的天气使得采访不得不提前终止。乌云压顶，是下雨的前奏。

车子驶过市区的一片废墟，忽然传来一阵低沉阴郁的大提琴声。

安逸放眼寻去，才发现那里也是昨天发生连环爆炸的一处地方。

废墟处，苍老年迈的老人和一架大提琴尤为醒目。

几人下了车，安逸靠到离废墟较近的一处地方，就这么远远地望着演奏的老人。

老人演奏的是一首名叫《Song From A Secret Garden》的曲目，中文名是叫《神秘园之歌》。安逸熟悉这首歌曲，她记得自己第一次听到这个曲目还是很久很久以前在榕城市音乐厅里，据说那是世界著名音乐团的巡回音乐会。安逸对音乐不甚了解，所以也是偶得了一张音乐会门票，怕浪费就去了。那时的安逸在音乐厅里听到这首曲子时，就觉得这首曲子的曲调竟是那样的空灵，搭配着小提琴的演奏竟流露出一股莫名的哀伤。乐声在空旷的音乐厅里悠扬回荡，在座的观众皆沉浸入迷，而那种感觉却又与今时今日所大不相同。

麦恩说，这个老人总会出现在爆炸后的废墟上，用大提琴演奏乐曲。那是给逝者的祷告，是指引灵魂升上天堂的指路标。

老人这样做是想用音乐让生活在战争里的一代人坚持生的希望，他年过花甲，行动上稍有不便，却在拿起琴弓演奏的时刻格外庄严，那种随年龄逝去的风韵，在那刻都归还到了他的身体里。

天空下起了蒙蒙细雨，低沉的乐声依旧回荡着，这样暗沉的天气搭配着阴郁的心情，几人伫立在雨里听着这首安魂之乐，顿时觉得原来人类如此渺小，我们所苦苦寻求的光源究竟所在何方？信念又是否在黑暗里就此被摒弃？

第三章
半生缘

01

骄阳肆无忌惮地照射着，尘土飞扬的道路上，女人小心翼翼地一步步走在破碎的瓦砾砖石上，而她身后，自打她从偏僻的小村庄采访回来，男人就脚步微跛地紧紧跟着。

“许南峥，你烦不烦？”

终于，女人忍无可忍地回头对身后那名叫许南峥的男人大吼。

许南峥则摆出一脸无辜的模样，摇头晃脑。

女人无可奈何，怎奈自己会救下这么一条“癞皮狗”。见他装傻的样子，女人也只得视他如空气，转身继续朝前走去。

眼见女人不再理自己，许南峥当下一个箭步冲到了她的面前：“伊静晓！”

“干吗？我说你就不工作吗，从我采访回来你都跟我一路了。”伊静晓想要从他身旁绕开。

许南峥当即拦下：“我们都三年没见了，你还这么恨我啊？”

伊静晓皮笑肉不笑地说：“你想多了，我恨的人多了，你不配！”

“你看，我们这算不算缘分？”

“不算！”

“怎么不算？”

伊静晓无言：“哎呀，你说算就算吧！这下你可以让开了吧！”

许南峥依旧不依不饶：“那我是不是应该谢谢你的救命之恩？”

“许南峥你有完没完，我都说了，三天前我们是恰巧经过那里，你要谢就回去谢傅军官去，要不是那天他们维和部队巡查路过那儿，你可能都命丧黄泉了！”

许南峥挠头，这是他的习惯性动作。

“还有，你下次能不能小心点！冒冒失失的，真不知道你是怎么活下来的。”

“你……这是在关心我？”

伊静晓被许南峥这突如其来的一问弄得红了脸。

“才……才没有……”伊静晓不知所措地伸手推开了许南峥。

猝不及防的许南峥一个踉跄，便跌倒在地。

“哎哟！”他一屁股跌坐在碎石瓦砾上。

伊静晓快步离去，任许南峥跌坐在身后叫痛。即使在碎瓦砖石散落的道路上寸步难行，伊静晓还是想尽快地逃之夭夭，尽快地逃离他的视线。

曾几何时，伊静晓觉得面对他竟成了一件需要勇气的事。若不是三天前那场偶遇，伊静晓恐怕此生都再不会与他相见了吧！那样胆小懦弱的人，这里确实不属于他，已经过去这么多年，他何必为了自己而执着地跑战地线呢？

02

三天前。

许南峥一人驱车行路早已舟车劳顿，眼看距离新米市已经不远，却不料前方蹦出了“拦路虎”。他们举着枪支，横跨在道路两侧拦住了去路。

许南峥从车子里看不清前方的状况，只是隐约看见前面几辆车子被围堵住了而已。

车子上下来的人被那些举着枪的不明人士押着。

是例行检查吗？新米市是H国最北端的一座城市，虽不是其军事要塞，却是受战火打击最为严重的城市，也是被北部一武装临时政府军所管辖的一处区域，按理来说不应该。正在许南峥犹豫不决思忖着要不要驱车避开时，前方举着枪支的不明人士却已经发现了许南峥的车子。

他们来势汹汹，两个大汉举着手中的AK47就来到了许南峥车前。一男人用枪托敲击了几下车窗，用一口当地的话说着什么，语气显然不怎么友好。看他们的样子既不像政府军也不像反政府军，许南峥约莫从他们的语气与肢体动作里猜出了一点意思。大脑在这 刻飞速旋转着，要不要发动车子直接闯过去？这似乎有些冒险，或许下一秒自己和车都有可能被打成筛子。

见许南峥不下车，两名男人显然没有了耐心，他们猛地敲击车窗。许南峥觉得在不知道他们的来历以及身份之前还是乖乖地妥协为妙，索性打开了车门。

车门被拉开的一瞬间，他就被他们毫不客气地揪下了车子。

“举起手来！”那名将他揪下车子的男人用他听不懂的H国话吼道，而另一名同样握着AK47的男人已将枪口抵着许南峥的头。

“I am a reporter（我是一名记者）.”许南峥双手举过头顶，不知他们是否听得懂英语，许南峥却还是用英语指了指胸前的相机说道。

不知道他们明不明了他的意思，两个男人还是不由分说地将他拉到了前方车子被拦截下来的几名人士那儿。

那些被拦下来的人同样也是外籍人士，身份看样子也是记者。毫无疑问，在这样混乱的环境下除了记者之外哪还会有其他外国人不要命地在 H 国乱跑。许南峥就这样和那几名外籍记者一同被四五个不明人士用枪抵着头部，双手抱头蹲在地上。

这几个不明人士不知在相互嘀嘀咕咕地说着什么。

不一会儿，那几名外籍记者里有的已经表情凝重了起来。

不妙！来者不善！

许南峥抱头的双手开始微颤，目光掠过抵着头的枪管，发出一个恳求的眼神。

就在许南峥以为自己的生命将要就此了结之时，远处传来了一声惊天的炮响。

一时间，这些不明人士也慌了阵脚。

这是个好机会，许南峥心想。

就在那些不明人士的枪口转移之时，许南峥迅疾地连滚带爬地向远处无边的沙漠戈壁地带跑去。那些同样不知所措的外籍记者见这名东方男人的这样举动，索性也四散逃跑开来。

一下子枪声四起，顾着逃命的许南峥不知是身后那些不明人士开的枪还是远处赶来的人开的枪，只是这枪声异常瘆人。

许南峥照着经验按着蛇步向远处狂奔，因为这样被子弹打到的概率相对较小一些。

那些不明人士慌了神，拿出机枪四处扫射着，这预示着小规模的枪战在所难免，一场血雨腥风即将来临。

这一招果然有效，可刚刚避开枪林弹雨，许南峥的双腿就被戈壁上什么东西给绊倒在地。他双腿发软，这一跤摔得可真是不轻，他匍匐在地向前方一处低洼地爬去。

终于他好不容易才抵达了那算得上是安全的地方。

枪声越来越近，许南峥就这样静静地在洼地里趴着，有那么一瞬间，他鼓起勇气探出半个头去窥探外面的局势。

从远方开来了几辆坦克，许南峥一时无法判断这伙人是好是坏，反正不会是和那些不明人士一伙，总之自己要想个办法逃离这里。

四周是无边无际的沙漠，没有任何遮挡物，这让许南峥犯了难。

那伙不明人士抵抗顽强，赶来的人员似乎无法向前。

“砰”一声巨响，一枚炸弹落地，掀起的巨浪使得许南峥吃了好大一口沙子。

战斗愈演愈烈，这里已经不算是什么安全之地了。

不管了，这样下去也不是什么办法，反正这样待着也是死。许南峥放手一搏，像是下了决心似的。

“一，二……三！”许南峥喘息着数着。

他拔腿就跑，这一刻能跑多远就跑多远……

不料，这一次幸运之神并没有眷顾他，他刚刚跑出去不过五六十米的距离就被爆炸卷起的碎石给击打到头部……

此刻的许南峥，感觉到一股锥心般的刺痛。

因为这刺痛，他强烈地命令自己保持清醒，这是人性内心深处求生的欲望。

可他伤口处的血还在不断地往外流。

突然，就像是在黑暗里迸射进了一道曙光。

他隐约间发觉有人从远处奔来的脚步声。

啪嗒……啪嗒……

带着略微急促的喘息声。

一瞬间，空气悄然凝聚，喘息声也被无限放大。

可他的力气已越来越虚弱。

“许南峥……南峥……”

他识得这个声音，在残存的意识里，她的脸模糊不清。

但是，他肯定是她。

因为他常常梦到她。

她眸子里涌动着流光，他这辈子都不会轻易忘却。他屏息凝神，她是自己心心念念三年却又无处可寻的牵挂。

她来了，她终于来了，在死神靠近的一刻。

听人说过，人将死之时会见到日思夜想，所思所念，牵挂着而放不下的人。

所以现在他真的死了吗？

意识越来越薄弱，眼前的场景也越来越模糊，而唯独那个声音，连绵不断。

“南峥！求你！求你再坚持一下……不要睡……不要睡啊！”

女人扶抱着许南峥，发现他的后背也已血肉模糊，不知道是弹片割的还是锋利的碎石蹭的。

03

日光乍现，眼前一阵白，许南峥睁开眼睛，自己已然身处在了安全的地方，手上扎着输液管，澄明的药液顺着管子缓缓流下。

这显然是一所医院。人流嘈杂，到处弥漫着消毒药水的味道。

“我……我这是在哪里？”许南峥半睁着双目，迷迷糊糊地问询。

“这里是国际红十字救护医院。”身旁一名身穿白色大褂的中年男人用磁性低沉的声音回答道，男人的身后还跟着一名大大咧咧的小护士。

言语间，他已经对苏醒的许南峥进行了几项简单的检查。

许南峥身上的伤口经过包扎处理已经没有了大碍，可还是会隐隐作痛。不知为何，脑子时不时也会一阵阵剧痛，痛得他龇牙。

中年男人见状，又仔仔细细地为他检查了一遍，这才放心下来，对他说道：“没什么大碍，就是有点轻微的脑震荡，好好休息几天就没事了。”

“请问二位怎么称呼？”许南峥问。

中年男人随即对他介绍道：“鄙人姓沈，单名一个‘铭’字。”

沈铭正想介绍自己身后的小护士，没想到那小护士却已抢先一步，笑嘻嘻地自我介绍了起来：“我叫唐灵，你可以叫我小唐，或者唐护士。不过，我喜欢帅哥叫我小唐，这样更显得亲切些。”一副小巧佳人的模样。

许南峥：“呃……那我叫你小唐护士。”

唐灵：“随你。”她莞尔一笑，内心却是暗想：这家伙儿真是直男一枚。

“你们好，鄙人许南峥，是自由职业记者。”

唐灵吐吐舌头：“什么叫自由职业记者啊？自己取的吧？说白了就是没有所属的报社和电视台。”

的确，“自由职业记者”是许南峥自封的，字面之意是不属任何一家报社或电视台管辖。说来也羞愧，自己是真舍不得这一行呢，还是舍不得奔波于战地上的某一个人？三年前那次事件，自己被报社免职之后他便再也没有踏入记者这一行了，大概还是有几分不舍吧！再加上想赌一赌此生能不能再遇见她。

沈铭干咳了一声，对唐灵说：“咳咳……注意形象。”转而对他笑说，“别介意，她就是这样。话多，直肠子，见到帅哥就走不动道。”

许南峥知道唐灵的调侃并无恶意。

“没事。”许南峥笑言。

要知道在异国遇到自己祖国的同胞那简直就是一件再欣慰不过的事，三人一见如故。

许南峥：“两位是中国援派支援医疗队的吧？多谢二位‘国际主义战士’施手援救。”

沈铭谦逊地笑着：“不敢当，不敢当。不过话说回来许记者你真的很幸运哪！”

唐灵：“其实说来，许记者你这次要不是碰上维和兵营巡查恐怕……”

是维和部队？不是她吗？

许南峥有几分犹豫与不确定，或许真是濒死之前的幻觉也不一定。

许南峥有些心不在焉，脑子里闪过沙土飞扬时的种种画面，想着不再去纠结，却又满脑子疑问难以化解。

“请问是谁救了我？我昏倒之前好像看到了一个人。”他还是想知道答案。

他目光如炬，等待着。

“是傅军官和伊记者。”唐灵回答。

伊记者？会是她吗？

他此生或许再没有像此刻这般激动：“能告诉我那个伊记者的名字吗？你认识她吗？她叫什么？”目光极度殷切。

“认识，认识，她叫伊静晓。”唐灵从未见过一个人这般着急。

再度听到这个名字，许南峥的心里有种说不出的滋味，开心、欣喜、迫切、兴奋、忐忑、不安、犹豫、难过……种种反应交织于心，一下子好似什么都平淡。

“许记者你认识她？”沈铭问。

许南峥摇了摇头。

可谁都不是傻子，光从一个人的目光里就已经能看出个所以然的事情他们便也不再多问。只是“伊静晓”这个名字在许南峥心底的分量有多重，他们并不知道。

“那你先休息，有什么事随时找我，或者唐护士。”沈铭说完，两人告辞离去。

许南峥的眼神闪烁，自言自语：“那……那不是梦，不是梦！”

与其说三年前是自己的迫不得已，倒不如说这三年时间里包括现在他自己还是犹豫了。就在当下，自己还是觉得能够默默陪护在她身边，知道她的安危就已经满足了不是吗？

不能这样吧！自己已经对不起她一回了不是。果然，此时他的第一个反应就是自己还是不能忘记她，可还能不能再见到她呢？他不能再错过她了。

许南峥果断地拔下正在输液中的针管，不顾一切地跑了出去。

04

医院过道里，许南峥险些撞上唐灵。

“小唐护士！”恰巧他也正要找她。

“怎么了许记者，你不是在输液吗？”唐灵疑惑地问，“是哪里不舒服，要不要我给你去叫沈医生？”说着便要转身去找。

“不了，不了……”许南峥赶忙拉住唐灵，“我就是……想问一下送我来医院的人，她还在吗？”

唐灵笑了笑：“伊记者和傅军官啊！”

唐灵随即瞥了眼窗外，医院院子里传来了阵阵孩子们的嬉闹笑声，许南峥也随着唐灵的眼神看向了窗外。他挪步到了窗边，向外望去。医院院子的草地上有两个大人正参与在一群孩子的嬉戏活动中。一男一女，在稚嫩的孩子群中，丝毫不显违和。

彼时，阳光正好，柔和的光影打在了院子的草地上，泛着层层的金光，一切都好似在烘托着他们这对俊男靓女是如此般配。阳光斜照进敞开着的窗子，同样照在了许南峥略显沧桑的侧脸上，显得这般凄凉。望着这一双俪影，不禁让人产生无限的遐想。许南峥打心底觉得自己是应该祝福他们的吧！毕竟三年了，一切曾经惦念的都应该变成了过去式，可笑自己还那么坚持。

唐灵见许南峥望得如此入神，觉得他多半是羡慕草地上的两人，便在一旁介绍了起来：“医院里看过他们俩的人都说他们很般配的。那个穿着迷彩军装的就是傅军官了，是他把你背到医院来的，他是中国派遣到H国联合维和部队的。看样子他和伊记者很熟悉，他们常常来医院陪那些孤儿玩。”说到这里，唐灵转而对许南峥说，“其实你应该认识伊记者的吧？”

被一语点破的许南峥，只得苦笑着说道：“不……不认识。”那双澄清透亮的眼睛顿时黯淡了下来。

“别装了。”

许南峥无奈地笑言：“有那么明显吗？”

唐灵点了点头：“你的演技不是一般的差，我们又不是傻子能看得出来。”她继续说，“其实，伊记者把你送到医院来的时候，还一个劲地喊着你的名字呢！看着样子挺着急的。”

是这样吗？如唐灵所说，那她应该还是牵挂着自己的。

“好了，不八卦你们了，如果没别的事我就去忙了。”临走前，唐灵还不忘叮嘱，“还有，许记者你身上还有伤，要时刻注意休息。”她依旧是带着甜美可人的笑意。

许南峥有时心想，像唐灵这样内心充满阳光、积极乐观而又爱笑的女人怎么会选择来战地做一名护士呢？她这样的女人应该在忙碌结束一天的工作后，约上三两个密友游逛在都市繁华里享受安逸生活的。她和这个战火硝烟的国度，和这里的残酷是那样格格不入。

可转念一想，正是有了这份乐观与积极，给在这片土地，在这战火中受过伤害的人带去了多少无限的希望。

许南峥满脑子都在回荡着唐护士刚刚那番话。着急的样子？伊静晓是否真的是在惦念着自己？

而此刻，许南峥不知自己是否该去和他们打声招呼，他不愿去打扰眼前两人的“浪漫”时光。可对于救命恩人，他于情于理都应该上去打声招呼，道声谢谢。

不知不觉，他已经走到了院子的草地上，目光依旧难以从伊静晓的身上转移开来。

和孩子们嬉笑打闹的伊静晓看到了许南峥缓步而来的身影，也抬起了双眸。

许南峥向伊静晓抛出了一个久违的笑容。可她的反应是那样淡然，视若无睹。他知道三年前，两人心里的那个结并没有完全打开。

最终，反倒是她身旁那位穿着迷彩军装的男人满面笑意地上前与他打了招呼：“你好！我叫傅言东，是中国派遣到 H 国维和部队的一名维和兵。”说着，伸出了手。

许南峥觉得自己显然有些失礼，赶忙收回自己在她身上的目光，转而跟眼前这名身材高挑面容俊朗的男人握手介绍：“你好，许南峥，是一名记者。”

许南峥道谢：“谢谢你救了我。”

“应该的，作为一名军人，这是我的使命。”傅言东语气亲和。

“你和伊静晓认识吧？”傅言东问。

许南峥点了点头。打完招呼的他正准备上前和伊静晓叙叙旧，却见伊静晓走向了一边，他刚刚迈出的步伐戛然而止。

“怎么了？你们不叙叙旧吗？”傅言东问。

“算了，想必她是不想见我。”许南峥苦笑，“不打扰了。”

他转身离开，留下一个落寞的背影。

傅言东走回伊静晓身旁，笑道：“人家看得出你是在躲着他，所以很识趣地走了。”

伊静晓没有说话，低着头和一个孩子玩得正欢。傅言东知道她这是故意的，假装没有在听自己说话，其实是在听着的。他继续说道：“如果是仇人也不带这样的吧？他受伤的时候你还挺在乎他的。能和我说说你俩吗？”

“怎么看你都不是那种爱问别人八卦事的人。”伊静晓抬起低垂的眸子，自己虽说是在躲避着他，可刚刚自己却在用余光偷摸地瞄着他。三年了，难道他现在连与自己打声招呼的勇气都没有了？

傅言东只是笑了笑，没再说些什么。

05

夜色深浓，许南峥侧躺在病床上。说是病床，其实只是用了两张大木板拼凑起来的简陋床铺，睡起觉来自然不是很舒服，加上伤口隐约的刺痛，更是让他难以入眠。

他放眼窗外。

H 国的夜里没有任何灯火，其实大多数人即使是有条件也是不愿点灯的，因为战争，这里的人们早已有了一套自己的生活习惯。也因为在家里不会有任何娱乐项目，人们在一天结束之后又是闭门不出，所以自然是不必点灯的。

城市的残垣断壁藏匿在黑暗里，许南峥望着窗外，眼神锃亮，那高悬的一轮弯月竟是这样澄明。柔和如流水一般的月光，穿过窗户静静地泻在病房的地板上，光影穿梭显得几分斑驳陆离。

彼时的伊静晓不知怎的，也是辗转反侧难以入眠，兴许是因为他的出现。

维和兵营里，因为时间尚早，伊静晓拉上傅言东游走散步。兵营的操场上还有一些士兵正在进行晚间锻炼，伊静晓觉得这里好似已经成了自己的居所。因受报社指派由她负责报道中国维和军的维和事迹，她成了一名随军记者，也恰巧遇见了许久不见的傅言东。

傅言东认识伊静晓的时候，她还只是长辈口中的一个黄毛丫头。两人相差近十岁，伊静晓家、傅言东家、林樾家从祖辈起就是世交。伊静晓的爷爷和傅言东的爷爷加上林樾的爷爷，三人是亲密的战友，三个小孩从小便在军属大院长大。伊静晓打小就听爷爷说起他那个生活艰苦的年代，那时正值抗美援朝战争，伊静晓的爷爷、傅言东的爷爷、林樾的爷爷都参与其中，他们是上过战场一起扛过枪杆子的战友情谊，上一代的情谊也延续到了伊静晓、傅言东、林樾三人的身上。小时候，伊静晓老听爷爷在傅爷爷面前夸傅言东是一个不可多得的当兵的好苗子，身强力壮。三个老人交谈间，伊静晓的爷爷叹息伊静晓是一个女孩，很是羡慕傅、林两位老爷子的孙辈都是男孩。伊静晓知道爷爷不是那种重男轻女的老思想派，他只是觉得他们那代的战友兄弟之情恐怕自己是体会不到的。可谁曾想，长大以后，伊静晓机缘巧合之下做了一名战地记者，虽说不是扛着枪杆子，却也是在战地上来回奔波地工作，与傅言东也算得上是半个战友了。

每每伊静晓与傅言东聊起这些往事，两人都会开怀大笑。大好的岁月，他们俩，加上林樾，恰是少年时，恰是最为无忧。

两人聊着聊着，话题不知怎的不知不觉地转到了许南峥身上。

傅言东是个不爱多问他人私事的人，对伊静晓也一样，即使他已经把伊静晓当成是自己的亲妹妹。他觉得伊静晓和许南峥之间有着解不开的心结，但伊静晓不说，他也无兴趣多问，只是当下却是伊静晓主动提起的许南峥。

"我觉得，有时候我自己也不能真正了解到自己的内心……一个我曾经口口声声说过不想再见到的人，我却念念不忘……那件事后我对他百般呵斥，他都一言不发，他是多么高傲的一个人啊，任何事情都会考虑得很周全，可……可三年前的那件事可能是因为他的懦弱或者退缩而导致的，我质问他，他却不反驳我……他是那么傻，傻到因为我的一句话就自觉地消失了三年……这三年时间里，我的心总是空荡荡的。"伊静晓苦笑，她说得逻辑混乱，毫无头绪，可傅言东能体会到她苦闷的心情，知道是她口中的那件事让他们两人变得像现在这样形同陌路。

"那个人是那个叫许南峥的吧？"傅言东猜透，"那你能告诉我，你为什么那么恨他吗？"

“也不是恨，是因为一个人……如果当初他没有退缩，或许那个人现在应该还在这里。”伊静晓言语平缓，带着一丝惋惜。

说是恨也好不恨也罢，当初不告而别的人现在跟她同处一片天空下。

回忆在伊静晓的脑海里交织着，却又如同一道不可愈合的伤疤不能细细回想。

她没有想到自己还能再次见到他，而这次自己救他也只不过是一场意外。要不是自己和维和部队出巡时恰巧遇上求救，或许他现在已经凶多吉少了。

有时命运就是这样难以预料，让人不禁觉得这一切的奇缘都是老天爷刻意的安排，老天爷就是这样，她在当年欠了他一条命，注定要还完才能与之一刀两断。

幽幽的月色笼罩着这片坑洼不平的土地，显得这般凄凉。

“那你就没有想过和他冰释前嫌？不管三年前发生过什么，是谁的错那都已经不重要了。我看得出你还是在乎着他的。”傅言东说。

伊静晓摇头轻叹：“我记得莫言一本书里的一句话：‘世界上的事，最忌讳的就是十全十美，你看那天上的月亮，一旦圆满了，马上就要亏厌；树上的果子，一旦熟透了，马上就要坠落。凡事总要稍留欠缺，才能持恒。’或许我和他注定不能圆满，应该保持一个不会伤害到彼此的距离，才能维持各自这份的美好。”说着，两人不约而同地抬头看向高挂于夜空的那一轮孤零零的弯月。

“那从明天起，做一个最起码见面还可以打一声招呼的普通朋友。”傅言东语气柔和地说。

傅言东对伊静晓的了解，莫过于自己对自己的了解。他明白伊静晓想要与那个名叫许南峥的男人保持距离，其实是在害怕自己还没从那件事情中走出来前，把两人关系给弄得更糟。

其实恨一个人哪有那么简单。

恨之所以为恨，是因为它是把一个人镌刻在心头之上永世不忘的。

06

对于这个默默跟在自己身后的男人，伊静晓没有半点办法。

当初她质问他，却没有得到半句解释，他的沉默不语伤透了她的心，连她要离开的时候，他都没有说话。当时哪怕他说一句“为了你”，她都会留下。可他没有，反倒是他消失得无影无踪，音信全无。后来，她还是从林樾的口中得知了他的消息——

“他去了美国，生活貌似过得很困苦。”

困苦？未必吧！她的困苦又有谁知道呢？

当初离开的人是他，现在百般纠缠的人也是他，他怎么就这么“阴魂不散”？

突然，伊静晓一个转身，许南峥猝不及防地差点撞上她。因为怕她走得快跟丢人，故此他跟在她身后跟得很近，于是她一转身，两人差点撞到了一起。

气氛一下子有些尴尬。

两人面对着面，最后，许南峥连忙退后了几步。

他貌似有些跛脚，看出来的伊静晓想，大概是三年前留下的旧疾，抑或是刚才自己推了他一把，他摔得不轻而导致的。

“许南峥，如果你是为三年前那件事才对我这样的话，你大可不必这样。过去的事情都过去了，耿耿于怀不会有结果的。如果三年前我说了什么伤害了你的话，我现在郑重地对你说声‘对不起’。请你不要再打扰我了好吗？咱们大路朝天，各走一边，OK？”她终于明白什么叫不吐不快，说完打算转身继续向前走，却又有话还没“吐”完，“还有，那天换作是别人我也会去救的，所以你不必跟我道谢。就算是三年前我还给你救我的一命了，我们今生两不相欠！”

说实话，这一口气说完，伊静晓的心顿时爽快了不少。

许南峥惊到了，她说话的速度如此之快，自己连一句插话的间隙也没有，最后也只得等她说完，才磕磕绊绊地说出一句：“可是……可是如果换作是别人……你就不会……不会为他那么着急了。”

许南峥的话竟是如此暧昧，伊静晓红着脸：“我……我以前怎么没发现你这么不要脸！”她转身就走。

许南峥就这么一路跟伊静晓回到了医院。

由于平日时常来医院，国际红十字医院里的一些外国医生护士也都认识了伊静晓。

伊静晓一进医院，就有人和她打着招呼，有些从医院里出来的护士和医生看到伊静晓身后的男人颇有些好奇。

有个好奇的外国女护士问：“伊记者，你身后的男人是谁？”

平日里伊静晓会教他们一些中文，她索性就用中文回答：“狗皮膏药。”

那外国女护士显然没听出来这是一句损人的话，以为许南峥的名字就叫“狗皮膏药”，故此对伊静晓身后的人打招呼道：“嗨！狗皮膏药。”

伊静晓想，许南峥想跟着就跟着吧，反正跟得了一时，跟不了一世。

07

见到伊静晓，沈铭打招呼道：“伊记者你回来了，采访还顺利吗？”

伊静晓笑言：“托身后这个人的福，很顺利。”

“这个人”指的自然就是许南峥。

许南峥会心一笑。

沈铭哈哈大笑：“果不其然，你们认识，肯定缘分还不浅吧！”

“我们俩纯属孽缘，就是那种欠着命的关系。”

聊着聊着，沈铭突然想起了什么：“对了，傅军官出巡的时候受伤了。”

“啊？那他伤得怎么样啊？”伊静晓迫切地问。

“没什么大碍，就是在救一个孩子的时候手臂擦伤了，唐护士正在给他上药。”

说实话，看到伊静晓刚刚紧张的样子，许南峥不知为何有些嫉妒傅言东了。

“你怎么这么不小心呢？”

医院三楼的药房里，唐灵正拿着碘酒棉给坐在对面的傅言东消毒伤口。傅言东卷起袖子露出了擦伤的手臂，伤口虽不是很深，但擦伤的面积很大。

唐灵为傅言东清理伤口的时候小心翼翼，生怕弄疼了他。

她那样仔细专注的神情是傅言东从未见过的，印象里，她总是大大咧咧的。

他看得出她的小心，只是这点伤实在是小题大做了，于是他对她说道：“这点伤算什么，你不知道以前训练的时候比这严重的伤多了去了。”为了证明自己没有事，他还用受伤的手臂做了几个动作，最后却是痛得直龇牙。

“你就是嘴贫。这里是什么地方，伤口可是会感染的。”唐灵明白他的性格，“好了好了，等处理完伤口，有你威风的时候。”唐灵示意他坐下继续上药。

“哎，我说真的以前在大院……”傅言东又一次打算诉说自己的“光荣事迹”。

“行了，行了，听你吹了那么多次了还没够吗？”傅言东幼年时代的光荣事迹,唐灵听了不下百遍,每次他都能变着花样吹出花来。

不过话说回来，傅言东身上的伤疤确实很多。有一次出巡的时候，他伤得很严重，也是唐灵替他上的药。

待她上完药，傅言东痴望的目光也还没收回来。

“你下次能不能小心点，每次……”说到这里，她才发现他温柔的目光一直都在注视着自己。

“每次都……”她一时竟有点羞涩，怎么也组织不出语言了，难道说“每次都害我担心”吗？可是她该站在什么立场对他说这句话呢？

傅言东放下袖口，却也不知她要说些什么。

“每次都什么？”

“每次都……麻烦我！”她胡乱地蹦出这句话。

“那我下次受伤就不麻烦你了。”他笑着说。

“傻瓜！你还想受伤啊！”

人在不经意间都会一个不小心蹦出心里话，当她说出这句话后，空气里一阵寂静。

“你是在关心我？”

“大……大概……吧！”

狭小的空间里弥漫着暧昧的气息，她不知道为什么面对他时大脑总是会处于休眠状态，老是会说错话。当她还在为此而羞涩的时候，傅言东却已经是一个迅疾将她逼靠到了墙壁上。

这一刻两人是这样贴近，唐灵都能从他的眼睛里看到惊慌失措的自己。空气里有他的呼吸，此刻这般沉溺又是如此的意外。

他的唇不听使唤地靠近，唐灵却也没有抗拒地闭上了眼，等待开启一次奇妙滋味的旅程。

“等等……”她终是停止了遐想。

“怎么了？”

“你……你喜欢的不是伊记者吗？”

“谁说的？”他笑言。

的确没有人这样说过，只是，他们两人宛如一对璧人常常形影不离地出现在医院里所以才会让人这般遐想吧！

“我可是打小把她当成是自己的妹妹。”

“妹妹？少来这一套。”她故作吃醋。

“真的。”

“真的！千真万确！”

就在此时，门口的许南峥尴尬地轻咳了两声。

两人的目光不约而同地看向门口，许南峥和伊静晓正静静地看着他俩，而他们却是摆着这般暧昧的姿势。

“这就是所谓的‘壁咚’吧？”许南峥不怀好意地说道。看到这样的场景，许南峥是开心的，先前他还一直以为傅言东喜欢伊静晓。

“呃……不好意思！没看见你们两个……打扰了！”伊静晓看到这一画面却是不好意思了，双手捂住眼睛。

“不打扰！不打扰！”唐灵和傅言东异口同声。

天哪！好尴尬啊！唐灵咽了口口水，心想刚才自己那般小家子气的话到底有没有被伊记者听到。

“那个……我有事先走了……你们有事你们聊！”她尴尬地笑了笑，脸颊炽热。

她端着药箱走了几步，却又退了回来叮嘱傅言东：“那个……记住三天之内伤口别碰水。”

“哦……”傅言东点头。

待唐护士离去，伊静晓才打趣着说道：“看不出来啊！”

傅言东羞涩地挠头：“什么……什么看不出来。”

“别装了，连你都恋爱了，我们三个之中就剩下林樾了吧？”

傅言东依旧是不好意思地挠头，没想到自己第一次表白就被撞了个正着。

“什么你们三个？”许南峥问。

“哦！你不知道啊！我、林樾、傅言东打小一起长大的。”

“我是说你们都恋爱了，就剩林樾了是什么意思？你的意思是你现在有喜欢的人？”

“你……你管得着吗？”伊静晓心虚道，内心却是暗暗骂着许南峥这个人真是傻瓜、木头。

“怎么……怎么管不着……”说这话时许南峥终是没有底气了。

“许南峥，我求你还是别跟着我了！”说罢，她又对傅言东说，“我们走。”

两人踏出门去，只留许南峥一人。

突然，傅言东发现背后的许南峥一头栽倒在地。

“哎？他怎么了？”傅言东赶忙上前。

伊静晓也停下了脚步却没回头：“别管他，这一套他不知道来过多少遍了，你让他躺那儿好了。”

“不对！他真的是昏过去了……”

伊静晓这下也紧张了起来。

08

午后的阳光映照着这片满目疮痍的大地，大地翻涌而起阵阵氤氲雾气。这是战火下物质燃烧殆尽后所发出的刺鼻的焦炭味，是死于炮火流弹下死者残肢烧灼后的腥臭味，是钢铁皮卡燃烧后所散发出的金属冷凝味，是土灰瓦房浴火燃烧后无穷的死寂味……这些焦灼的气息残凝在这片残垣赤裸的城市中。

留居在城市里的人们，不约而同地眺望着远方。

市区另一端，袅袅升起的滚滚黑烟仍旧清晰可见。

此时，医院内络绎的人群皆已散尽。土灰色的外墙因油漆脱落而显得坑洼斑驳，医院与周遭的建筑别无两样，从外表上看很难让人相信这竟是一家医院。而正是这栋三层楼的小建筑接纳与收容了一批批的伤者。

和煦的午后阳光夹带着夏日爽朗的微风吹拂过医院院内葱茏的树，从敞开着的破木窗流淌进二楼的这间病房内。许南峥侧卧在躺椅上熟睡，高挂在一旁的点滴瓶里的液体正一点一点地顺着导流管流进他体内。

碧蓝如洗的天空，得以片刻停歇，使得这天午后的阳光都显得格外明媚柔和。

这样静谧的午后，许南峥的神经却无时无刻不紧绷着，前几日刚刚从死神的魔爪下逃脱，那样惊心动魄的经历让他就连在睡梦里都还在回顾，他那双浓密的剑眉亦是时刻紧张地微蹙着。

片刻后，他慢慢地微睁惺忪双目，眼前是敞亮的输液室，四周的角落零散着几人。

许南峥抬头目视着点滴瓶里一滴滴顺着导流管慢慢流淌下来的药液，还有小半瓶的量。

晕倒之前他依稀记得，是在药房里和伊静晓、傅言东在一起。

果然伤口还是感染了，高烧伴随着咳嗽使得许南峥的脑袋一直处于昏昏沉沉的状态。先前他本以为这些症状只是小病，谁知道身体竟羸弱到这种地步。

他迷迷糊糊地望着周遭的一切，同处一室的都是饱受战火波及的百姓。

好在自己是幸运的。

只是，她在哪里？

院外时不时地传来孩子奔跑尖叫的声音。

许南峥不时地望着药瓶，看着药水一点点地流逝，在这样的地方就连要打发时间都无事可做。他摸了摸胸前的相机。

许南峥记得自己第一次拿起相机时，还真不会想到自己会干战地记者这一行。或许此生都要与它为伴了吧！

许南峥正回忆着，突然，一架纸飞机就这么径直落在了他怀里。

他诧异地抬起头，看到面前站着一个六七岁大小的小男孩，一副稚气的模样，正用一双瞪大了的眼睛看着他，胆怯之中带有几分试探。

许南峥晃了晃手中的纸飞机用英语亲和地对小家伙说道：“这是你的吗？”

很显然小男孩听得懂英语，他点了点头，继而又摇了摇头，或许是害怕面前这个陌生的叔叔会责怪于他。

许南峥笑了笑把纸飞机归还给小男孩。小男孩试探性地上前，慢慢悠悠地伸出手取回了纸飞机。

“陪叔叔玩会儿好吗？叔叔也会玩纸飞机。”许南峥想借此消磨时光，因为一个人实在太过无聊了。

小男孩没有说话，只是微笑着点头表示同意。这个年纪的孩子是很乐于与他人分享自己的快乐的。

对于纸飞机，许南峥没有很大兴趣，这对他来说只是一种童年的回忆，反倒是小男孩玩得不亦乐乎。小男孩欢乐地拿着纸飞机在许南峥面前转悠，许南峥看着他这副无忧无虑的模样心有所感，他像是战地里的一抹阳光，流露出灿烂的笑容，是乌云渐散后洒下的一缕金光。

许南峥不由得拿起相机，想记录下这难得美好的一刻。

然而对于这个未知的东西，小男孩却是十分戒备，面对这个陌生的东西，开始有意地躲闪起来，显然还有些畏惧。

许南峥以为小男孩是对于陌生的事物的未知而躲避，故此笑着对他解释道：“这是相机，拍照。”

许南峥生动形象地用手模拟着相机拍照的动作。

这时小男孩终于开口了，他怯懦地说：“他们手里也有，长长的……会发出‘轰隆’的声音的东西。”

许南峥不知道小男孩口中的“他们”是谁，也不知道对于这样东西他为什么会如此害怕，相机是会发出声音没错，却不是发出他口中那种“轰隆”的声音。

这时，小男孩的身后传来一个男性刚强柔和的磁性声音：“叔叔手上拿的东西和坏人手中的东西不一样哦！”

来者正是傅言东，他摸摸小男孩的头，柔和慈爱地看着小男孩。

许南峥这才想到，小男孩口中那种发出“轰隆”的东西应该就是手枪，他八成是把相机的长镜头误认为了长枪。

这是一个有着战争阴影的孩子，还没有看到外面世界的绚烂多彩，却已变得小心翼翼，对于任何陌生的事物都抱有恐惧感。

傅言东抱着孩子坐在许南峥一旁的空座上，一副长者的慈爱模样。

许南峥怎么也不会想到傅言东会有如此柔和的一面，这与他外表的刚强截然不同。

这大概就是军人的铁血柔情吧！

小男孩在傅言东的怀里竟异常安心，像是放下了一切戒备。

“好了，去找伊姐姐玩吧！叔叔生病了别打扰他。”傅言东温声对小男孩道。

小男孩点点头，走之前还拍了拍许南峥的手说道：“叔叔要快点好起来哦！”

许南峥笑着点了点头：“叔叔会快点好起来的，到时候陪你玩纸飞机好不好？”

小男孩“嗯”了一声，然后高兴地跑开了。

“他叫什么名字？”许南峥问。

傅言东回答：“他叫克鲁斯，是个孤儿，他的父母都死在了战火里，我是在一片废墟底下发现他的，那时他还喃喃着要找妈妈爸爸。你别看他现在这样，其实他刚到这里的时候很自闭，不愿和任何人交流。”

许南峥叹息：“唉，经历战火洗礼的孩子多多少少都会留下心理阴影吧！”

“小克鲁斯直到现在都不知道他的父母都已经死了，我们在找到他的那片废墟里找到了他父母的遗体。”傅言东叹言，“他一直以为他只是和父母走丢了，一直坚信父母会来找他，刚来的时候每天都守在医院外，一等就是一天，无论我们怎么哄都不行。后来我们就想了一个法子……”说到这里，傅言东再次叹息，“我们编了一个拙劣的谎言，对他说：‘你的父母去了一个很远的地方，那里没有战乱，只是他们刚刚到达那里还没有家，等到他们找到家了就来接你。’小家伙信了，他说他好高兴，他说终会有一天自己会不用再听到那种让自己害怕的‘轰隆隆’声了。我们当下都流泪了，不忍心看他天真憧憬的模样。我又跟他说那你要答应叔叔从今以后要好好吃饭、好好睡觉，如果生病了受伤了，在远方的爸爸妈妈会为你伤心的。他好高兴哦，当下就拍手说：‘克鲁斯不急，等爸爸妈妈找到好房子就来接克鲁斯了，克鲁斯要好好吃饭，要让爸爸妈妈看到我长得高高壮壮的样子。’”

许南峥的眼眶泛红，鼻尖一阵酸楚，泪不停地流，一瞬间他也不知道该说些什么了，只得一个劲地用手抹眼睛。

傅言东：“他真的好懂事，可残酷的是他早晚是要知道真相的，却不是在这个时候。”

许南峥有时宁可少听到些悲伤的事情，他素来不喜欢悲伤，可他知道自己就算回避不听这些悲伤的故事，这些悲伤的事也还是会每天在这片满目疮痍的土地上频频发生。世界上的有些等待注定没有结果，注定是会以失望告终。小克鲁斯终有一天会知道真相，他再也不会等来父亲母亲温暖柔和的呼唤。

09

外头已许久没有炮火“轰隆隆”的声音了。

医院里的人不禁想，该不会是停战了吧？

果然，不久后，他们收到了H国北部武装临时政府下令暂时与古斯特罗自卫军停战的消息，北部的各大武装临时政府军经过协商表示愿意达成相应同盟协议，也将于近日对南部反政府武装军发出信息表示要进行双边谈判。

“好点了吗？你这一晕可把静晓吓得不轻啊，她以为是她把你给气晕的。”傅言东拍拍许南峥的背笑着说。

许南峥也笑了：“如果她能把我气晕，那我早就晕了好几回了。现在没事了，就是觉得脑袋昏昏的。”

傅言东问：“你认识林樾吧？”

“认识，我们以前搭档过。”

傅言东继而说道：“虽然我不知道你和静晓两人之间到底发生了什么，但我想如果你是林樾的兄弟，他看人是一定不会错的。我想你一定会好好待静晓的，现在我可以放心地把她交给你了。”

许南峥听得一头雾水：“交……交给我？”像代表她家人那样把她交到他手里？

“我们要离开了。”傅言东言语平淡，却流露出了几分不舍的神情。

“离开？”

“是的。离开，去南方，刚刚接到上级的命令。”

“这么突然？那这边呢？”

“南方那边近来频频发生汽车炸弹袭击，且常常有一些不明分子出没扰乱平民。维和嘛，就是这样，哪里需要我们就去哪里，哪里乱就去哪里，只要有我们，战争里的平民就会少受些伤害。”

不明分子，许南峥毫不陌生，自己几日前也差点死于他们手中，他们多是边境的恐怖分子、雇佣兵、杀手，鱼龙混杂。这些人有时以“反政府军”，有时以“政府军”的名号为非作歹，着实可恶。

傅言东：“你放心，这边联合国会派驻其他维和部队过来的。”

“你的意思是伊静晓不跟你们一起离开？”

“嗯，刚刚我问过她了，她说她不走，可能是舍不得这些孩子吧！”从傅言东的言语中可以看出，他又何尝舍得呢？“不过，我们走后她可能不能再住维和营里了。你们放心，唐护士说你们可以住在医院里，反正这些孤儿也需要照顾。只是要多麻烦些你了。”

“好，伊静晓和大家就交给我吧！”就像是两个男人的誓言，男子汉的担当，许南峥的回答坚定有力。

傅言东欣慰地笑了笑，拍着许南峥的肩：“偷偷告诉你一个秘密，你晕倒之后，静晓她还抹眼泪了呢！她打小就这样要强，你要多谦让她一点，我看得出她还是很在乎你的，你可要珍惜了。”他语重心长地说完这一番话，像是如释重负一般起身准备离开，“好了，不打扰你休息了。”

看着傅言东离去的背影，许南峥思绪万分。说实话，他曾经还把傅言东当成是自己的情敌，像傅言东这样优秀的男人换作是谁都会为之折服的吧！倘若傅言东真的喜欢伊静晓，他觉得自己肯定会完败。

10

夕阳不懂发生在这片土地上的哀伤，像团团浓烈的火球翻滚着，慢悠悠地流动。

晚霞给奔跑在院子草地上玩耍的孩子们的脸上镀上了一层橘黄色的暖光。孩子们带着灿烂的笑容，仿佛从来没有经历过伤害。

许南峥坐在院子里的长椅上，望着傅言东、伊静晓和孩子们，他忍不住偷偷地举起相机对着这祥和美好的一幕。

伊静晓发现了独自坐在长椅上的许南峥，于是她走了过来，在他的身旁坐下。

“在看什么？不去和孩子们玩吗？他们很可爱的。”

不知道是不是自己的错觉，许南峥觉得伊静晓对自己说话的语气好似变得柔和了。

“我在看远处那些被炸弹所摧毁的建筑，设想它曾经屹立着的模样。这曾经是一个多美好的地方啊，如今怎么会变成这样了呢？”

“战争从来都是残酷的。”伊静晓望着这些无家而归的孩子轻叹一声。她第一次来到这里的时候，也被这片残垣坍塌的废墟惊到了。曾经是高耸伫立的房屋，如今却已然变成了脚下的一抹尘土，战争会使一座城市变成一片空白，人民流离失所无家可归，偌大的城市里只剩下无限的悲哀，如同夏日里的芒草在这片荒凉破碎的土地上肆意滋长。这样的场景，伊静晓曾在地震后的灾区目睹过，可这却是两种不一样的场景，一个是天灾，一个是人祸。她记得，当她第一次把镜头对准这里的人民时，一位两鬓斑白的老人微颤着双手说了一句触动她心灵的话：“我不知道战争什么时候会结束，可能我这一生都看不到停战的那一天了，此生再也看不到春暖花开的土地了，我只希望我的子孙们能够活下来，即使轰塌下的瓦砾填满了这整座城市，我也不希望它填满他们仍有一丝希望的心灵。”

“去南方吧，林樾也在那边。”她突然这样说道。

“那你呢？”许南峥毫不意外，他知道其实她心底一直是很排斥自己的。

“怎么，你觉得我一个人不行？”她有些不服气地看着他。

许南峥笑着没有说话，他答应过傅言东，他会留下。即使没有傅言东的嘱托，他也会留下。

两人沉默了片刻。

良久，伊静晓才开口说道：“夕阳真美啊，要是没有战争不知道会不会更美。”

可悲的是，人们只有在这样的环境里才会发觉原来大自然的景色才是最美的。最美好的事物与景色其实就在我们的身边，只是我们总是不经意间忽略掉了它们，待到一切物是人非时，我们才会去留恋身边的美好。

望着这样美丽的景色，许南峥突然对身旁的伊静晓这样说道：“静晓，既然你不肯原谅我，那么我们不如都不提过去，我们从零开始，你就当第一次认识我。”

“第一次？”她有些莫名其妙，不知道他在搞什么鬼。

“嗯。”他起身向她伸出手，“你好，我叫许南峥。”

“幼稚。”她瞥了许南峥一眼，然后起身离去。

“反正我会一直跟着你的。”他喊道。

“随你。”她回应。

伊静晓笑着奔向玩耍的孩子，不再理会许南峥。

孩子群里，小克鲁斯朝许南峥跑来：“叔叔，叔叔，你答应我要陪我玩纸飞机的，现在吗？”他的手里拿着一架崭新的纸飞机递给许南峥。

许南峥俯下身子与小克鲁斯齐平，声音柔和：“好啊！”他接过那架纸飞机牵过小克鲁斯的手也一同奔向玩耍的孩子。

“看着，叔叔的纸飞机可以飞得很远哦！”说着，许南峥抛出了手中的纸飞机。

许南峥已记不得那天到底有多么欢乐了，只记得孩子们在阵阵爽朗的笑声与呼喊声里齐齐举头望着在夕阳下飞旋的纸飞机，它飞得那么高，飞得那么自由，飞得那么畅快。

第四章

这个世界没有如果

01

古斯特罗市。

林樾和安逸两人在从工作站回酒店的路上看到了浩浩荡荡入城的维和部队，他们驾驶的皮卡与坦克引来了不少路人的驻足。

这支来自中国的维和部队让林樾和安逸瞬间心安了许多，好似吃了一颗定心丸。

维和部队的入驻，其实也在一定情况下说明了古斯特罗市动荡、不稳定的局势。的确，从林樾他们进入古斯特罗市以来就已经发生了大大小小不下十起的自杀式汽车炸弹袭击事件，它们有的针对密集的人群，有的针对当地的建筑。就在这支维和部队来的两天前的夜里，一颗不知是炸弹还是什么的东西“轰”的一声划过寂寥广阔的长空，吵醒了这座城市里的人，同样也惊醒了处在酒店的他们。当他们从梦中惊起朝窗外望去时，远方的天际线只留下了一条白色的尾巴。

那个东西最后落在了郊区，所幸没有伤亡，只是也够林樾他们这几天忙的了，因为那个东西就落在距离工作站不远的地方，工作站受到了波及。林樾庆幸自己有先见之明，在这种不知道随时会发生什么状况的地方，他已经提前告知同事们不要将贵重东西放在工作站里，现在看来这个决定是对的。

当他们几人目瞪口呆地望着被夷为平地的工作站时，瞬间产生了一种别样的感觉——这真的是我们的工作站吗？

工作站四周的建筑同样是面目全非，让人不敢相信自己的眼睛。

自从来到这里以后，所见所闻真是让安逸太震撼了，这些是一个身处和平国度里的人一生都不会看到的，也是安逸有生以来目睹的最残酷的画面。与之相比，以前她参与的那些局部战争报道都显得不足为奇了。这种一夜之间，或者几日之内就可以毁灭一座城的战争，是那样血腥暴力。她第一次体会到“水深火热”这个词，生活在这里的人们可不就是天天处于水深火热的环境里，生命不在自己的掌握中，时时刻刻受到威胁，因为一颗不知道从哪里发射的炸弹或者子弹就会夺取自己乃至身边亲人的生命，然而他们只能苟且活着。

魏旭阳踏进碎石瓦砾的楼房里期望能找到一些遗留在工作站里的文件。

“别找了，先回去吧！说不定这边还会有什么危险呢！”邵奕鸣喊道。

“胆小鬼，你是不是被昨晚的炸弹吓怕了？”魏旭阳嘲讽。

“你说谁呢？”邵奕鸣是不服气的。

“好了。”林樾阻拦，“旭阳，我知道你着急，可是安全第一啊！过几天再来找吧！”

02

维和部队的车子缓缓向营区驶去，林樾忽然看见了一辆皮卡上的熟悉身影。

这真是缘分啊！林樾骤然一笑。

安逸看着林樾脸上跃起的笑意有几分不解。

“怎么了？”她把手放在林樾面前挥了挥。

“啊？没什么，一个老朋友。”林樾回过神，收起笑意。

皮卡上的那人恰巧也看到了林樾，激动之余朝林樾这边挥了几下手，且立马对驾驶皮卡的士兵喊道：“停车。”

车子停下，他翻下了车，对开车的士兵说道：“你们先走，我随后赶上。”

安逸看着一个从维和部队离开朝他们奔来的男人，对方身材高大笔挺，虽身着一身迷彩军装也丝毫不掩其外表的俊朗。

“林樾，好久不见！”

男人一奔来就给了林樾一个熊抱，俨然没有了军人的那股严肃模样，亲和的语气也更显得平易近人。

“傅言东！好久不见，别来无恙啊！”林樾也激动地和男人打了招呼，还了他一个大大的拥抱。

对于这个兄弟，林樾是又爱又恨，以前在大院他可没少受傅言东的欺负，当然，他们也是最铁的哥们。

故友相逢，怎能不悦。

“哟！旁边这位是弟妹吧？”傅言东瞥见一旁的安逸，于是打趣林樾。

林樾和安逸的脸瞬间都涨红了。

“不，不不……我们只是普通的同事。”安逸连忙解释。

傅言东向她敬了个军礼，笑着伸出手：“你好，我叫傅言东，是联合国派遣的中国驻 H 国维和部队队员。”

“你好，我叫安逸。”安逸同样向他介绍了自己。

“听静晓说你在南方，没想到会这么巧在古斯特罗。”傅言东转而对林樾说。

“原来静晓一直跟你在一起啊！那她现在人呢？”林樾欣喜。

“她留在北部的新米市了，有许南峥照顾着，你放心吧！”

“许南峥？他找到静晓了？你们这么认识的？静晓什么都放下了？”林樾欣喜之余又有满肚子疑问。

傅言东笑了：“这些事情说来话长，真不知道你们以前发生了什么，虽然说我不知道他们的恩怨，可是看得出来他对静晓是真心的。”

难道静晓把三年前发生的事都和傅言东说了？林樾想着。

“我知道许南峥对静晓是真心的，只是怕静晓对三年前的那件事情耿耿于怀。”林樾担忧。

三年前？那不正是自己在栗国遇到林樾的那年吗？三年前什么事？安逸心中疑惑，可这事情明显与她无关，她一个旁人也不好意思多问什么。

“放心吧！他们俩的事情就让他们自己去解决吧！”

听傅言东这么说，林樾也觉得他说得有道理，伊静晓和许南峥的事情只能他们自己解决。

傅言东：“你们现在住哪儿啊？”

“我们现在住在酒店，办公地也在酒店里。”

“现在好了，你也在这儿，我们明天聚一聚？”

“你来得可不赶巧，我们明天要去思若克里亚参加武装临时政府军的记者发布会。”

记者发布会的事，傅言东也是有所耳闻，也是因为在这个紧要关头，他们才被调拨到这里。

最新的消息是，由于近日来频繁爆发的汽车炸弹袭击事件，H国北部的各大武装临时政府军已经达成同盟协定停止对于区域管辖的争斗，也准备与南方的反政府军协谈暂时停战议程，也向外界宣称要于当地时间7月15日举行对外记者会。

“那可惜了。”傅言东惋惜道。

“对了，麻烦你件事。”林樾说。

“你说吧！我们兄弟之间说什么麻烦不麻烦的。”他拍着林樾的肩。

“是这样的，我们有一个同事病了，我怕我们去采访时没人照顾她。”

“这样啊！没问题，你把地址留给我，我时不时地去看一下，有问题也可以让她随时来找我。”傅言东爽快地答应。

林樾便掏出纸笔写下地址递给傅言东，地址和联系方式一应俱全。见状，傅言东也写了一张联系方式递给林樾。

“好，那就这样了，我先走了。采访的时候注意安全！”傅言东挥手告别，赶上自己的队伍。

待傅言东跑远，安逸靠近林樾，问：“你还认识这样有特色的大帅哥啊，怎么都没听你提起过？”

林樾神情怪异地看向她：“我看你可不像是犯花痴的人啊！”

安逸瞥了林樾一眼，故作叹息：“我都快奔三了还没找到另一半，这不是要‘广积善缘’嘛！”

广积善缘？呃，广积善缘是这么用的？林樾无语。

“安逸，我以前怎么没发现你那么不知羞的。”

“你才认识我多久啊就‘以前’？再说，女人到了一定年纪想找个终身伴侣不也是正常的嘛！难道你就没有相过亲，没有主动结识过异性？”

林樾无言以对，最后只得说：“你们不合适……性……性格不合适。”

“为什么？”

“我得替兄弟把把关。还有，现在我们的重心是工作，一切要以工作为重，不许谈恋爱。”

不等安逸反驳，他便自顾自离开了。

03

余汇晨躺在酒店窗前的靠椅上，看着外面的天空黑暗消散旭日东升。

兴许是水土不服，抑或是淋了些雨，爆炸采访后的隔天，余汇晨就因肠胃不适而病倒，往卫生间来来回回跑了好几趟，终是虚脱了，直到今日身体又因为发烧而无力。

自从发生连续爆炸恐怖袭击以来，酒店一下子就变成了记者们的“战营”，就像是一个国际广播中心一样，他们多数选择了在酒店里办公。

魏旭阳端着一碗刚刚从酒店厨房煮好的姜汤递给余汇晨：“托你的福，我们终于在异国看到了日出。”看似抱怨，实则隐匿着关切。

几人接到报社的消息要前往H国首都参加武装临时政府军召开的对外记者会，这也是H国自开战以来，北部各武装临时政府军第一次对外宣布停战，而北部武装临时政府此次达成联盟也将是对南部反政府军的一次号召，两方也会趁这一次的契机进行谈判，故此这场对外记者会注定是不平凡的，这很有可能是一个转折点。如果双方谈判成功，这便有着让战争结束使这个国家走向和平的重大意义，反之则是下一波血雨腥风的开始。

偏偏在这个时候余汇晨生病了，几人商量后决定原定的采访计划照常进行，留下肖义志、邵奕鸣、魏旭阳三人，一方面照顾余汇晨，一方面留守这里接收他们发来的新闻稿。

平日里性格火暴的余汇晨生病后变得楚楚动人，让人心生怜爱。

姜汤还冒着丝丝热气，里面搁了红糖，入口时是甜腻的。余汇晨捧在手里就觉得暖意十足。只是酒店厨房里的当地人不晓得这是什么“暗黑料理”，在魏旭阳借用厨房煮姜汤的时候，他们一脸茫然地看着这个东方男人像电影里女巫熬制药水一样往水里搁一些古怪的材料，着实摸不着头脑。

“我多煮了些，你们也喝点。”

“万能的姜汤，可比板蓝根什么的强多了。”邵奕鸣调侃。

“对了，我和安逸去思若克里亚采访的这段时间，余汇晨可就交给你们照顾了。”林樾一边收拾背包，一边还是不放心地嘱咐着他们。

“放心吧！”魏旭阳说。

“有我呢！放心吧！”邵奕鸣也跟着附和。

这两人也不知是从何时起杠上了。

“说来也怪，余汇晨病了的这段时间，你们俩倒蛮上心的。”安逸一语道破。

邵奕鸣和魏旭阳两人顿时涨红了脸语塞了。

安逸紧接着说：“正是因为你们是三个大老爷们才不放心呢！”

“我才不需要他们照顾呢，我一个人能行。”即使是生着病的余汇晨也是一副刚硬的、能挑团队大梁的架势。

安逸：“你呀，就当一回柔弱女人让人照顾一下呗！”

“对了。”听他们这般唇枪舌剑，林樾想到刚刚遇到傅言东的事情，从口袋里掏出一张字条递给他们，“我有个兄弟是维和部队的军官，你们有什么困难可以去找他。”

邵奕鸣：“樾哥你咋不早说呢！”

林樾：“不是我不早说，是人家今天刚到就被我们撞上了，你说巧不巧。”

行李并不是很多，很快便收拾完了，林樾和安逸两人想赶在天黑之前到达就没再多耽搁。

“好，走了。”再三嘱咐之类的话，已经说得够多了，林樾止了话头。

“注意安全！”几人说。

“你们也是。”林樾和安逸说。

04

车子行驶在通往H国首都思若克里亚的漫漫公路上。

林樾专心致志地开着车，安逸坐在副驾驶座上有些无聊。

“你渴不渴？”安逸问。

林樾摇头。

“那饿不饿？车上有饼干。”

她试图打破这种沉闷的气氛。在这样紧张的环境下，她有些坐立不安，如百爪挠心。

林樾依旧是摇了摇头，表示什么都不需要。

安逸也只得安分下来，接受这样的寂寞。

林樾瞥了安逸一眼，似乎是看出了她的心思。

“我……现在有点渴了。”这话说出来，他都有些不可置信。

“嗯？”片刻后，安逸反应过来，然后从背包里拿出一瓶矿泉水，拧开盖子递到了林樾的嘴边。真是一条龙服务。

林樾伸长脖子，才够到瓶口，“咕噜咕噜”地喝了几口。

安逸不禁笑了起来。

“你笑什么？”喝完水，林樾问。

“没……就是你这样好像长颈鹿哦！”

“哦！”

他总能把气氛降到冰点。

一瞬间，车里又陷入一片寂静。

车程将近六个小时，无聊的安逸只得伸手去调车上的车载广播，蓦然发现手腕上的白兰花已经蔫了。

就在安逸正要发声为此感到惋惜之时，林樾却先开了口：“丢了吧，要发臭的。”

安逸几分不舍：“果然还是不能长久的。”

“那是当然，这又不是永生花。”林樾笑着，觉得她有时候真像一个孩子，“这世界上的花都是有花期的，从绽放走向凋谢，更何况它还是一朵无根的花，脱离了根系母体，自然活不了多久。”

道理她自是懂得的，安逸无奈地解下细绳把那朵枯花卸下。

不知不觉之中，车子已经驶进了北部武装临时政府军的地界。

自 H 国发生战事以来，古斯特罗市便被反动派武装所占领，以此为界，往南的地区被反政府武装军占领，往北的地区则是各大武装临时政府军的管辖地。

如此，古斯特罗市自然成了敏感的棘手之地。

因为战火的侵袭，公路两边都是萧条毫无生机的景色，低矮错落的大树被弹火烧成了木炭，袅袅地冒着青烟，辽阔的天空与焦枯的树干交相辉映，好似无言的叹息。

突然，公路前方的不远处被重重拉上了警戒线。

林樾和安逸好奇地看过去。

几辆烧焦的轿车，七零八落的。

直觉告诉林樾，这里应该就是前几日发生的汽车连环爆炸的其中一处。

“下车看看。”林樾停下车子。

安逸解下安全带，提着摄影机下了车。

当两人正要上去看个究竟的时候，两名身着军服的士兵走到两人的面前，他们肌肉壮硕、身材高大，各自手里还拿着一把 AK 枪，着实吓人。

“干什么的，这里现在已经不让进了。”一名士兵呵斥道。

林樾和安逸面面相觑，因为他们根本听不懂这名士兵到底在说什么。林樾试图用英语与之交谈，却发现这两名士兵根本不会英语。

情急之下，林樾脑筋一动，从衣兜里掏出 H 国政府签发给外籍记者的记者证和护照。

就在士兵接过护照和记者证的时候，林樾隐约瞥到了就近的一辆车子副驾驶座上的一具焦尸。

他的心猛地揪了一下。

士兵正核实着两人的身份信息。

林樾与那辆车毕竟还是有些距离的，他不太敢确定，又或者说，他不愿意相信。

林樾有些急切，这样的异常引得一旁的安逸有些好奇了，她顺着林樾的目光看过去，随后也怔住了。

那具焦尸胸前的一条金光闪闪的太极项链尤为醒目。

“阿加沙！”她惊呼出声。

应该不会错了，连仅有一面之缘的安逸也认出了那具尸体，身为阿加沙的老友的他就更不可能认错了。

顿时，林樾的大脑一片空白，他情不自禁地走上前，却被一旁的安逸制止了。

“别！别去。”安逸死死地拉住他。

护照和记者证核实完了，士兵把护照和记者证还给了两人：“谢谢配合，你们可以走了。这里现在不允许拍摄。”语气稍显得亲和了。

士兵挥了挥手，比画着动作示意他们可以离开了。

安逸猜出了七八分，拉着呆愣愣的林樾离开。

林樾不知自己最后是怎么开的车，他只知道自己的神经已经麻木了。哪怕看惯了生死，他也不愿意相信人竟然这么渺小，一个人说没就没了。

本来当天可以到达目的地，但因为一些事情拖拖拉拉，最后两人还是决定休息一晚，第二天再出发，于是找了一处旅店住下。

此时已是暮色时分，对于林樾、安逸来说，在这种地方住旅店无疑对自身安全是没有保障的：第一，他们是外国人，很容易被不明人士盯上；第二，这种旅店鱼目混珠，安保显然是不达标的。

但这是迫不得已的选择，安逸觉得，以林樾现在的这种状态是不适宜驾驶的，赶夜路已是不可能了，倒不如安安心心住一个晚上，让林樾休整休整才能更好地上路。

旅店是简陋的平房，一间房只有一张小床。为了方便照应，林樾只开了一间房。虽说这样做更安全一点，但问题来了——

“这里只有一张床我们怎么睡？”安逸问。

林樾的目光在狭小的房间里扫了扫，好在还有两张可以利用的椅子。

他走过去，将两张椅子搬到窗边，拼凑在一起，又把房间里仅有的一张破旧桌子的桌板卸了下来覆在椅子上。

“你难不成今晚就这样睡？”看着林樾忙来忙去，安逸不可思议地问。

“对付一宿吧！以前比这更恶劣的条件我都遇到过，没事。”他说得轻描淡写。

“这样睡对脊椎不好，木板太硬了，还没有被子。”

安逸本想将床铺上的床单让给他，可还没等她做出动作，他就起身从随身的包里拿出几件衣服铺在了木板上，又拿了一件衣服当被子。

“睡吧！”他自力更生地弄完了一切。

安逸暗自感叹，他可真好养活。

简单的洗漱过后，安逸和林樾就各自躺下了。

林樾把包枕在头下，打开电脑，十分专注地看着什么，大概是电子邮件之类的吧，因为他还时不时地敲打着键盘，似在回复什么。

安逸侧卧在床上，目不转睛地盯着林樾。

看样子他应该是从老友意外去世的悲痛中走出来了，人嘛，遇到这种事情总要有一个心理接受的过程。安逸之前总觉得像林樾这样沉默不言的性格，遇事总在心里憋着，总有一天会因激发不出而得病，看来是自己多虑了。

晚上八点，林樾在回复电子邮件。

2014 年 7 月 23 日 6 点 58 分

许南峥致：林樾，新米市七月的天是湛蓝的，说实话，我已是许久不曾见过这样的晴空了，过去一直存活在阴影里。这两个月以来的自驾采访，我看到了很多很多的东西，人性的、温暖的、残酷的……以前我总是把人性简单地分成“绝对的好”与“绝对的坏”两种，可现在看来好与坏却都是人的本性，好的人也有坏的一面，坏的人也有好的一面。

……

原谅我对你说了这么多，这一路走来我看到了这么多东西，就想把它们都告诉身边的人。我曾经也身处在黑暗里，现在从黑暗里走出来了，就要好好地活下去。正是因为有这样的感悟，我才没有放弃做一名记者，一名战地记者的使命。三年前你曾问我是否放弃了，我的回答是“不知道”，因为那时我真的堕落了、自弃了，现在我能坚定地回答你的问题——我不曾放弃！

此刻，我不知道要用什么词语来形容我的心情，望着昔日繁华的城市变得满目疮痍，看到生活在这里的人虽失去了安稳的生活却仍然怀抱希望。

……

今天是时隔三年我再次见到她的日子，我差一点就活不成了。我遇到了突袭的恐怖组织，在炮响的那一刻我想通了一些事情，如果在异国他乡丧命，我是不甘心的，因为这辈子我还没有紧握住她的手到白头呢！

好在如今我找到她了……

2014年7月26日8点02分

林樾回复：很高兴你能从阴影里走出来。她应该是不曾恨过你的，三年前的事情跟你无关，如果非要说存在过错，那么我有一定的责任。这次你一定把她给我安全带回来，保护好她。不许再辜负她了，另外，一定一定要注意安全。

2014年7月26日8点04分

许南峥回复：一定。

林樾发出的邮件，很快就收到了回复。

“一定”两个字让林樾不禁想起三年前那个惊心动魄的夜晚……

回复完邮件，林樾合上电脑，疲倦地用手揉了揉睛明穴。

他的神情很难让旁人看出此时此刻他的内心在想些什么。

安逸看了他一会儿，才开口说：“那个……我关灯了？”

“嗯，好。不好意思，打扰到你了？”林樾以为是自己回复邮件的时间过长，打扰到了安逸。

安逸摇了摇头，伸手去关灯：“没。看你合上电脑了就问一句。”

关了灯后，房间里就只剩下从窗外照射进来的一点微光了，一切归于平静。

“我睡不着。”她突然开口。

林樾没有回应。

安逸又继续说：“林樾，我问你，你是不是还对下午的事耿耿于怀？”

窗边的帘子随风浮动，林樾盯着天花板盯得入神，一副若有所思的样子。

良久，他回应道：“这已是我第二次真切地感受到了死亡的恐惧，却是第一次让我觉得这么害怕。”

“第二次？”

“那已是很多年了。”他不愿提及往事。

安逸没有再多问下去。

窗外的月光是如此动人，这或许是上天赐予这片土地最安宁的时刻吧。

夜色沉沦在静谧里，林樾的视线朦胧在了黑暗里，他觉得自己已经看不清眼前的事物了……

05

如果一个国家有两个世界，两种不同的世界。那么H国的首都思若克里亚与古斯特罗市就是这样的两个世界，两个极端。

安逸初入思若克里亚城就觉得这里与古斯特罗大不相同。

这里不是交战区，城市的建筑没有被破坏，依旧繁华。这里没有反对标语，没有抗议，也许是敢怒不敢言吧，行人的目光彰显着几分不自然，像是想说什么却又说不上来。

奇怪的是，每到这里的记者办完记者证允许进入记者会场就有一种像是被一双眼睛盯着了的感觉。安逸觉得这种感觉真是讨厌，全身的鸡皮疙瘩都会冒起，这是人类本能的不安感，这种不安感使她也不太自然了。

“你怎么了？”林樾问。

“没什么，就是总感觉有一双眼睛在盯着我们。”她也只能这样回答。

林樾偷偷地贴靠在安逸的耳侧：“其实我也有这种感觉，特殊时期嘛！”

会场里满席的记者皆已落座，会场前排与后方也架起大大小小的摄像机，镜头都是对准发言台的方向，静等记者会的开始。

发言人姗姗来迟，果然还是那张熟悉的面孔，H 国武装临时政府的标志性代表人物——苏洱。

怎么评价这人呢？能言巧辩，对于记者的任何刁钻问题他都能一一抵挡回去，总之是个张口就能战的角色，故此他深受武装临时政府头目的青睐。

记者会开头苏洱就回答了一个刁钻的问题——疑似恐怖组织渗入 H 国一事。

他回答得甚是漂亮。

记者会的前半程，他对 H 国近来的状况、反政府武装自控区域的人民生活以及近来发生的汽车炸弹袭击事件一一做出了回答。

综上问题，他总结了一番，说的无非就是 H 国境内频繁出现汽车炸弹袭击事件，暂时不能确认就是恐怖组织所为，如果真是恐怖组织所为，他们定会动用一切武力将其铲除。

记者会的后半段是各国记者大显真章的好戏，记者们的问题五花八门，安逸和林樾很是好奇号称武装临时政府发言人里“铁舌头”的苏洱会如何攻破这些敏感刁钻的问题。

记者 A：“请问，半个月前南部反政府军对古斯特罗市发动了局部战争被外界质疑这是破坏区域和平，对此您怎么看？”

记者B：“近日外界有传闻称这次武装临时政府达成联盟协议是为了要与南部反政府军政府进行抗衡，请问这是真的吗？”

……

不出所料，苏洱的回答堪称完美，对于记者抛来的各色问题他都逐一击破。

整场发布会下来，林樾只是埋头在记录着发言内容，与现场每一位提出问题的记者一样，带着负责任的态度把每一句话都转录成文稿。

安逸不好打扰他，在林樾旁边静下心来思考着什么，以至于连这位在发言台上巧舌如簧的苏洱再说些什么都没再注意了。

当安逸再回过神来之时，发布会已经渐近尾声。

她最后听到的一个问题是有关于北部武装临时政府军是否将要邀约南部反政府军进行谈判的问题。

让安逸感到意外的是，苏洱对这件事情的回答模棱两可。不知是北部政府军胜券在握的原因还是其他因素，他的回答带有几分针锋相对的意味。

记者会就此结束，在踏出会场的时候，安逸觉得这里是一座最可怕的城市，是一种无声的可怕。

他们几乎是第一时间选择离开这里，离开思若克里亚。

“你曾经体验过希望破灭的感觉吗？”安逸淡淡地问林樾。

林樾开着车子，不知为何她会问出这样一句话，想必是刚刚的记者会太过于压抑吧。

他没有回答她。

“我现在就是这样的感觉。”

“你和我一样，做记者的有感悟是正常的。”林樾说。

“在来这儿之前，我还抱有一线希望，认为两方的谈判一旦达成，那么和平来临的日子就不远了，可是呢？从刚刚的记者会中我就可以看出，北部各个武装临时政府达成同盟不意味着会和南部武装进行会谈，或者说只是一个幌子，其目的只是要集结力量与之相抗衡罢了！”

林樾所开的车子没有走来时的路，而是直接从小路返回古斯特罗市。林樾想去看看在北部武装政府军管辖下的地域会是如何。

可车子开着开着就抛锚在了一处偏僻的村庄外。

“怎么了？”安逸问。

“这车大概是出毛病了。”林樾也不知道这是出了什么问题。

村口一辆破旧报废的坦克相当引人注目，坦克的车身上满是凹陷的痕迹，轮子已然不在，此时有一些孩子在爬上爬下地嬉戏着。这样的场景在落日余晖下呈现出一番别样的画风。

林樾打算下车去村庄里求助，可奇怪的是，他一下车，村口的孩子们就像是见到瘟神一样逃回了村里。

安逸也跟着下了车：“他们怎么了？”

“不知道啊！”林樾有些莫名。

“会不会是你把他们吓着了？”

“不应该啊！算了，进村里看看。”

林樾正说着，就看见一群人从村里集结而来。

领头的是一名中年人，留着络腮胡子，他身后是一群青年，手中拿着武器。

“你们是干什么的？”领头人率先开口。

林樾和安逸下意识地后退了几步，林樾把安逸护在身后。

“Sorry,I can’t understand it（对不起，我听不懂）.”林樾用英

语这样回答。

领头人转而用英语复述了一遍刚刚的话。

“我们是记者，外国记者。我们，我们的车坏了，它不动了，我们想在村子里留宿一晚。”林樾沟通道。

领头人的戒备心没有全部放下，可语气却已经温和了许多：“记者？车子坏了？”

“是的。”林樾点头。

“他们不是坏人。”领头人转身向背后的人群解释道。

得知是一场误会之后，众人纷纷放下了武器，显然也是松了一口气。

安逸抹了抹额头上的冷汗，心想该松口气的是他俩才对。

这是个名叫“乌干”的村庄。领头人叫里德斯，是这个村子的村长，德高望重。

里德斯将两人带进村庄，一路上还颇感歉意地道了歉，林樾回说没有什么。

他奇怪的是为什么这个村庄里的人神经这么紧绷，按理说，这里是临时政府军的管辖区，安全得很不是吗？

林樾不解地问里德斯：“老村长，村庄里是发生什么事情吗？为什么大家都那么紧张？”

里德斯叹了口气，仿佛有着倒不尽的苦水：“唉！最近不知从哪里蹦出来的人，时不时地就会到我们村子里抢食物，更加可恶的是他们还会抢妇女！”

说到这里，里德斯把手紧握成了拳头。

“可我作为一个村长有时竟然什么也管不了……”他自责了

起来。

这下林樾和安逸都明白了刚刚村民目光凶狠、手拿武器的原因了，他们大概是想与那些不明骚扰村子的人拼个你死我活。

就在这时，一个年轻的小伙吼叫着，傻笑着从两人的身旁跑过。林樾和安逸的目光掠过那个人影，那小伙似乎是注意到了两个陌生的面孔，竟然又跑过来，拦住了他们的去路。

安逸害怕地往林樾的身后躲去，小伙嘴里胡言乱语地说着什么，林樾和安逸两人也都听不懂。

里德斯见状连忙赶走了小伙，那小伙离去时还做了个奇怪的动作。

“不好意思，他是受了刺激才会变成这样的。”里德斯对受到惊吓的两人解释道。

“刺激？他怎么了？”林樾问。

里德斯望着小伙远去的背影，目光里充满了哀叹：“在那些不明人士到村子里来掳走妇女时，他挺身而出制止，却被抓走了。逃回来之后，他就成了这样，应该是受到了非人的对待。

“他没变成这样之前，是我们村子里最有勇气的一个，年纪轻轻的，很有作为，还当过几年兵。他逃回来的那天，下着雨，他满身污浊地躺在村口昏迷不醒，身上全是伤。村里的人把他扛回来，醒来后他就这样了。他嘴里时不时地念叨着‘野狼’什么的，我们也不知道是什么意思……”

听里德斯这么一说，林樾才觉得原来在临时政府军的统治地界里也不是所有人都过得很安稳。

里德斯继续带路。

这个村子的规模不是很大，只有百来户人家，房子多数只有一层，走了不算长的时间后，里德斯把他们带进了其中的一座房子里。

这是里德斯的家，他的亲戚则住在他家的旁边，形成一个家族式居所。

里德斯刚刚把两人带到他家门前就从里面迎出来一名妇女，经里德斯介绍，林樾和安逸得知对方是里德斯的妻子，叫菲儿曼。里德斯又向妻子介绍了林樾和安逸。

“欢迎，欢迎。”菲儿曼伸出手热情地招呼两人。

不一会儿，里德斯家附近的亲戚也都聚集过来，他们都很热情，也对林樾和安逸特别好奇。

他们一一介绍着自己，林樾和安逸也向他们自我介绍了一番。

菲儿曼招呼他们进屋去，说要准备丰盛的晚餐招呼两位远道而来的客人，还邀请了诸位亲戚一道欢迎客人。

林樾推辞不过，只得答应。

就在他们正准备进屋时，安逸突然瞄到旁边一间屋子的铁窗边有一双黝黑的眼睛在盯着自己。

她吓了一跳叫了出来，手紧抓了林樾。

林樾被她吓到了：“怎么了？”

众人也把目光投向了她。

“那……那……那间屋子里有双眼睛在盯着我们。”安逸吓得说话结结巴巴，手指着旁边的屋子。

“不好意思，那是爱女，吓到你们了。”里德斯笑着解释了一句。

在场的人都面面相觑，貌似有什么不敢吐露的秘密。

“那为什么不把她叫出来和我们打声招呼呢？我们想认识一下。”林樾说。

“她生来害羞不肯见人……不肯见人……”里德斯语气有些

紧张。

“大伙儿进屋吧！”菲儿曼解围。

大伙儿陆陆续续地进屋了。

晚饭的时候安逸又主动提及：“您的爱女，不把她叫出来一起吃饭吗？”

里德斯搪塞了一句：“她刚刚吃过了，她母亲给她送过去的。”

“是的，是的，我刚刚给送去了，这孩子还是一样怕生。”菲儿曼附和。

其他人似乎也在打着掩护，纷纷点头。

安逸总觉得有些不对劲，他们不约而同地避开提起那间屋子以及那间屋子里的人，仿佛那间屋子里关着一只猛兽。

06

丰盛的晚饭过后，里德斯帮两人整理出一间内屋的地铺。

“这还是我们来吧，这些琐事都要麻烦您就有些太过意不去了。”

林樾看着里德斯就连铺床单被褥都要亲力亲为地帮他们做好，这让他有些不好意思了。

里德斯却很是热情：“你们是客人。你们的车子，明天我去帮你们修好。”

“那怎么好意思。里德斯大叔您还会修车子？”林樾说。

“大毛病我可修不好，以前学过几年，你们的车子我看过了，不是什么大毛病，应该没问题。”

“那太谢谢您了！”林樾万般感谢。

里德斯三下五除二地忙完了，亲切地笑着对他们说：“好了，你们今晚就安心睡吧，不打扰你们了。”

“好的，谢谢。”安逸目送里德斯离开。

夜色渐深，安逸辗转反侧难以入眠。

“你怎么了？”林樾起身问。

“你不觉得有什么不对劲吗？”安逸索性也起身。

“你是指那间屋子？”

“是啊！”安逸心里压着这个问题，怎么也睡不着，这种滋味着实令人难受。

“我也发现有些不对劲，可能那是他们不愿意告诉我们的秘密吧！”

“那你就没想过要探索一下？”

“这样不好吧！”林樾反倒犹豫了。

07

外头没有一点亮光，四周寂静得可怕，安逸和林樾凭着记忆摸索着上前。夜间的潮气带着泥土的腥味慢慢地浸润了空气，那是一种连呼吸都会觉得畅快的气息。

黑夜总能激发人类寻求"刺激"的心理，紧张的心情正如此时安逸颤抖的手指。

林樾一把抓住了安逸颤抖的手，这一动作使她回头猛地望了他一眼。四下漆黑，她只看到了他脸部大概的轮廓，没有看清他此刻的表情，即便如此，她也已经觉得心安了许多。

两人慢慢吞吞地移到了那间屋子的铁窗前，一眼望进去，宛如缥缈宇宙里的一个黑洞充满未知。林樾示意安逸上前试探。她深吸了口气，朝那扇黑漆漆的窗子发出了轻轻的声音：“有人吗？”

屋里传出了轻微的动静，那声响在寂静的环境里，显得尤为瘆人。

安逸咽了口唾沫，又向铁窗靠近了一点。她瞄了一眼屋内的情况，突然，一双瞪得硕大的黝黑眸子冒出来，把她吓得整个身子猛地往后一闪，差点跌了一跤。

“啊！”

幸亏背后的林樾一把接住了她，两人也终于看清了屋子里的那个人。

那是一个有着一头乌黑头发的女人，她脸庞白皙，眸子闪烁，给人一种渴望外面世界的感觉。

“对不起，对不起，我不是故意吓你们的。”她抱歉地说，声音柔和。

“你怎么会被关在这里？”听到了这柔软的声音，安逸这才从惊吓中缓过劲来。她又慢慢地上前，将头凑近了窗子。

女人闪着盈盈的泪花，在漆黑一片的夜里宛若透彻银河里的星辰般楚楚动人：“我叫玛瑙，我……”

她的话还没有说完就止住了。

安逸回头一看，原来是自己的那声惊叫把里德斯从屋里给引了出来。

林樾与安逸是愧疚的，他们不知道该如何解释今晚的事情。

里德斯没有说话，他把两人带到了屋子里，自己在一旁沉默地抽着雪茄。

良久之后，他吸完最后一口，把目光从窗外移了回来，望向他们。

“对不起。”安逸主动道歉。

里德斯叹了口气：“你们不用道歉。”

林樾发现只要一提到有关那间房子的事情，里德斯的神情里始终透着悲凉与阴郁。

“大叔，您能告诉我们到底发生了什么吗？我们不是有心想去窥伺你们秘密的，我们只是想知道这一切是不是和那些常出没在村子里的不明人士有关？或许我们能帮到你们。”林樾诚恳地说，他的直觉告诉他，这件事情并不简单。

“谢谢你们的好意，你们帮不了的。”里德斯用慈爱的眼神这样看着他们，“你猜得没错，我女儿的事和那些不明人士有关。”

他把一切都袒露了出来：“我的女儿是最早一批被他们掳走的人……当时我死命拽住她的手，不让那些恶人把她带走……她是我的女儿，我唯一的女儿……可我拼了老命却还是保护不了她，眼睁睁地看着她被带走了。那些恶人把她玷污了……后来她就得了 HIV（艾滋病）被他们送了回来……”

“村庄里的人知道这种病，他们像是防着怪物一样防着她……他们怕被感染，把她当成了瘟神，无奈之下，我们只得把她关起来。”说到这里，里德斯再也忍不住了，泪水顺着脸颊两旁的皱纹沟壑缓缓而下。

是啊！试问哪一个做父亲的能眼睁睁地看着自己的女儿受此屈辱，自己却无能为力。

“不说了……不说了……”他已经哽咽得不成声了，“你们睡吧！明天我送你们离开，这里是不安全的。”

他转身离开，背影苍老。

这是种说不出的滋味，鼻尖酸痛，心像是被什么东西堵住了一样，久久不能平复。

08

天终于在两人的期待里放亮了，这一夜他们过得并不是很舒畅。

早晨的村子是安详平和的，屋外传来了孩子的嬉闹声。

“我们走吧！”林樾说。

安逸在一旁不知道该说些什么，她有种放不下的感觉在心头。

“我们就这样走了？”她淡淡地问。

“里德斯大叔说得对，我们是帮不了什么的。”林樾冷漠地回应。

“林樾，我看错你了！”安逸觉得有些失望。

她正准备转身离去，林樾却一把抓住了她的手：“你能帮她些什么呢？这种病没有药物的治疗是没有用的。”

“可我……可我，可我能让他们知道这种病在正常情况下是不会传染的。”

她望着林樾的眼眸：“我也只能这样做了。”她的心告诉她必须做些什么，因为玛瑙太可怜了。

林樾：“去吧！至少帮她走出阴影。”

里德斯同意了，让安逸一个人进屋去看他的女儿玛瑙。

安逸为了保护玛瑙，并没有携带任何摄像设备，只带了一支录音笔走了进去。

推开门，屋内的视线不是很好，隐约能闻到一股发霉的气息。

玛瑙瑟缩在墙角，身体瘦弱，仅穿着一件薄薄的衣服。

安逸主动靠近她：“玛瑙，我叫安逸，昨晚我们见过的。你还好吗？”

玛瑙点着头，看了安逸一眼又把头埋了下去。

“我能问你几个问题吗？”安逸小心翼翼地试探。

玛瑙依旧没有回答，只是像刚刚那样点了点头。

安逸慢慢地往她那方向走去。

玛瑙突然说：“你不怕感染吗？”

安逸摇摇头，坐在了玛瑙的身边，玛瑙却下意识地远离了她。

安逸再次试图慢慢接近玛瑙：“不要怕，没事的。”她伸出一只手拉着玛瑙的一只手放在了自己的手掌中，“这种病在正常情况下是不会传染的。”

她声音柔和地把艾滋病的一切情况告诉了玛瑙。

“现在你可以相信我吗？”

安逸的手覆盖在玛瑙的手背上，这让玛瑙感觉很温暖，这种感觉是在她被玷污得了这种病之后不曾再感受过的来自他人的关怀，除了安逸，就只有她母亲菲儿曼会在送饭的时候对她说几句话，其他人把她当成是一个瘟神。

安逸看到，玛瑙衣服下的白嫩肌肤上起满了疹子。

红彤彤的疹子布满肌肤，像是一朵朵诡异艳丽色彩的花。玛瑙被关在这里，没有药物，只得等待死亡。

玛瑙向安逸吐露了很多，她是怎么被那群恶人掳走的，又受到了哪些非人对待……

安逸问玛瑙是否看清了他们的脸，是否知道他们的来路。

玛瑙只是一个劲地摇头说不知道：“他们蒙着脸，凶恶得很，却又怕我们寻死，后来我染了病，他们才放了我。”

见玛瑙回忆起那段记忆是抵触的，安逸也不便再多问些什么了。她知道那段阴影会跟随玛瑙一辈子永不会消除了。

安逸不知该用怎样的言语去安慰她。

“你能答应我一件事吗？”玛瑙开口请求。

“你说。”

“我想看看外面的阳光，自从我被关在这里，我已经两个多月没感受过阳光了。”

安逸握住了她的手，将她拉起来。

“可以吗？”玛瑙希冀地看着她，眼里闪着亮光。

安逸朝她微笑着点头，示意她不必担心。

玛瑙在安逸的搀扶下一步步缓慢地朝门的方向走去。

那扇门像是她不能逾越的禁区，是她与外界隔绝的界限。

她终于鼓起勇气推开了门，阳光落到她的身上，有种暖暖的感觉。她用手挡住了自己的眼睛，这是久违的光明，眼睛还有些不适应。

门外，里德斯、菲儿曼夫妇齐齐看向玛瑙。女儿从那间屋子踏出来的那一刻，两人的眼神不曾转移开半分。

菲儿曼再也忍不住了，抛开一切禁锢似的跑来拥住自己的女儿。

这一刻，她就只是一个平凡母亲。

林樾在外头把这病的情况也都告诉了他们。

里德斯觉得以前是自己的无知伤害了女儿。

看到这感人的一幕，安逸也哭了。

林樾将怀抱借给了她。

玛瑙多么善良，上天为什么对她如此不公？

这世界远比你想象的美好，也远比你想象的罪恶。

林樾与安逸准备离开，里德斯、菲儿曼、玛瑙一家为他们送行。一路上，村民们投来了别样的目光，玛瑙低着头试图闪躲。

这时，里德斯握住了玛瑙的手，玛瑙吃了一惊，里德斯看着自己的女儿，对她露出一个和蔼的笑容，然后高声对大家说：“这是我的女儿，你们可以躲着她，可我们是她的家人，我们不可以。”他高高举起女儿的手，像咆哮、像宣泄、像对命运下战书。

这一刻如果是挣脱，那么里德斯已经把挣脱发挥到了极致，他挣脱了束缚，纵使他人会用别样的目光看着他们，但已经不重要了。即使最后他们会被排斥，他的内心自始至终要的只有家人。

看着父亲满是皱纹沟壑的脸庞上那种坚决的神情，玛瑙泣不成声。

09

“亲爱的孩子，愿上帝保佑你们！”里德斯双手合十，虔诚地祝福林樾与安逸两人。

玛瑙也知道自己最后的命运将是如何，安逸也知道，大家都知道。

车子离那个村庄越来越远。

“里德斯大叔说得对，我们帮不了他们。”安逸对林樾说道。

她抑制不了自己内心的伤痛，也无法排遣。世界有一种痛，比“痛彻心扉”还难受，那就是心被揪着难以平复的痛。在这片土地上有太多太多的人和玛瑙承受着类似的痛苦，有的比她更深。这不禁会让人思考，如果这里没有战争，那么他们会不会过得更好些？

可是，世上没有如果，埋下的雷炸开了波及的就是一串人。

汽车沿着崎岖的路行驶着，安逸看见了远方山脉高耸，如刺入深蓝天空中一般。

第五章 一触即发

01

北部武装临时政府与古斯特罗市自卫军停战协议生效的日子，古斯特罗市已经听不见炮火枪鸣的声音。虽然这并不是三方停战，但北部军愿意与古斯特罗市的自卫军达成停战的协议，也是向外界发出了和平的意向，这也已经是自 H 国内战以来有一方能够迈出协谈的第一步。

其实早在停战消息传出来的那天双方军人就已经不再剑拔弩张了，虽然会有小型的局部冲突，但双方都只是开两枪就结束了。

古斯特罗市交战区的边境线上，这里的人们能看到这样奇怪的场景——曾经视对方为“敌人”的两方军队士兵居然会坐到一起聊天。这样的场面在战区里显得这样格格不入，这样的一幕就被肖义志撞见了。

聊天的是两个人。

亚麻和利特。

肖义志也加入了他们的聊天，发现他们会和常人一样相互吹捧，利特说亚麻说话很风趣，说跟亚麻聊天总能让自己对这个世界改观不少，也会学到很多知识，他只恨自己为什么没有早点遇到亚麻这个志同道合的朋友。他也可惜为什么两人的立场不同，这样他们也都不会因此而针锋相对了许久。总体说来，利特很是高兴，因为现在北部武装临时政府军也同意和南部反政府军谈判了，这就意味着H国内这种三方敌对的关系就要破冰了。

这时魏旭阳不知从哪里冒了出来，当魏旭阳将镜头对准他们，本以为他们会就此闪躲开时，亚麻和利特竟然摆出了一个灿烂的笑容来应对镜头。

他们全然没有了顾忌，早就已经把彼此如友相待了。

这样好的天气，在没有枪炮的威胁下是这样和谐，连空气都好闻了一些。好在余汇晨的病也已经没有大碍，他们才能在麦恩的陪同下出来透透气，走入停战的战区里采访两方士兵。

02

“Yelang 野狼。”林樾把这两个字打到了搜索引擎里，果然跳出了词条介绍。

“我猜得没错。”他惊呼。

“什么没错？”安逸一头雾水地问。

“你看。”他把笔记本电脑端到了安逸的眼前。

安逸看着跳出来的词条介绍，也是吃了一惊：“你怎么会想到是这个？”

“野狼”是一个恐怖组织，曾在K国搞过很多次恐怖袭击事件，经常在K国、J国两个国家里流窜，其他战乱国家里也有他们的身影。在H国还没有发生战乱之前，他们的势力还不曾到达这里，看来现在他们已经彻底渗入 H 国内了。

“我之前在别的国家听到过，有些印象。那天里德斯大叔提到那个神志不清的小伙经常念叨着‘野狼’时，我一时没想起来。”

“哎，你说之前发生的自杀式连环汽车爆炸恐怖袭击事件不会也是他们干的吧？”安逸疑惑地问。

“不知道，或许是，或许不是，如果他们是想引起外界的注意，那么他们应该会宣布对这些事件负责才对。”林樾这样想着，很快，脑子里就冒出了一个可怕的念头，“不对啊！他们没必要在 H 国战乱的时候发动恐怖袭击啊！难道他们就不怕被发现，到时候南部军、北部军、古斯特罗自卫军三者联合起来剿除他们吗？又或者说是有人操控他们这样做？”

“你的意思是……”安逸不知不觉地顺着他的思路。

“对了，你记不记得之前麦恩不是说过……”

安逸猛地回忆起来，那日去采访爆炸发生的路上，林樾提及爆炸时，麦恩一脸麻木地说：“前阵子也经常发生类似的汽车炸弹事件，在古斯特罗市这片特殊的地区，有人想制造出恐怖的氛围。”

他们不得不这样去想，因为从种种的迹象来看不正是这样吗？

“如果真的是我们想的那样，那到底是谁勾结的恐怖组织？是北部军？南部军？他们就不怕这样一发不可收拾，要知道如果哪一天他们目的达成了，被反咬一口怎么办？”安逸抛出一连串疑问。

林樾思忖着：“这样，我觉得现在我们能确定的也只有名叫‘野狼’的恐怖组织已经渗入了 H 国，至于是否有人操控、背后操控的人是谁，我们目前无法确定，这种情况下我们需要有再明确一点的证据才能确定。你先撰写一篇文章，把恐怖组织渗入 H 国伤害平民的事情揭露出来引起外界乃至 H 国政府部门的重视，其余的什么都先不要提。”

“嗯。”安逸点头。

车子停靠在寂静无声的沙漠公路上，偶有狂风掠过，卷起沙尘扑向车窗，宛如怒吼，发出如雨落下般的声音，沙沙作响。这是浩瀚无垠的广阔沙漠的粗暴问候言语。

林樾点燃了一根烟，吞云吐雾。

他眺望着窗外无边的沙海，看着湛蓝的天空和这片黄沙接连成一片，仿佛无边一样。他的心开始有些发怵。现在的H国或许就像是这无边的沙海下暗自流淌的流沙，汹涌翻涌，把一切秘密掩盖得深沉。

“哎，你怎么抽烟了，一直记得你不会的。”安逸停下了码字的手，看向他。

“哦！”林樾捻灭烟，挥了几下手试图把烟雾驱散，“平时不常抽，不好意思影响到你了。”

安逸摇头：“不是，就是一直觉得你不会抽烟。”

林樾把手伸出窗外。

是的，他不太会抽烟，也没有烟瘾，只是偶尔才会抽上一根缓解内心那种说不出的踌躇，此刻便是。他说不清心中的颤动是愤怒，还是其他什么，反正是一种说不出的感觉。

不论是三年前，还是三年后，果然不管什么时候，“野狼”这个恐怖组织的名字始终可以拨动他理性神经的弦。

03

新米市，国际红十字医院。

唐灵坐在医院顶楼的天台上，这座小三层的建筑只有天台吹拂过的微风可以让人神清气爽。

正当她凝神发呆的时候，伊静晓已不知不觉地走到了她的身旁。

“这么有闲情逸致呢？”

唐灵回过神，把头转向伊静晓：“偷会儿小懒。”她捋了捋被风吹乱了的短发，“这一刻多好啊！停战了就不会有伤者了。”

“是啊！停战了你不就可以见到他了。”伊静晓打趣。

“才不是呢！”唐灵羞涩地赌气。

“好了，这都多久了，你还生傅言东的气呢？他那是军令，又不是他自己想离开的。”

“我没有，就是怨他对我不告而别。”

“他是怕你担心。”

唐灵知道，他向来如此，受伤了只要不是要命的，他都会忍着。

以前他在她身旁，他受了伤，或者有哪里不舒服，她总可以第一时间照顾他，而现在他不在她的身旁，又有谁会这么细致入微地照顾他呢？

“希望他平安。你说古斯特罗市会不会很危险？会比这里危险吗？”唐灵问伊静晓。

“别担心了。”伊静晓拍拍唐灵的肩。

“静晓姐，我挺羡慕你的。”

“羡慕我？羡慕我什么？”伊静晓疑惑，自己有什么让人羡慕的。

“嗯，你看许记者对你多好，你心里是喜欢他的吧！”

“哪有。”伊静晓眼神闪烁。

“别装了，你不喜欢他的话，怎么不赶他走？你看许记者多好的一个男人啊，说留下来就留下来。”

伊静晓没有反驳，因为她知道自己越反驳就会越暴露自己依旧喜欢许南峥的内心。

“话说回来，你不会让许南峥就这么跟着吧？”

伊静晓不屑道：“反正他跟得了一时也跟不了一世。”

“谁说的，我跟得了一时也跟得了一世。”

许南峥略带有磁性的声音就这样传来，他阔步朝她们这边走来。

有时伊静晓不得不服许南峥，不管自己怎么避开他，他都能找到自己，好似自己身上被装了一个定位雷达。

看到这一幕，唐灵感觉自己被喂了一把狗粮，意识到自己的多余，她正准备溜走，许南峥却又开口叫住了她：“等等，唐护士。”

“怎么了？唐灵停下脚步。

许南峥跑到唐灵面前：“有个事要拜托你。”

“哟，什么事还需要我了？很乐意为你效劳，说吧！”唐灵答应得很是爽快。

“咱们医院有治疗艾滋病的药吗？”

“啊？你不会得这病了吧？”

伊静晓听闻走了过来也掺了一脚：“注意啊！小伙子！”她拍着许南峥的肩。

“不是，不是。”他拼命地摆手，“你们想什么呢！”

两人狐疑地盯着许南峥上上下下地看了一遍又一遍。

“是林樾。”许南峥生无可恋。

“林樾？”伊静晓彻底迷糊了，“他要这药干吗？”

“他不久前联系到我，说他出去采访的时候路过一个村庄，那里有个女孩被一群恶人抓走后，染上了这种病，要我们帮帮她。”

“天哪，怎么会这样！”伊静晓惊呼。

“这都是战争的祸根啊！”许南峥叹息。

唐灵："这事我一定帮，只不过咱们这医院没这药啊！"

伊静晓问："那有没有什么办法获取？"

许南峥思虑了一会儿说："这样吧，唐护士，能帮忙问一下沈铭医生看看他有没有什么渠道可以从国内获得一些这样的药物。"

"对啊，我怎么就没想到。"唐灵恍然，"我这就去找沈医生。不打扰你们了。"她带着别样的笑意离开。

伊静晓看着唐灵离去的背影，总觉得她话中有话，"不打扰你们了"这样的话让人浮想联翩。

气氛有点尴尬，许南峥率先开了口："她挺有干劲的。"

"典型的热心肠。"

"你说她跑这么快，要是拿到药了，知道地址吗？"

"对啊！你不早说，要不你把地址给我，我到时候交给她吧！"

"哦……"

气氛一下子又降至冰点。

不过，此情此景，微风正凉，阳光恰好，天台上，两人比肩而立，不用多言便已是一番良辰美景了。

04

安逸撰写完稿子发回报社之后就累瘫在副驾驶座上睡着了。

林樾把自己的外套脱下覆在了安逸的身上，又替她调整了座椅靠背，然后开着车子继续上路。

有时他不想把事情想得很坏，但有些事情真的是细思极恐，他心中隐隐有一个惊人的猜测：北部军抑或是南部军之中的一方，可能在暗中支持恐怖组织，助纣为虐。

这一想法着实是可怕的，只是他们目前并无确凿的证据证实这个猜测。林樾也希望这只是自己一种无端的猜测吧！

他宁可希望自己的这个猜测是错误的，是他的偏见所造就。

“放心，乔笙，如果是‘野狼’我一定会替你报仇的，就算是付出我的生命。”林樾攥着方向盘的手青筋暴起。

然而，他们所不知道的是，他们在乌干村庄逗留之时，错过了古斯特罗市最具历史性的一刻。

05

太阳拼尽全力地在这片土地上发光发热，好似要把自己先前所欠下的光芒都还给这座城市，让它增添了几分微薄的生机。

魏旭阳把照相机对准了余汇晨。

余汇晨的脸出现在了相机的取景框里，她行走在残垣瓦砾里一副小心翼翼的模样。她长发飘逸，在阳光的照耀下，闪着迷离的光影。

这样美好的画面定格在照相机里。照片里的她简直就像是一朵娇艳盛开的带刺玫瑰，引人注目，让人痴迷。

“你拍什么呢？”

邵奕鸣的突然出现打破了魏旭阳的痴迷，他有些心虚，支支吾吾地说：“你……你干吗突然出现？”

“你紧张什么？我看看。”邵奕鸣伸头去看照相机拍摄的画面，“果然，不安好心。你在偷拍。”

“什么偷拍，只是不……不小心拍到的啦！”魏旭阳赶忙收起照相机。

“谁信啊！你要是喜欢余汇晨，我们公平竞争！”邵奕鸣像是在和他挑明自己也在暗恋余汇晨的事实。

“好啊！”面对邵奕鸣的下战书，魏旭阳欣然接受，他很乐意与邵奕鸣一决高下。

只是，两人话音刚落，就听到了远方传来一阵惊雷般的声音……

安逸从睡梦中惊醒，林樾也猛地踩下刹车。

“怎么了？”安逸惊慌地询问。

两人不约而同地眺望远方升起的滚滚浓烟。

“快，快打开车载广播。”

安逸伸手去打开车载广播。

“现在插播一条紧急快讯……”安逸不停地调节车载广播，可不管怎么调，里头仍是传来信号传输不稳定的“吱吱”声，这不禁让人的心更加急迫了。

待把收音机的频道调至正常，他们听到了一条爆炸性的新闻：“今日下午一时许，南部反政府军对古斯特罗市发起无预警突袭，北部武装临时政府军发言人苏洱对于南部军的做法进行严厉谴责，同时也宣布位于古斯特罗地区的北部军也将对南部军宣战。而古斯特罗自卫军觉得这次与北部武装临时政府商定的停战协议是南北部两者的阴谋，其目的是使其松懈军心，故此三者将在古斯特罗区正式交战……据悉目前南部军已派出大批军队赶赴古斯特罗市，预计将于二十四小时内攻下通往北部临时武装政府管辖地域的要塞城市古斯特罗市……”

“我们要尽快回去，肖义志、魏旭阳他们或许还在城里。”林樾看向安逸。

安逸点头。

这次的战争注定是一场最激烈的战争，这是第一次三方宣布同时开战的战争。

林樾发动车子驰骋而去，却在进市区前被拦截下来。

“不好意思，前方已经封锁。”两名持枪的军人上前敬礼。

目前古斯特罗市已经被全面封锁，大多数平民也都撤离了出来。

在临时安置点里，安逸和林樾左顾右盼，在繁乱的人群里穿梭着，四处找寻余汇晨、邵奕鸣、肖义志、魏旭阳四人的身影。

“找到了吗？”林樾问。

安逸摇头回答：“都找过了，没有。”

突然，一个熟悉的身影朝他们挥了挥手——是傅言东。

两人立即飞奔向他。

“言东，你知道我的同事们在哪里吗？”林樾迫切地问。

“对不起，撤离之前我去过一趟酒店，不过他们并不在那里。”

“也就是说他们还没有出来？”安逸担忧。

“言东，你能帮帮我吗？我，我要进战区一趟。”林樾做了一个决定。

傅言东将两人带到一个临时办公点，在那里他们见到了北部武装临时政府军的负责人。在得知他们要进入战区后，那个负责人持反对意见，却最终劝阻不住他们。

那个负责人把安逸和林樾两人带到了一张桌子前。

桌上搁着一支签字笔，一本摊开的文件，上面写着：

《对 H 国国防军事行动的承诺书，暨对媒体警告、免责书》。

原来这就是传说中的“生死状”。

经验丰富的林樾见此自然是见怪不怪，安逸却是第一次见到。以往她跑战地线，情况都没有这般紧张危险，如今她也是有几分发怵了。

林樾转身对安逸说：“你留下。”他语气平淡。

安逸死死地拽住他的手腕，不肯松开。

见状，林樾把手搭在安逸的肩上，用轻松的语气劝慰她说：“你听我说，现在市里的情况很乱，我进去肯定照顾不了你，所以你留下来接应，万一出了什么情况还有你。”说完，他对身旁的傅言东交代，“言东，麻烦你帮我照顾好安逸。”

“放心！”傅言东点头。

林樾签完免责书，放下笔，突然，一只手抓起了那支刚刚被放下的笔，也在免责书下方签了名。

安逸。

林樾望着她，有些纠结，因为这一次他不想让她也赌上性命。

“让我也去吧，在里面的也有我的同事和朋友。”安逸目光坚定。

两人没有再犹豫，穿上防弹背心、戴上头盔，带上卫星电话，整装待发。

傅言东看了看林樾，又看了看安逸，最后只能说：“你们要小心啊，我只能护送你们到这里了。”

安逸和林樾点头。

三人就此作别。

安逸和林樾两人通过检查站。

一进战区，他们就听到头顶上空传来“轰隆隆”的声音，是有直升机飞过去了。

南部反政府军派出了三架战斗型直升机，作战的车队也从四面八方浩浩荡荡地涌入古斯特罗市，这势必要掀起一场血雨腥风。

见此阵势，就知道南部军下令要在二十四小时内拿下古斯特罗市显然不是一句空话。

林樾和安逸在手臂上别上了一条蓝色的彩条，那是H国南部军、北部军、古斯特罗自卫军三者都会分发给各国进入交战区报道战况的记者的标识，用以识别，以防误伤。

“这么大的地方，他们到底会在哪里啊？”安逸有些急切。

“卫星电话，我们有卫星电话可以用。”

当电话接通的那一刻，两人悬着的心终于放下了。

“林樾，我们在……”

电话那头传来魏旭阳急促的喘息声。

“别急，别急，慢慢说，把你们所在的地点说清楚。”林樾虽然急切，但语气镇定。

“我们在××路的一个地下停车场里，这附近发生了枪战，我们出不去。”

“你们知道自己的确切位置吗？”

“这个……我们着急忙慌地就逃进这里了，不知道这里的确切位置，我们只知道大概位置是在我们所入住的酒店附近。”

“那好，你们别着急，我们马上过去。”

“等等，我们这里还有一些来不及撤离的平民。”

“好，我会把你们和他们都带出来的。”

挂了电话，安逸立马凑了过来，问：“怎么样？他们还安全吗？”

“安全，安全，他们在××路的一处地下停车场，那里还有一些来不及撤离的平民。”林樾回答。

“有确切位置吗？”

“他们也不知道。”

“那怎么办？”

“现在知道大致范围是在我们入住的酒店附近，我们就先赶过去吧！不能再浪费时间了。”

“可是，我们怎么过去？”

这的确是个问题，林樾扫了扫四周，一辆有些破旧的汽车映入了他的眼帘。

“走，过去看看。”林樾拉着安逸的手跑向那辆车子。

林樾试图打开车门，却怎么也打不开，车身不知是被什么重物击中凹陷了一大块，他甚至怀疑这辆车子到底还能不能行驶。

林樾试了许多种方法，用脚踹、使劲掰车门把手却都不管用，一旁的安逸也只能干着急却帮不上什么忙。

突然林樾灵光一闪，跑了几步，捡起一块大石头，然后喊了一声：“安逸，让开。”

说完，他将大石头向车窗玻璃砸去。

砰！

一石头下去，林樾才发现这车窗玻璃竟然是一种坚固的钢化玻璃，被石头砸了也没一点反应。

不过，既然知道这是钢化玻璃，林樾瞬间就想到了办法，他重新拾起石头，把石头锋利的尖端对准车窗玻璃的一角使了吃奶的力气狠狠地砸了一下，一时间，车窗玻璃呈蛛网状碎裂。

“快，快上车。”林樾不想再耽误时间，爬进车里。

看着林樾这系列利落的动作，安逸一时竟没反应过来，待林樾喊了她一声，她才反应过来，迅疾地爬进车子坐在了副驾驶座上。

林樾想办法启动了车子，好在车子虽然破旧，但还能行驶。正准备驾车离开，他又看见了车旁的一桶油漆，里面还有一把刷子，他立马下了车。他拎起那桶油漆，爬上车顶。

坐在车里的安逸不知道他这是要干什么。

林樾用刷子在车顶上写了一个硕大的英语单词“neutrality (中立) ”。

待林樾回到驾驶座上，安逸才好奇地问：“你刚刚干吗了？”

他一边系着安全带，一边回答：“给我们的车子上了个‘保险’，希望不被他们当成靶子，把我们打成筛子。”

这样一说，安逸虽然还是一头雾水，但好像又明白了几分。

06

某地下停车场里，一群人拥挤在一处角落里，隐约还能听见外头炮火轰鸣的声音以及建筑坍塌之后碎石落下传来的震感。

人群里传来了妇女微弱的哀鸣声，余汇晨顺着声音望过去。

她忽然捂着嘴叫喊道：“快，快救救她，她受伤了。”

只见一名妇女用手捂着腹部位置，触目猩红的鲜血已染红了她的手掌。

肖义志立马挪了过去，其他人主动让出了一个空间。

“听得到我说话吗？你怎么样？”肖义志询问妇女的状况。

妇女微微喘息着，显然已没有多余的力气来回答他的问题了。

肖义志见状，立马对众人喊道：“大家有多余的衣物吗？外套也可以。男士回避一下去那边不要靠近这里。”

人群里，有个男士已经将自己的外套脱下递给了肖义志，向导麦恩也主动上去组织众人挪向一旁。

肖义志对身旁的余汇晨说：“你去帮她包扎一下，撕一些干净衣服的布料帮她把伤口堵上，先止住血。”

余汇晨点头回答：“好。”

肖义志起身：“现在，有懂护理的女士请过来帮一下忙。”他有条不紊地做着力所能及的事情。

“旭阳，林樾他们怎么样了？到哪儿了？”肖义志问。

“他们还在路上，可是听着声音，附近有枪战发生，恐怕他们也进不来啊！”魏旭阳回答。

“啊！那怎么办？”邵奕鸣说。

“好，我知道了。这一刻我们只得相信他们了。”肖义志安抚道。

林樾把车子开到××路的附近，就听到了交战的声音，火箭弹、火炮等声音此起彼伏，听得安逸心惊肉跳。

两人把车子停下，跑到了一处还算安全的建筑里。

两人侧蹲着，不停地喘息着调节呼吸节奏。

“兵临城下”“如临大敌”，林樾曾经只在词典里才能看到的成语，如今变成了现实，成了真真切切的体验，才发觉它们是这样贴切。可当下已经无暇顾及这些内心的感受了，找到魏旭阳、余汇晨他们才是最关键的事情。

“接下来……接下来，我们……最重要的就是要想办法找到他们。”林樾四下张望了几下，边喘息着边对安逸说道。

“好。”

正当林樾在为如何找寻同事们的事而发愁的时候，安逸突然想到了什么似的，拍手说道：“对了。”她掏出手机，“之前为了以防万一，我给余汇晨设了定位。”

林樾惊喜道：“那太好了。”

三年前，安逸与队友们走散了，后来余汇晨想到了这个法子，说如果下次我们中有人走散了，那就可以用定位轻而易举地找到对方了。

这不，现在就派上了用场。

三年前，就是遇到林樾的那次。那是安逸第一次战地报道，也是唯一一次与队友走散，机缘巧合之下，遇到了他。那种感觉历历在目，此刻仿佛又回到了那时。

命运是奇妙的，安逸以前总觉得这种情节都是小说作者编造出来的，纵使她不愿相信，可至少这些都出现在了她的生命里。

“是 ××× 的地下停车场。”

两人看着手机上出现的定位标志，瞬间欣喜了起来。

07

“是这儿吗？”安逸问。

两人站在了定位标志的目的地前。

四周一片残垣瓦砾，建筑轰塌所卷起的灰尘在空气里飘荡。

“他们会不会被这些建筑石块埋在地下了？”安逸担忧。

“找找看吧！”林樾说。

两人在附近找了起来。

“肖义志！余汇晨！”安逸呼喊道。

“邵奕鸣！魏旭阳！”林樾也呼喊着。

地下停车场里，余汇晨费了一番力气，终于暂时为那名受伤妇女止住了血，她擦了擦额头上沁出的汗珠。

邵奕鸣上前扶起坐在地上的余汇晨：“没事吧？”

魏旭阳见状立马上前，递上了自己的一件衣物：“给，擦擦汗吧！”

“谢谢。”余汇晨接过衣物笑着说。

“怎么哪儿都有你啊！”邵奕鸣赌气道。

魏旭阳没有回应邵奕鸣，只是用口型对他说了“公平竞争”这四个字。

突然，他们听到了从顶上传来的一声声呼喊。

余汇晨听出了那是安逸和林樾的声音，她擦汗的手停了下来，欣喜地对他们说：“魏旭阳、邵奕鸣、肖义志你们听，是安逸和林樾的声音。”

余汇晨大声回应：“我们在这儿！安逸！林樾！听得到吗？”

安逸隐约听到了回应，她兴奋地拉过林樾：“林樾，你听！是汇晨的声音。”

两人站立在坍塌的钢筋碎石之上，从声源判断着他们所在的位置，即使传来的声音是那么微小。

林樾欣喜：“他们应该就在附近！”

他蹲下身，朝下喊道：“余汇晨是你吗？如果是，请你再喊几声，让我们判断一下你们的具体位置。”

余汇晨等人听到了林樾的呼唤，肖义志上前，说：“魏旭阳、邵奕鸣、余汇晨，我们大家一起喊，让他们知道我们的位置。”

几人点头，朝着顶上的位置高呼道：“我们在这里！我们在这里！”

声音越来越清楚，林樾细细分辨着声音传来的方向，突然，他跑向了一个碎石堆积的坍塌地带，仔细聆听了一阵，然后十分兴奋地喊安逸过来。

“安逸！这儿！他们或许就在这下面。”他指着一个被大块碎石堵得死死的地方，这边显然还有一点出入口的迹象，由此他断定他们应该就在这里。

“那还等什么，快！我们动作要快！”安逸说完就蹲下身准备挖。

两人没有任何挖掘工具，只得徒手开挖。

安逸在碎石沙土里奋力地刨挖着，直到最后她的手指甲开裂，双手血肉模糊，也没有停歇下来。

“安逸！安逸！”林樾立马制止了她，“你的手。”他抓住安逸指甲开裂流着鲜血的手，心痛不已，虽然自己的手也因刨挖而开裂流血。

“我没事。”她从林樾的手中抽离出自己的双手，继续刨着。

林樾也不再阻止她了。

那片地方被沙石掩埋得极深，把出口硬生生地堵住了，仅留的一条缝隙只有微风可以灌入其中，里头的呼喊声也顺着这条缝隙传出，极其清晰。

在坚硬的石头面前，他们的力气微乎其微，两人费尽全身气力，也丝毫不见成效，挖不出一个可供人通行的口子。

但是他们丝毫不气馁，继续挖着。

林樾起身四处看着，想找拾一些可以挖掘的工具，可他找遍了，却没有一件东西是可以利用的。好在也不是一无所获，他在一处废墟里找到了一只手套，然后跑回了安逸身边。

“给，戴上这个，手就不会那么痛了。”他把手套递给安逸。

“谢……谢谢。”安逸接过手套，看见了他的手也满是伤痕，“那你怎么办？”

“我没事。”他用袖口擦了擦额头上的汗说。

两人继续挖着。

过了很久很久，两人终于精疲力竭地躺倒在地。林樾瘫在了瓦砾上，他从没有过任何一刻觉得自己的力量这么的弱小。他想，这样挖下去也是徒劳，费力不见成效不说，恐怕还没等他们救出里头的人，自己和安逸也会累死在外。

就在他们两人有些绝望的时候，听到了远处传来的汽车行驶声。那声音越来越近，林樾猛地起身朝车子驶来的方向看去。

“看，是傅言东。”林樾振奋地挥手。

傅言东从副驾驶座上探出头来，他的后面还跟着四五辆皮卡。

林樾和安逸如同看到了希望一样，立马奔向他们。插着维和部队旗帜的车子在他们旁边停下来，傅言东打开车门，从副驾驶座上一跃而下。

“你怎么进来了？”林樾问。

“我不是不放心你们嘛！”傅言东回答。

“还好你们来了，正愁没办法呢！”

“怎么了？发生什么事了？”

“我们的同事他们被压在了碎石下，那下面是一个地下停车场，他们被困在那里了。”林樾指着那个方向。

“那下面还有一些来不及撤离的平民。”安逸补充说。

“好，接下来就交给我们吧！”

傅言东向身后的车子挥了挥手，从后面的车子上跃下了几名士兵。

傅言东交代：“大家把那边的碎石移开，有人在下面。”

“是。”几名士兵异口同声地回答，然后拿着破拆的工具，向那边跑去。

在众人的齐心协力之下，堵塞之地终于开辟出了一条狭窄的通道。

在巨石破开的一刹那，灰尘和阳光一同拥入了地下停车场，呛得底下的人直咳嗽。

一行人走入地下停车场。

“汇晨。”安逸在见到同事们的那刻，悬着的心终于放下了。

“安逸。”

余汇晨上前，两人紧紧地拥抱在了一起。

“你是怎么知道我们在这儿的？”余汇晨问。

“定位。”安逸欣喜地笑着。

兴奋之余，安逸也不忘介绍：“来，我给你介绍一下，这位就是林樾的朋友傅言东。还有他们，多亏了这些维和军人的帮忙。”

“你好。”

“你好，你好。”

安逸向几人一一介绍。

“好了，这里不是说话的地方，我们先离开这里再说。”林樾打断。

“好。”肖义志回答。

“哦！对了，这儿有人受伤了。”余汇晨反应过来。

“哪里？”傅言东问。

他们的目光瞥向角落，那受伤的妇女血虽然已经止住了，却还是十分虚弱，身旁有人正照顾着她，不让她睡过去。

傅言东指挥身后的士兵说：“你们俩把伤者抬上车子。”

“是。”两名士兵回答。

“你，你还有你指挥这里的平民上车，你们先走，我们随后就到。”

“是。”

在指挥下众人有序地从地下停车场撤离。突然，“砰”的一声巨响，地下停车场摇晃了起来，从上头落下的灰尘石子沙沙作响。

“动作要快。”傅言东喊道。

终于，看着最后一个当地平民撤离，众人方才松了口气。

这时地下停车场里只剩下了傅言东、林樾、安逸、余汇晨、魏旭阳、邵奕鸣、肖义志、麦恩八人。

“好了，我们也走吧！听这声音，战争离我们这里越来越近了。”傅言东说。

“嗯。”几人点头。

他们陆陆续续地从地下停车场走出来，目望远方，他们已经可以清楚地看到炮火在渐渐逼近，不远处掀起的热浪浓烟像大海里波涛汹涌的浪花拍击而来。他们迅疾地爬上了皮卡，就在傅言东正要发动引擎的时候，林樾忽然叫道：“等等！”

“怎么了？”傅言东疑惑地问。

“看！”林樾指着不远处一个奔跑的孩子，“那里还有个人。”他立即打开副驾驶座的车门，跳下了车。

“林樾！林樾！”傅言东喊道。

坐在皮卡车后座的安逸看见林樾跑了下去，不知道发生了什么。

傅言东紧随其后地从驾驶座上下来，他对车后的众人说道：“你们不要下车，我去去就回。”

“发生什么事了？”安逸急切地询问。

傅言东没有回答她，直直地紧随着林樾的身影跑了上去。

安逸神经紧绷着，不顾其他人的阻拦，也从车上一跃而下。

“安逸你干什么去？”余汇晨大喊。

安逸没有回应。

“不行，我不能让她一个人去。”余汇晨正要跳下车子，邵奕鸣却一把拉住了她：“别添乱，我们在这儿静静地待着。”

“不行，我不行！”余汇晨一把甩开了邵奕鸣的手。

“我陪你。”魏旭阳站了出来。

“你添什么乱。”邵奕鸣说。

“林樾是我的兄弟。”魏旭阳只说了这样的一句话，便和余汇晨一同跳下了车子。

“你……你们……”邵奕鸣不知该说些什么，紧要关头，这不是去添乱吗？

“这样吧！麦恩、邵奕鸣你们在车上等着，我去看看。”肖义志最终也是放心不下地紧随其后，也跟着跳下了车子。

“你怎么也这样啊！”邵奕鸣无奈。

08

头顶几架直升机频繁密集地用机枪向地面扫射着，不知是哪方军队的士兵们惊慌而散，其中一名士兵却拿起火箭筒朝着人群相反的方向，而后站定向天空中的直升机发起最悲悯的攻击。

当火箭自火箭筒中发射而出，在空中爆开，就有子弹射入了他的胸膛，他悲壮地躺倒在地，身体像是彻底要融入进这片土地里似的。他再也不会离开这片土地了，这一刻他真正地把生命结束在了这里。

而这一场景也永远定格在了林樾的相机里。

林樾步伐快速，沉重的相机在他的胸前颠簸起来。

突然，他被一把抓住，他回头一看，原来是傅言东。

“你不要命了！”傅言东斥责道。

安逸、魏旭阳等人也跟了上来，气喘吁吁的，搞不清现在的状况。

“发……发……发生了什么？”魏旭阳气喘吁吁地问。

林樾没有说话，只是伸手指向一个地方。

炮火硝烟里，有一个无处逃跑吓得坐倒在地的孩子。

他们终于明白了林樾一路跑来的目的。

H国的这场战争血腥残酷，他们手中的子弹上了膛，枕戈待旦，他们是一国同胞，在战场上却因为政见不同而短兵相接，三军对垒，其战争残酷情况不言而喻。

肖义志亲眼看到，先前如友相待的双方军人，亚麻与利特，在战争再次开始的时候，他们各自手中枪支的子弹同时射出，彼此了结了。那一刻，他们的脸上还是微笑的表情，只是，那微笑是一种遗憾的微笑。也许信仰没有对与错，只是战场上就只有你死我亡的残酷，只是因为他们所处的这个时代错了。

肖义志知道那个微笑代表着什么。

在短暂的休战期间。

亚麻对利特说:“如果有一天我们狭路相逢,你就一枪打死我吧!我不会对你手软的，请你也是，因为战场上没有同情，我们就是敌人了。”

利特说：“请你也一枪把我打死吧！我不想死在别人的手里，战场上不能有逃兵，我的信仰是对是错就让你用这一枪来告诉我吧！”

没想到，和平竟如此短暂。

战争还在继续，南部军的战争策略逼得北部军和自卫军节节败退，伤亡惨重。

战场里还有一些外国记者也没有撤离，他们站在离危险区域很近的边缘用他们手中的“武器”向世界发声。

不得不说，林樾也是一个很专业的记者，面临这样残酷的场面时，很多记者哪怕举起相机也无法捕捉画面，对焦——恐惧会阻碍你。而林樾却在战场上镇定自若，将战争的一幕幕定格。

走散在战场里的孩子发出了悲凉哭腔，在枪弹的巨响里被掩盖。

林樾在众人的一个不注意里起身奔向战火处，没有回头。

战场上到处是流弹，他用手护住头部，拔足狂奔。

“林樾！”安逸忍不住大喊。

众人眼睁睁地看着炮火的浓烟滚滚升腾，如巨浪袭来般翻涌着把林樾的身影吞噬得无影无踪。

“林樾！”安逸再度嘶吼着。

众人屏住呼吸，担忧地看向林樾消失的方向，那里被一片浓烟笼罩住了。

时间好像停止了，四周万籁俱寂。

当林樾抱着一个孩子从硝烟中走出来的时候，空气好像才又流动起来。

他虽面容狼狈，一双眼却是透彻得发亮。

看着他平安地一步一步走来，安逸的眼泪滚滚而下。

“没事了，安全了。”林樾安慰着怀里的孩子。

众人簇拥了上去。

安逸一把扑进林樾的怀里：“你这个大傻瓜！”

她担忧的表情以及两颊未滴落的泪水，就这么被他收入眼底。

林樾愣了好长时间，对着怀里的她不知道该说些什么。良久，他才拍着她的背，轻声安慰：“我们走吧！”

一行人离开，带着那个刚刚逃过一劫受了惊的孩子。

“孩子别怕，你已经安全了。”余汇晨蹲下摸着那孩子的头安抚着。

撤离古斯特罗市之时，附近反政府武装军最后一支部队开始了上战场之前的呐喊：“只有对不起国家的军人，没有国家对不起的军人，我们宣誓效忠的是亲爱的国家，而不是该死的政客，坚持‘不让任何一个人落在后面’的信念至人生最后一刻，向所有肯为同胞弟兄牺牲的勇士们，致上敬礼。”

他们浩浩荡荡地上了战场。

安逸忍不住往后瞥了一眼，从他们乌黑的眸子里看到了涌动的热泪，他们知道这一战或许会是自己生命的终结战，但没关系，他们早就做好了这样的准备。

这一刻，她觉得林樾那只握着她的手好似握得更紧了。

“我深知作为记者的我无权站队，可为什么这一刻我开始有点同情他们了呢？”安逸默默地说。

09

待他们再次回到古斯特罗市里时，战争已然结束。

这次战斗比他们预想的结束得快。

城市里，片片焦土，袅袅黑烟升腾，泛着滚滚热气，好似一踏上这片土地，热气就会侵入全身。

万世万物在这宛如世间炼狱里融化了、升腾了、飘散了……

这座饱经战火的城市里仅剩下弹痕累累的壁沿，颓墙断瓦的城里飘扬着胜利者的旗帜，坦克装甲车陆陆续续地驶进来。而另一边，古斯特罗自卫军，从胜利者变成了战败者，等待他们的会是什么，一场大逃亡？或是沦落为战争犯被公开处决？人群里已有战败的古斯特罗自卫军士兵唱着战败的悲歌，浩浩而行。

有些记者选择离开，有的则选择留下。只有在国际舆论的监督之下，有人才不会大开杀戒，拿这些战败者开刀。

林樾他们也要向这座城市告别了，他们刚刚接到上级的通知要前往偏西的地区，因为同样战败了的北部军还会退居回那里等待时机向刚刚战胜而夺下古斯特罗市的南部军发动持续的战斗。他们要分别了。

在这段时间里，麦恩已成了他们的朋友。

要知道在战地想要找到一个契合的伙伴，是一件极其不易的事情。虽然与麦恩相处的时间不是很长，但他却让林樾看到了 H 国青年的风貌——勇于反抗、敢于接纳新思想的洗礼。

林樾拥着他："好好的，你们想要的那一天终会来临。"

只要心中有信念，就会等到拨云见日的一天。

麦恩叹息："国还是那个国，家已经不是那个家了，他们也不再是那个他们了。"

告别了麦恩，接下来就是傅言东。

林樾与傅言东相视而笑，他们明白彼此的内心，已无须多言。

傅言东向林樾敬了个军礼，林樾上前用他们之间特定的兄弟手势向傅言东道了个别，说了句："平安。"

这是最单薄的祝愿，也是最诚挚的祝愿。

第六章

天明之前，他从战火中来

01

安逸从来没有见到林樾这么生气过，至少从她结识他，到一起进入战地以来，这还是头一次。

林樾生气的源头是因为一封邮件，一份报社发来的驳邮。是关于驳回安逸所写，有关于“恐怖组织渗入 H 国为非作歹伤害平民事件问题”的报道邮件。

报社方面给出的提议是：

一、文章中所揭露的内容，真实性与否，应当核实明确，而不是仅仅以片面之词就此定夺。二、站队思想过于严重、批判性过强。记者是第三人，属于中立方，本着就事实的真相而去，所揭露的内容应当是有事实依据。三、如若确定文章内容，发表之后是否会对记者本人招来不必要的麻烦。

林樾阅览邮件后，将心中的不满吐了出来，他嗤笑一声：“话说得这样圆满，理由找得也是这样足够，他们这是在怕什么？”

他怒不可遏，安逸写的稿子绝无半点虚假，这都是他们的所见、所闻、所感，难道太过写实也要被打压吗？

为此他特意回邮了一封给了老谭。

就在林樾静等老谭回复的时候，老谭的电话直接打到了林樾这里。

林樾迅速接起电话，正要与老谭进一步地谈论这件事情：“喂，老谭……”

老谭却打断了他：“你什么都不要说了，你们传回来的照片与报道都很好，领导很满意，继续努力！注意安全。”

“老谭，你知道我不是要跟你说这些，你别岔开话题。”林樾有些急了，没想到自己最为信任的老谭竟会用这样的方式来敷衍自己，“我们记者不是报社的工具！”他怒气冲冲，“我们写那篇报道只是想让国际社会知道，在战火里还有无辜的人在惨遭伤害。H国那些‘军阀’知道战斗，他们有顾及过平民吗？他们设想过那些隐藏在平民身边的危险吗？我们写这篇报道来揭露有错吗？况且还是事实。是他们肆意放纵导致了恐怖组织入侵H国，如果不让国际社会知道，那么有谁会重视？如果怕得罪什么人，那还要我们这些战地记者干吗？”

他怒吼着，把一车子的人都吓蒙了。

电话开的是外放模式，所以车里的人都听得清清楚楚。

“林樾，林樾你听我说。”老谭试图安抚林樾暴躁的情绪，可丝毫没有效果，终于他也忍不住了，大声斥责道，“林樾！你太让我失望了。”

这一声怒吼使得车内再次安静下来。

顿时，车里安静得只有几个人的呼吸声。

开车的魏旭阳自知受不得这样的惊吓，万一车里的林樾或是电话那头的老谭再次“平地一声雷”，他怕自己手抖或者脚抖，那后果恐怕就不堪设想了，所以他很识趣地把车停靠在了一旁。

电话那头的老谭继续用他那高亢的声音说道：“要知道记者可是要对自己所发表的文字内容负责的，在没有确定那是‘野狼’所为，又没有确凿的证据，为何说得如此笃定？还有一点，你为什么会觉得是各‘军阀’的放纵才使得H国内渗入恐怖组织？你们现在可还是身处H国内啊！你们有没有想过报道一经发出，那么你们将会被通缉啊！到时候随便给你们安一个‘无良媒体’名号，枪毙了你们怎么办？你不要命，那他们呢？”老谭叹气，“林樾，我正是看重你做事缜密，报道事实绝不夸大其词，对每篇报道内容负责，才放心让你带队的，然而你太让我失望了。对，揭露罪恶是记者的责任，可是你有没有想过，如果说那些人真的是‘野狼’组织的，万一他们看到报道，那村子里的人还活得成吗？”

双方都镇定了下来，良久都沉默不语。

魏旭阳见状这才又发动车子，继续向前开。

电话那头，老谭突然又说道：“林樾，我现在想听听你的看法。”

老谭语气平和，很显然，刚刚的停歇让双方都抚平了自己心中的脾气。

“对于这篇报道，其实我也没顾虑那么多，我……我就是……”林樾心中五味杂陈，他不知道这种心情该怎么用语言表达。

“我知道你向来喜欢打抱不平。可是你看看你们的处境，看看他们的处境。”

“其实……其实我们甚至怀疑H国南北部武装军有一方勾结恐怖组织，想以此遏制住对方！”林樾把心中这一想法抖搂了出来。

“当真？”老谭的声音一下子提高了八度。

这一猜测也让车内除了安逸以外的几人吓了一跳。

“你们可有确凿的证据？”老谭谨慎地询问，仿佛这就是一个惊天大秘密。

“我……我们是没有确凿的证据。”

林樾说出这话后，老谭似乎有些失望，果然，这还只是猜想罢了。

“我们采访到的，所能证明的就是恐怖组织‘野狼’已经渗入H国。就是因为没有确凿证据，我们才没在文章里做出猜想。我们批判H国‘军阀’只是因为他们不顾百姓，看不见百姓此刻所受的苦难。”

老谭回复：“如果只是猜想，那么，我希望你要么用确凿的证据来证明你的猜想，要么什么都别做。还有，我希望你不要掺杂一丝的个人情绪进去，我知道，你痛恨‘野狼’，但是，切记不要把仇恨融入报道之中，这会让你的报道变得不客观。三年前，我们失去了乔笙，失去了一个好的战地记者，我们不想再失去任何一个人。”

老谭说完这番话，就把电话挂断了。

乔笙？这个名字有些熟悉，安逸一时想不起来了。

林樾不知道自己这是怎么了，这么不理性。自从那天听到"野狼"二字开始，他就这样了，只要一牵扯到“野狼”，理性就消失得无影无踪。

做记者的最痛恨的就是不客观的报道，林樾以前最痛恨的就是一些无良的媒体，为了私人利益而扭曲事实，编造事实，没有职业操守。而如今自己虽然不是为了利益，却也是因为仇恨使得本该客观看待的事情变得带有个人色彩了。

即使这只是一个猜想，即使这个猜想已有七八成确立，但他还是要搜集确凿的证据，做到十成。

02

新米市，炮火下的天际线似乎要把这座城市压垮，天像要塌下来了一样，炮火“轰隆隆”的声音响彻天际，半点不停歇。

南部反政府军已经控制了古斯特罗市，进而向这座北部武装临时政府军控制的最大城市发起了总攻，战火重燃。

国际红十字医院里来来往往的人像是潮水一般奔流不息，伤者有南部军士兵，也有北部军士兵，还有平民；有的是被担架抬进来的，有的是被两人合力扛进来的，有的伤者血流不止，有的则已经昏迷不醒……总之，现场乱成一团。

战争一开始，医院里所有的医生、护士，全员出动，就连不是医护人员，像伊静晓、许南峥这样的国际和平人士也都加入了救援者的队伍。

孩子们全都挤在了医院一处房间里不敢出来，将腾出来的房间给那些伤者做临时病房。

沈铭医生刚刚下了手术台，连手上的白色橡胶手套都还来不及脱下就被护士叫去诊治刚送进来的一批患者。

手术室十分简陋，为了防止感染，伊静晓和许南峥就在一台手术结束之后用消毒水和酒精不停地对手术室内进行消毒。他们所能做的就是尽可能地搞好一切医院卫生，做好感染阻断的工作。

下一台手术又无缝隙跟上。

“这样不行啊！万一出现交叉感染怎么办？”唐灵担忧。

沈铭忙得不可开交，却还是要应对交叉感染的问题，医院实在太小，伤者太多，必须要协调一下。于是乎，他指挥大家：“各位护士听我说，新送进来的伤者里，先抢救重伤的！活的！那些轻微伤的，凡是不会一下子危急性命的，先由个别护士送到院子处临时搭建的帐篷里去做处理。”

收到消息，护士们各自紧张有序地协调起伤者。

这边刚刚协调完，那边又有护士叫道：“沈医生！”

“怎么了？”

“血库里没 B 型血了。”

“现场的各位有人是 B 型血吗？”沈铭大喊。

嘈杂的医院里顿时又安静了下来。

大伙儿四目相对，愣了一下，就在这时一个声音喊道：“我！我！我！”

循着声音望过去，那不是别人，正是许南峥高举着双手回应。

许南峥主动跑上前。

“唐灵，带他先去抽血测血型。”沈铭交代唐灵。

“好。”

“现场还有没有其他人愿意献血的？医院的血库可能有点不够，不管是什么血型！不止缺 B 型血！”此时伊静晓出来动员。

沈铭看了一眼伊静晓，用信任的语气对她说：“这里就交给你了。”

伊静晓点头回应：“没问题。”

就在大家忙得焦头烂额的时候，突然，从房间里跑出来一个大孩子，他慌张地对伊静晓说：“不好了！不好了！小克鲁斯不见了。”

“什么？发生什么事了？”伊静晓放下手头的事情，着急地询问。

“我们在房间里，克鲁斯望着窗外突然说，他看到一个很像他爸爸的人，受了伤被抬了出去。我们以为他看错了，就没理他，可一转眼他就不见了。”

刚刚抽完血回来的许南峥恰巧听到这些，一下子也呆住了。

03

“小克鲁斯，你在哪儿？”伊静晓放声高呼。

“克鲁斯，你在哪儿？”许南峥也不停地大喊。

两人的声音此起彼伏，却也渐渐变得沙哑。

两人从非战区出来，一路小心翼翼。他们觉得小克鲁斯应该是把被抬出去的死者误认为是自己的父亲，而跟了出去。他们问寻了医院的医护人员，得知被抬出去的死者一般是被安放在城市西边的一个集中掩埋岗里，或许小克鲁斯是跟着去了那里。

目前城西边的集中岗已经被封锁，战火已经蔓延到那里。医院里抬死者的人，根本不愿意冒着生命危险带他们去，只告诉了两人大概位置，于是两人就这么凭感觉与方向寻找着。

“克鲁斯！你在哪儿？”

许南峥尽力把嗓音提高，可炮火的声音近在咫尺，无情地压下了他的声声呼喊。

伊静晓突然像是看到了一片曙光，她指着前方，对许南峥呼喊：“快看，小克鲁斯在那儿！”

他随着伊静晓指着的方向望去。

不远处，空旷的戈壁上一个小小的身影正伫立在那儿，孤立无援。听着阵阵炮火声，小家伙肯定是吓坏了，东张西望的，不知所措。

两人欣喜若狂，下一秒，心又揪了起来。

伊静晓对着远处的小克鲁斯大喊：“克鲁斯，我们在这儿。”

小克鲁斯转过身子，目光正对上了两人，喜悦的神情一下子跃到了他脸上。

伊静晓挥手，正要迎上前去等待他跑来扑入自己的怀里。

可她无法预知的是，一颗炸弹就在下一秒，在他们没有任何防备的情况下落下了，刚好落在了小克鲁斯奔跑而来的路上……

炽热的爆炸如旋风般燃进了两人的瞳孔，一下子把两人的全身也都烧灼了。

小克鲁斯像是人间蒸发了一样，就连他奔跑而来的身影也都如同一场梦境。

“克鲁斯！”伊静晓嘶吼着，仿佛要把天给吼裂出一条口子。

伊静晓本想跑到刚刚那炸弹炸开的地方，却被许南峥一把抓住了手臂。

“你放开我，放开我，让我过去，这不是真的。他还只是个孩子！他还只是个孩子啊！”

她痛哭流涕，身子本能地想要向前奔去，只是有许南峥在背后拉着她，她倾倒在地。

伊静晓跪坐在荒凉的大地上，看着那片坑洼的土地，就在刚刚一条鲜活的生命还在那里蹦跳，如今又在那里消失了。

什么叫“人间蒸发”？这一刻她终于知道了。

“你冷静！你冷静点！静晓你冷静一点。”许南峥悲痛之余却又不得不用尽全身的气力牵拉住伊静晓不让其上前，他不知道会不会还有炸弹落下。

“他……他还只是个孩子！他……”伊静晓喃喃自语，无法相信小克鲁斯就这样离开了这个世界。

绝望、愤恨、无助，最后是麻木……

流弹穿梭着，炮弹的热浪旋涡刮着两人的脸。

伊静晓整个人麻木了，没有了知觉，就这么呆坐在那里。

许南峥试图拉起她，可她像是长在了那土地上一样。

“我们走吧！”许南峥有些哽咽，泪水在脸上肆意地流淌着。

他就这么一直拉着她，可她依旧不肯起来。

终于，许南峥怒了，他带着哭腔对她大吼：“你给我起来啊！你也死了吗？起来啊！”

依旧不见她有任何动静，只听得到那声声的哽咽和啜泣。

远处传来了阵阵枪声，肉眼就已经能看到不远处打得不可开交的两方军队。

眼看情形不妙，许南峥二话不说立马背起伊静晓。许南峥原本健硕的身躯背起她却也显得吃力，他垮塌着身子，迈着大步往前跑，他已经顾不了那么多了。

许南峥不知自己究竟背着伊静晓走了多久，背得他大汗淋漓，背得他额头上豆大的汗珠一滴一滴顺着他脸庞往下滑，背得他气喘吁吁，踉踉跄跄，步履维艰。背上的伊静晓睁着硕大眼睛，眼眶里的几滴泪在打着转，却怎么也落不下来了。这一刻他们仿佛已经没有了时间的概念，天色渐渐地沉了下来，许南峥的步伐也变得更加缓慢了，加上天色灰暗，方向难以判断，他只得更加小心翼翼。

“伊静晓……你要是没死就给我走两步，我知道你心里不好受，我也是……”他说话也变得更加吃力了。

背上的她依旧一声不吭。

前方是崎岖蜿蜒的陡坡，脚下还能看到一大片石壁。许南峥突然脚底踩空，连同背上的伊静晓一同滚落下去。

“啊！”

暗夜里，许南峥真想就这么躺着不起来了，可他知道这样不行，他们会死在这儿的。身边还趴着伊静晓，他答应过傅言东要照顾好她，答应过林樾这一次一定要把她安全带回去，他不能食言。

他试图爬起来，可大腿却传来了一阵剧烈的痛感。

“啊……”这是一种像是皮肉被撕裂开来的痛。

伊静晓这时才终于像是活了过来一样。

“你怎么了？”

“我的腿。”他抱着大腿龇牙。

他滚落下来的时候右腿被岩石硌了一下。

“不会是断了吧？”伊静晓着急了，试图用手去触摸他受伤的地方。

“啊……”

伊静晓的手摸到了一股湿热的液体。

“血！”她惊呼。

“我……我没事……”

许南峥却十分淡定，仿佛受伤的不是自己。

“你的腿……”伊静晓一下子不知所措了起来，她不知道当下自己能为他做些什么，“我背你走。”她立马想到的是要尽快把他送到医院。

“不，你背不动我的，我的腿没有大碍的，我们就在这里等到天亮吧！走夜路不安全……”许南峥制止了她。

“可是……你的腿，在一直流血啊！”

许南峥挥挥手，示意她不用再说什么。

“你干吗背我，让我死在那儿不是更好。”她带着哭腔，觉得是自己害了他。

许南峥忍着疼痛，斥责道：“你说的什么浑话。”腿部的痛感使他的额头不停地冒着虚汗。

“反正三年前我也算是死过一回了，怕什么。倒是你，战地记者真的不适合你。”

“你是不是觉得我很懦弱，三年前？”许南峥的眸子闪过一股落寞，低垂的眸子阴郁幽凉。

伊静晓没说什么，正要去卷起他的裤管看看他的伤口就被他一把抓住了手腕。

两人在目光对视的这一刻，仿佛彻底地对彼此袒露出了内心，许南峥幽凉的眸子依旧是那么吸引人。

“三年了……你一直对我有偏见与误解。”他流着泪。

这泪他憋在心里已经三年了，三年了，时间过得好快，好像有人摁下了快进键，让这三年一闪而过，却又每分每秒都是那么刻骨铭心。

“三年前……不是你想的那样……”泪就这么不听使唤地滚滚而下，许南峥哽咽着，嗓子像是被什么东西给堵住了似的，发声变得如此艰难。

“那你告诉我，三年前……三年前是怎样啊？”伊静晓迫切地看着他，似乎也想从他口中得到答案。

许南峥的身子倚靠在岩壁下，眸子深邃荒凉，他抬头看着夜空，记忆随着内心的波动回到了三年前……

记得那也是像今天这般星河灿烂，只不过那是一个火光冲天的夜晚……

04

黑夜总是降临得这般迅疾，令人猝不及防，夜色的灰布悄悄地罩住了大地。

夏日初凉，天才刚刚暗下来，星辰就迫不及待地现出身影来，银河好似近在咫尺，一伸手方可摘下几颗。它们静静地流泻着，试图带走白天这片土地上的硝烟。

点燃的木炭烧灼着，发出噼里啪啦的声响，火星直往外冒。林樾独自一人坐在一旁的枯木树桩上凝神呆望着手里的中国结。

这是唯一一处可以俯瞰全城的小山丘，再往前看就是阿狄德特市了，林樾几人觉得天色渐暗入城不安全，也不好找住宿的地方，索性在城外露宿一晚，等天亮了再开车进城。

安逸知道林樾心情不好，便没有上前去打扰他，想着让他自己一个人静一会儿。

“一篇稿子而已，做记者的写稿子被报社退回是常有的事情啊！”余汇晨悄声对正在准备晚餐的魏旭阳说。

“不，不是因为稿子。”魏旭阳说。

“那是因为什么？”余汇晨更加不解了。

“是因为三年前。”魏旭阳的眸子变得黯淡了，仿佛这是他们之间的一个禁忌，只要一提到就会痛彻心扉。

“三年前怎么了吗？”安逸也凑了过来问。

魏旭阳叹了口气，也觉得事情不必隐瞒了。就像是一个伤口，愈合之后伤疤永远都会在，只有内心释怀，那才是真的看开了。

魏旭阳娓娓道来：“我和林樾是老搭档了，那还是 2011 年在栗国的那次……报社派了两个队伍报道栗国战争的情况，我和林樾一组，另一组是三个人，有许南峥、乔笙，外加一个叫伊静晓的女生。接收报社指令结束报道准备回国时是 6 月份，我们结束了全部的报道，两边的队伍约定了集合的时间与地点，可就在这时传来了不好的消息……”

05

2011年6月，栗国某市。

晚上，星河流淌在头顶。

若不是在这特殊的地方，在这样特殊的时间，这样的景色必定是一番良辰美景。

静谧的夜是万物最好的屏障，所有在白天沉寂的生物，在夜晚都会涌动而出。昆虫发出细小的鸣叫声，惹得人急切的心情更加烦躁。

林樾闭目静坐在一旁，反倒是魏旭阳来回踱步。

“这离约定的时间都过了一个多钟头了，他们怎么还不来啊？”他有些着急。

他们在利亚比整整待了六十五天，今天是他们结束报道准备回国的日子，两人约定了和另一组队友会合之后，连夜开车赶到就近的港口搭上撤离舰艇。双方把约定会合的地点定在了Y市与C市的交界，仅隔着一条潺湲河流。

“过来坐会儿吧！你这样来回走着，我看着都心烦了。”林樾对来回踱步的魏旭阳说。

说实话，林樾其实也是有几分担忧的，随着时间的流逝，这份担忧就越发浓重。毕竟，双方约定如非十万火急之事，绝不迟到片刻。

“他们不会真的出事了吧？”魏旭阳走到林樾身旁坐下。

林樾宽慰道：“应该不会，一定是被什么事情耽搁了，放轻松点。”

“不知怎的，从刚刚开始我的眼皮就一直在跳。”魏旭阳依旧有几分担忧。

“放松点。”林樾拍拍他的肩背，试图缓解他不安的情绪。

林樾知道，这种不安是会传染的，而此刻魏旭阳的不安已经影响到了他。

林樾瞥见魏旭阳搓手的动作，这小子一紧张就有搓手的习惯。

“说点开心的事。”林樾说道。

“呃？开心的事？”魏旭阳想了想，“开心的事，就是终于可以离开这个地方了！”

一提到回国，魏旭阳喜悦的心情表露无遗。

“在这里待了两个月，我真的是好久没有睡过一个好觉了，好想念家里的床，好想念家里的饭。以前，在家总觉得我妈特唠叨，就想有朝一日可以走得远远的。”说到这里，他不禁笑了，笑得十分甜蜜，“我妈做饭特好吃，自从我大学跑到其他城市上学，吃不到家里饭菜的时候，我就有些不习惯了。”他抬头望着夜空，尽力把泪给收回去。

魏旭阳一说到这些家长里短，就特别开心，所有人也都是长大后才开始怀念年少时光的。

“你啊！就应该早点找一个女朋友，最好找一个能管着你的。”林樾说。

“我啊？现在的女生不都要找个安安稳稳过日子的嘛！像我们这种职业，整天跑，哪儿危险往哪儿钻，哪个姑娘家家的愿意嫁给我。”

“那不一定，爱情呢！就是在对的时间遇到对的人，两人相互看对眼了就把彼此的一生毫无保留地交给对方。总有一天会有一个你命中注定的人闯入你的生命，你们彼此交换誓言，不论余生长短坎坷，轰轰烈烈，到最后时光抚平一世芳华，留下沧桑记忆，那就是相守一生一世。”

“随缘啦！”魏旭阳语气豁达地说。

两人沉默了，两个大男人感慨余生确实有些怪异。

良久，魏旭阳开口说：“樾哥，回去了到我家吃饺子呗！我妈包的特好吃。”他自豪地邀请林樾。

林樾笑着说：“好啊！什么馅的？”

“猪肉白菜，就知道你好这口。”

“替我谢谢阿姨。”

时间不知过了多久，突然河对岸传来了一丝丝动静。

“嘘！”林樾做了个噤声的动作。

两人立刻起身，神经紧绷地朝河岸的方向轻轻地挪步而去。

有人渡过浅河，河水被脚步划动而发出了“哗哗”的水流声。

“是他们？”透过暗黑的夜色，魏旭阳只看到了河面上两个黑色的身影。

林樾当即拿起手电筒，对着那两个黑影闪动了两下。

这是他们之间的暗号。

“是我，我们，许南峥、伊静晓。”

“是我们。”

那两个黑影用手挡了一下光，轻声回答。

确认了身份，林樾和魏旭阳十分欣喜，紧接着急忙上前。

魏旭阳蹚水上前去拉住了两人的手：“来，慢点。”

许南峥、伊静晓两人上岸后精疲力竭地跌坐在岸边，全身湿漉漉的。

林樾赶忙上前询问：“怎么了？怎么就你们两个？乔笙人呢？”

一问到乔笙，伊静晓便一下扑进了林樾的怀里，泪水不受控制似的往下流。

林樾不知所措，不知道他们究竟发生了什么事情。

“怎么了？啊？”有一种不祥的预感涌上林樾的心头，他一个劲地抚着伊静晓的背，试图平复她的情绪。

“乔笙……乔笙回不来了……他……”许南峥磕磕绊绊半吞半吐地说，目光里流露出的惊恐依稀可见。

“他，他怎么了？”魏旭阳着急。

“他被名叫‘野狼’的恐怖组织抓住了，在河对岸C市的那处废弃建筑里，那里都是‘野狼’组织的人！”

伊静晓终于开口：“我们驱车准备到这边的时候被他们抓住了，他们把我们囚禁了起来，我们在那栋建筑里看到了很多无头的尸体！好多……我们好不容易逃出来，可乔笙为了掩护我们被抓了回去。”一想到这些，她的心情便久久不能平复。

“不行……不行！我得去救他，我们得去救他！”伊静晓突然站了起来，准备蹚过河回去。

许南峥一把拉回伊静晓：“静晓！静晓你冷静点。”

伊静晓看着他，疯了似的甩开了他抓住自己的手：“都怪你，都怪你，如果不是你，如果不是你说要走大路，我们也不会被抓，乔笙不会因为掩护我们而出不来了。你为什么要冒险？啊？”泪水肆意流淌，湿红的眼带着满腔怨恨。

“都是我的错，是我大意了。”许南峥垂下眸子，眼泪潸潸。

林樾喊：“好了，现在不是纠结谁对谁错的问题，现在最重要的是想办法救乔笙。”

“让我去！我得去！”伊静晓情绪激动。

许南峥试图再度阻拦：“伊静晓！你疯了？现在你回去就等于

送死，他们说不定还埋伏在那里就等着我们回去呢！”

伊静晓照旧一把甩开：“你放开我，送不送死我不知道，可我知道的是，如果我不回去，那乔笙就活不成了！”

她力气颇大，许南峥攥着她手腕的手一下就被甩开了。

为了不让她回去，最后林樾只得一把抱住了她：“静晓！静晓！你冷静！”

“放开，放开我，让我回去。”她拼命挣脱，“求你了！如果乔笙死了，我……我这辈子都会过意不去的！”

情急之下，许南峥从地上捡起一根木棍敲晕了伊静晓。

魏旭阳：“你干什么？”

许南峥手持木棍，微微颤抖着，目光却在此刻凝聚：“我不能让她冒险。乔笙我一定要救，就算是付出我的性命作为代价也在所不惜，我去！”

三人把伊静晓扛进了车里，盖上了车布。

许南峥附在伊静晓的耳侧用低不可闻的声音对她说：“我对不起你，余生……如果没有余生，下辈子……下辈子我再补偿你。”

06

“后来呢？”安逸问。

“后来……”

魏旭阳说得入神，把手头正在煮的汤给忘了，待他发现时，锅里的水已煮没了一大半。他立即往锅里又添了些清水，继续回忆道：“后来，我们顶着被抓的风险就这么去了……”

魏旭阳还记得，那晚的天很黑，他们三人匍匐在那些恐怖组织可能出没的废弃建筑附近的草丛里。那真像极了电影里埋伏的场面，只不过此刻如果被发现了，他们也只有被伏击的份儿，故此几人的心跳得极快。

许南峥隐约还记得他们跑出来的路线，指引着他们两人靠近入口。

“好奇怪啊，怎么会没有人，难不成他们是撤离了？那……乔笙他……”魏旭阳紧张道。

“不会的……不会的……”许南峥喃喃着，心中祈祷着不要发生那样的事情。

“不管怎么说，我们还是要进去确认一下的。”林樾镇定自若地说。

三人小心翼翼、左顾右盼，在确认了附近没有恐怖组织把守的情况下偷偷溜进了废弃建筑内。

为了以防万一，三个人从出口另一方一扇不起眼的小破门里钻了进去。

林樾放低了声音嘱咐：“小心点，接下来一定要跟紧彼此，切记千万不要单独行动，无论发生什么事。”

屋内漆黑一片，他们只能用手去摸索，一步一挪地往前走着。

一楼被摸索了个遍，他们没有找到任何关押人的地方。林樾对身后的两人说：“上二楼。”

三个人背靠着背继续前进……

最后在三楼听到了动静。

“嘘！”林樾做了个手势，“听。”

仔细聆听，终于听到了声音。

“是人！有人。”魏旭阳兴奋地说。

“一定是乔笙。”许南峥欣喜。

三个人迅疾地跑过去，终于看到了一个人影——正是被绑在椅子上的乔笙。

“乔笙！”许南峥惊喜出声。

乔笙被绑着，嘴也被堵上了，看到他们三个人，也能发出激烈的“呜呜”声。

他瞪大的瞳孔像是在预示着什么。

许南峥帮他拿下了堵在嘴里的东西。

乔笙慌张道：“你们快走！”他喘息着。

林樾和魏旭阳立马对视了一眼。

就在这时，许南峥在为乔笙解开绳索的时候，触碰到了绑在乔笙身上的东西。他一下子僵住了：“你们……你们快走！”

许南峥缓缓地看着他们：“他身上绑了炸弹。你们走吧！”

魏旭阳：“走？我们……”

“别说了！你们快走！”许南峥打断了魏旭阳的话。

林樾和魏旭阳两人没有动，并没有打算离开。

“我叫你们走你们听到没有！”许南峥大吼。

“我们不走！要死一起死。”林樾和魏旭阳一同上前。

许南峥：“说什么屁话！我叫你们走啊！”

林樾摸了下绑在乔笙腰上的定时炸弹，上面的时间显示着还剩2小时58分52秒。

“要走一起走，我们……我们绝不会丢下任何一个兄弟。”林樾看着乔笙，目光坚定。

乔笙：“你们别管我，他们也许还在这附近，你们走吧！别管我了。”

林樾看着乔笙腰上的定时炸弹，上面密密麻麻的全是炸弹的引线。他看不懂，此刻他真想自己就是电影里那些会拆炸弹的专业人士，拿着拆弹工具，三下五除二地解体一个炸弹，可他没有这样的能力。

“都是我的错，要不是我硬要走大路，硬要去冒险，也就不会这样了……”许南峥歉疚地说。

乔笙：“这不能怪你，你也是想看看那些在战火里被安置下来的人怎么样了。其实那时候我们走大路走小路都是一样的，或许他们早就盯上了我们这些记者。”

炸弹上的时间显示着“2 小时 56 分 29 秒”。

时间一分一秒地流逝着，可他们三人却拿这个炸弹一点办法都没有。

乔笙：“别研究了，没用的。”

“可以的，一定有什么办法可以暂停它的。”林樾擦擦额头上流下的汗。

“有办法了！”魏旭阳突然灵机一动。

“什么办法？”许南峥问。

几人把目光投向了他。

“这个炸弹的时间还有两个多小时，我们可以把他连同这个炸弹一起带走。”

“你是说找军队的专业人士帮忙？”许南峥顺着魏旭阳的这个想法说道。

“是。”

“不行，这样太冒险了，万一……万一这个炸弹在路上突然炸了，你们……”乔笙摇头。

“现在也只有这个办法了……”林樾把双手放在乔笙的肩上，放松地对他说，“从现在开始，一切都听我们的，你不用担心。相信我！”

林樾坚定的神情向他传达出希望的曙光。

林樾在前探路，许南峥和魏旭阳两人把乔笙护在身后，几人加倍小心地下到一楼。

林樾举目四望，在确认了刚刚的动静没有引来任何人的情况下对身后的他们挥手说道：“安全！”

大家这才放心地继续前行，可就在他们要走出大门的时候，却传来了密集的枪声，其中一颗子弹打到了建筑的铁门上，发出了火花，吓得四个人立马把探出的身子缩了回去。

喘息声，急促的喘息声，四个人吓得大汗淋漓，林樾已经感受到了大腿因恐惧而在发抖。

魏旭阳：“完了，我们已经成了瓮中之鳖了！”

四人相互对视。

乔笙：“不要管我了，你们走吧！趁着夜色，趁着这个间隙，你们快走！”

许南峥：“不！一起走。”

乔笙：“别傻了！我身上绑的可是炸弹。”

许南峥抽出常备的小刀。

魏旭阳慌张地说：“你要干什么？”

许南峥：“要死一起死，我今天非要把这炸弹解体不可。”

林樾立即拦住了他：“你疯了？”

许南峥：“我没疯，不就是几根线吗？”说罢，他甩开林樾的手，上去就用小刀割断了一根引线。

魏旭阳喊道：“住手！”

幸运的是，炸弹并没有引爆。

待许南峥要挥下第二刀的时候，乔笙立马躲闪开来：“林樾快拦住他，带他走。”

林樾和魏旭阳两人齐心协力一把上去摁住了许南峥。

乔笙:“听我说,我很想跟你们走,可是我现在身上绑着的是炸弹，带着我，万一子弹打到我身上的定时炸弹上我们谁都活不了，我出去了就是一起死，你们还有大好的生活，为了我不值得。”

“闭嘴！不要再说了！我答应伊静晓一定，一定要把你给带回去！”许南峥嘶吼着，泪水肆意而流。

乔笙转而对许南峥说：“南峥，对不起！替我照顾好静晓，你们要活着！都要活着……”说罢他笑了，眼眶里凝集着泪水，“让我来掩护你们离开吧！”他说完这番话,就像是完成了什么使命一般。

乔笙展露出此生最灿烂的笑容，一滴泪水顺着他的眼角流淌而下。

他捡起掉落在地上的那把小刀，奔向顶楼。

“不！不要！乔笙！不要！”许南峥拼尽全力试图挣脱开林樾和魏旭阳两人的牵制，可怎么也没有办法脱离。

林樾和魏旭阳也只得看着乔笙而去。

“把他扛走。”林樾说。

魏旭阳问：“乔笙想干吗？”

“他想引爆炸弹！听我说，趁恐怖组织一波攻击之后的间隙我们就冲出去。”林樾强忍着悲痛说。他明白现在自己必须理智。

说罢，林樾贴在许南峥的耳侧对他说道：“南峥，你不要这样！”

许南峥在经历一番挣扎之后，知道自己再也没有挣脱开两人力量的可能了，可他依旧试图用他最后的力量改变着什么。

外面的枪声在经历一番密集的扫射之后停歇了下来，林樾发出指令：“一，二，三……冲！”

两人扛着许南峥拼尽全力地冲向林子。

被扛着的许南峥，看到了黑夜里立于建筑顶楼的乔笙，那么悲壮。

乔笙用刀割断了一把引线，从顶楼一跃而下，炸弹爆炸开来，火光冲天，连许南峥那双黝黑透亮的瞳孔也都被染成了烈火的颜色，火光倒映在幽深的眸子里，盈盈闪烁着。

“不！”许南峥悲恸地大喊一声。

此时，枪声又起。

许南峥觉得腿部传来了一阵撕心裂肺的剧痛，一股血腥的气息弥漫开来……

凄厉的吼叫和枪声划破了暗夜的长空，惊起林中一片高飞的孤鸟……

07

几人听完后不甚唏嘘。

原来还有这样一段历史埋藏在他们的内心，怪不得，林樾总是这般小心翼翼，因为他再也经受不起那样的打击了。

安逸听完他们的经历之后，好似更加理解林樾了。

她抬步走到林樾的身边，坐下：“你好像对这个中国结有特殊感情啊？看你看了半天，有什么特殊含义吗？是朋友送的？”

林樾挪了挪，给安逸让出了个位置。

“是啊！一个远在天边的朋友送的。”林樾偷偷地抹掉眼泪，“今晚星空不错。”他扯开了话题，不想回忆起伤心往事。

“是啊！很美，现在国内都很少见到这样的星空了呢！”

林樾记得小时候城市里还没那么多车，他就和傅言东、伊静晓三人坐在马路牙子上纳凉，望着满天星斗。那时父母都很忙，他从小是在爷爷奶奶的照顾下长大的，感觉挺孤独的。

“旭阳都跟我们说了。三年前……三年前的事都过去了。”安逸小心翼翼地试探。

他没有惊讶魏旭阳会把这件事告诉她，只是言语淡淡地轻叹道：“是啊！好快啊！转眼就三年了。”他神色伤感，泪眼盈盈，或许那幕情形又重现在他脑海里了。

“你相信人有下辈子吗？”安逸突然说。

“呃？”

“小时候我也不信，长大了反倒信了。”安逸憨笑。

“怎么说？”林樾问。

“我爷爷在我很小的时候就离开了我，我清楚地记得他离开时，眼中闪烁着慈祥的光芒，临终时他清清楚楚地看了我们家里的每一个人一眼，没有说话。我知道那是他的不舍。爷爷说，人终有一天要学会告别的。爷爷走的那天我哭得很伤心，我知道只有他对我是真正的好。那时母亲骗我说，死去的人会变成天上的一颗星星，守护着他最牵挂、最心爱、最念念不忘的人。如果有一天它做星星做累了，就会回到人间，到时间终会再度相遇。”她笑了笑，“我知道那是骗人的话，我知道人死了就是没了，我再也见不到从小对我好的爷爷了，可长大后我一直把母亲的话当成一种信念。”

“那我会变成天空中最亮的星星——北极星。”林樾抬头看了眼夜空。

“嗯！来，伸手！”

“干吗？”

“哎呀！伸手，大拇指。”安逸拉过林樾的一只手。

林樾虽然不知道安逸这是要干什么，可还是照做了。

“盖章！约定，此生我就做你的守护星。不，我们要做彼此的守护星。”安逸把大拇指和林樾的大拇指摁在一起。

08

许南峥倚靠着，苦笑道：“静晓，如果三年前，付出了生命的人是我，那么今天的你还会在乎吗？会记得我吗？”泪水源源不断地顺着脸颊流淌而下。

“你不要说了。”伊静晓泪眼婆娑。

“所以你爱的人一直不是我，是乔笙对不对？所以这么多年来，一直都是我自作多情了对吗？”

“那你为什么当初离开我？是因为我的那些话？你才选择一走了之？”

“不是的……不是你想的那样，三年前……”

许南峥澄澈的瞳孔里仿佛倒映着三年前全部的记忆。

2011 年 6 月 29 日，中国，榕城市医院。

许南峥那棍下来着实不轻，打得伊静晓有些轻微脑震荡，期间迷迷糊糊地醒来过一次，可在听到乔笙的噩耗之后又昏了过去。

后来许南峥拄着拐杖一瘸一拐地来看过她，可被她无情地骂走了。那时许南峥刚刚做完腿部手术，伊静晓情绪激动之下还推了他一把，他跌坐在了地上。

林樾赶忙扶起跌倒在地的许南峥，对伊静晓呵斥道：“静晓你干吗，他刚刚做完腿部手术啊！你不要任性好不好？乔笙的死我们也很难过。”

“我没有让你来看我，你走！”伊静晓指着许南峥大吼。

许南峥在林樾的搀扶下跌跌撞撞地爬起：“静晓，你冷静一点，你还有伤。”

“我的伤不用你管，如果……如果当时不是你执意拉着我跑，我们或许还可以把乔笙救回来的啊！还有你执意要走大路！都是你害死了乔笙！你是个胆小懦弱的人，为什么？为什么你可以头也不回地看着他被他们抓去，你为什么不让我去救他？都是你！都是你！你走，我这辈子都不想再见到你。”伊静晓情绪激动。

“是这样的……我不想让你处于危险之中。”

“我不听，我不听……你走啊！”伊静晓嘶吼着。

“好……我走……你注意身体，你还有伤。”

他一瘸一拐地离开了伊静晓的病房，落寞的背影很是凄凉。

“伊静晓！你怎么这么不知好歹！”林樾狠狠地对她说道。

伊静晓双手捂着眼睛，跪坐着，哭泣着。

……

“医生，我的腿……”许南峥试探性地询问医生。

医生拿着 CT 看了看，摇摇头说：“很难说。”

林樾：“医生，你的意思是？”

“他的右腿八成是没有希望了。”

许南峥苦笑着，神色黯淡。

……

许南峥望着夏日榕城的天，对身旁的林樾说道：“林樾，你说我是不是一开始就自作多情了？或许她喜欢的人一直就只是乔笙？”

“你别在意静晓的话，她就是太过伤心了。”

许南峥摇摇头：“林樾，答应我不要告诉她我腿是怎么受伤的。还有，我今天把报社的工作辞了。”

“啊？”

“你不必惊讶，发生这么大的事，如若不是我主动请辞，或许报社方面也会辞了我的。倒不如这样，履历里反倒还好看。”许南峥言语平淡，“我是时候该离开了。”

许南峥仰望长空，放声轻叹，憋着泪水，鼻尖酸涩。

“你说什么？”林樾因许南峥的这一决定惊讶了。

“走？去哪儿？”

“不知道，能去哪儿去哪儿吧！人长大了反而就像是无根的萍……”

“我……我不知道该说些什么，尊重你的选择。”

“走之前我再去看看乔笙。”他红了眼眶，泪水却始终在眼眶里打着转。

……

许南峥望着墓碑上乔笙的照片，以前他不觉得死亡有多可怕，而现在他才感觉到死亡是可怕的。

小小的一座墓，一下框住了两个人。

乔笙的墓里埋的是土，是从栗国那片地上装回来的土。其实他们也去那片地方找寻过，但没有找到他的半点遗骸，于是林樾从那里用陶罐捧回了一把土，好让乔笙不至于孤零零在异国他乡冰冷的土地上，连落叶归根这样最为简单的愿望也难以达成。

许南峥把拿在手里的白菊放在了乔笙墓前：“乔笙，这一生我欠你一条命，如果有来生，我们还是兄弟！”说完他便湿热了眼眶。

09

伊静晓流着泪听完她被打晕后发生的事情，三年前，这些事情他都在刻意隐瞒着她，包括他的腿就是救乔笙而受了伤。

伊静晓想，他就是一个彻头彻尾的傻瓜，而自己又何尝不是呢？

她抹了抹眼角的眼泪，哽咽着，小心翼翼地撸起许南峥右腿的裤管，许南峥痛得直龇牙。

一看到许南峥右大腿上的伤，她便忍不住哭了，新伤夹杂着旧伤，让他的腿看起来那么脆弱。

“许南峥，你这个傻蛋，你告诉我你到底隐瞒了我多少东西？”伊静晓泪眼潸潸，心疼地埋怨他。

难怪，他走路时腿有些微跛。

许南峥没有回答她，而是自顾自地问她：“如果我的腿废了，你还会要我吗？”

这是他一直想得到答案的问题。

她热泪盈盈，泪水顺着眼角就这么流了下来，心痛得再也说不出话来了。

许南峥继续问道：“你觉得我这三年来过得快乐吗？

“这三年，我一直在美国的一家复健中心里，最初我以为我的腿就此废了，我想逃得远远的，过一个人的生活，就此销声匿迹。是我让林樾瞒着你我的所有事的，一年前的某天，林樾找到了我说你还是想我的，我也向他打听到你的情况，于是我忍不住就四处寻你……”

他的一句句一语语无不剐着她的心窝子。

“南峥，你想过我吗？想过我的感受吗？这三年来，我一直恨自己，恨自己，是不是当初的那一番话赶走了你。”泪水无所顾忌地肆意横流。

“我一直都以为我已经得不到你的心了，现在我想明白了，爱一个人不一定非要在一起，答应我，从今往后一定要快乐……”他像是放下了什么似的说。

伊静晓的头摇得如同拨浪鼓。

“不，没有你我快乐不起来，三年，这三年我已经亲身经历过了，我爱你。你这个傻瓜，我一直都爱你，爱你所以才恨不了你。”

她手捧着许南峥的脸颊，两人的泪水都在此刻潸然而下。伊静晓把自己的额头渐渐靠近他的额头，这一刻他们相拥着，连呼吸都如此贴近。

很快，两人唇齿就相依。

天在两人的期盼里一点一点地亮起来了，这个世界终于又迎来了崭新的一天。

10

迎着微光，许南峥在伊静晓的搀扶下一瘸一拐，寻找着回医院的路。

唐灵一夜无眠地守在医院里，终于在焦急的等待中看到了归来的两人。看着他俩狼狈的身影，她急切地跑上前：“怎么了？怎么样了？”

伊静晓猛地扑进唐灵的怀里，涕泗横流。

“小克鲁斯……他死了，被炸弹炸死了！”

唐灵浑身一颤，那种感觉像是被什么钝器一下子砸中了心窝，痛却不会死去。

初升的朝阳这般绚烂，映照着悲伤者眼中的泪水。

许南峥打了麻药被送进手术室处理伤口。

不知过了多久，他醒来的时候迷迷糊糊地看见了床边坐着的伊静晓。他的心突然就踏实了，就像是破窗而入的暖阳一样，温暖的感觉从心底慢慢衍生。

伊静晓见许南峥苏醒，抹了抹眼泪，贴在许南峥的胸口，许南峥知道她是在为小克鲁斯的死而伤心。

“都过去了……一切都会好起来的，都会好起来的。”许南峥轻轻地扶抱着她安慰道。

“他是去天堂见他的父母了对不对？小克鲁斯，他们一家终于团圆了！对不对？”她啜泣着问。

许南峥不知道要怎么去安慰伊静晓，只能把她紧紧地搂在怀里，红润的眼眶里几滴泪在打着转：“是他的父母太想他了，他们怕孩子在人间受苦，所以他们把他接走了，他们一家在天上快快乐乐地生活，再也不会有战争的阴影。”

伊静晓在他的怀中已泣不成声。

更糟糕的事情还是发生了，许南峥的伤口因感染而越发严重。后半夜他因伤口感染高烧不退，晕了过去，再度被送进了手术室。

沈铭知道许南峥的腿曾经受到过很严重的伤，留下了隐疾，这次受的伤在他原来的旧疾上无疑是加上了致命的一击。

沈铭从手术室里出来，伊静晓立马紧张地迎了上去：“沈医生，他怎么样了？”

沈铭叹气，摇头道：“以现在的情况来看是很不理想的，他的一条腿可能……可能会废掉。”

伊静晓不敢相信，以许南峥这样的性格，如果知道自己的一条腿会像三年前那样再次废掉，他一定会痛不欲生的。

许南峥被送回了病房，伊静晓迈着沉重的步伐走到病房门口，先平复了一下心情，抹了抹眼角的泪水，她有些不知道该怎样面对他了。

病房里，许南峥闪烁着明亮的瞳孔看着天花板发呆。

伊静晓推门而入，见此，也不知道许南峥此刻在想着什么。

看到伊静晓，许南峥收回心神，对她微笑着。

伊静晓坐在病床边替许南峥掖了掖被角，见他脸色惨白、嘴角干裂，她这才想到了沈铭给出的建议“回国治疗”。一来，是这个医院伤员密集，环境简陋，怕许南峥的伤口二次感染发炎，不宜休养。二来，是他的腿早点医治就会多一丝丝希望。

伊静晓不知该怎样向他提及，可她还是唯唯诺诺地开了口：“南峥，我们回国吧！”

“我的腿，是不是没救了？”他仿佛猜到了什么。

伊静晓安慰道：“你别……别难过。”

伊静晓本以为他会反应激烈，可他并没有。他摇摇头，只是言语平和地说：“我不难过，三年前老天爷就试图收走过我的腿，那时我凭借着自己的努力，让它好了起来，现在老天爷要把它收回去了我也毫无怨言。我只是向上天借了三年的腿。静晓，我们回国吧！”

最快忘掉痛苦的方法就是离开伤心地，不得不承认，人是一种逃避的动物，逃出了地界，却逃不出心结。

“好。”伊静晓点着头，紧紧地握住许南峥的手，眼中泪花盈盈。

11

天蒙蒙放亮，空气里还凝结一丝丝腥臭，他们终于要离开这里了，彻底离开这片土地……

送别他们的车子已经在医院外等候，两人向前来送行的唐灵、沈铭，以及其他人挥手告别。

这次回国治疗后，哪怕许南峥的腿真的就此废掉，也没关系，他在她眼中，永远是英雄。

“静晓，你知道我此生最开心的事是什么吗？”许南峥说。

伊静晓倚靠在许南峥的身旁：“有你就是我此生最快乐的事。”

他们的手紧攥在一起，这就是此生世界上最近的距离。

第七章 城里的月光

01

他们站立在清晨高高的山岗俯身望着这座城市。身旁燃烧了一夜的火堆熄灭了，升腾而起的袅袅烟雾融进了渐明的晨光里。夏日的红蜻蜓从丛林中跃出，从他们的身旁穿梭而过，向那山下城市中由一排排破旧帐篷构成的海洋飞跃而去，很快就隐匿其中。

城市里，孩子把灰色的小手抬得高过头顶，追逐着红蜻蜓奔跑，这就是阿狄德特市的夏日。这是最不像是一座城市的城市。低矮的建筑在炮火的摧残下只有一丁点的痕迹残留，拔地而起的只有破旧的帐篷以及无穷无尽的难民营。

林樾、魏旭阳几人走在市区里。

看着这一幕幕残败的景色，魏旭阳手中的相机一刻都没有停下过拍摄。这对他们来说，无论是从视觉上还是心底都太过于震撼了。

几人穿梭在所谓的城市街道里，处处可见从废墟里捡拾杂物的人。他们用已经皲裂开来皱巴巴的双手用力刨开砖石，灰土嵌在他们的指甲缝里，指甲盖下溢出了血液，他们也没有停下从废墟里面寻找可能用得着的物品。

安逸看到了一名老妪费力地从坍塌的碎石里扯出一本相册，那相册已经被灰土所沾染，老妪轻抚上面的尘土，翻开相册的瞬间，泪流满面……

这种难以平复的心情在一道叫喊声里被打破了。

“救救我的孩子！”一处难民营前，从人群里传来一个妇女的喊声，她的怀里还抱着一个孩子，四周围观的人皆满脸无助。

林樾、安逸等人见状，挤过人群，看见了扶抱着孩子的妇女。

林樾蹲下身子，可还没等他做出什么动作，身旁就已经有人先一步做出了动作——那是一个黑人女性，三十岁上下。

“我来吧！”她不是东方面孔，却用流利的中文开口对林樾说。

林樾惊讶之余，立马为她让开了一个位置。

陌生女人抚摸孩子的额头，又检查了孩子的脉搏，动作很是熟练。

孩子的母亲目光焦灼地看着。

陌生女人检查完毕就从自己的背包里掏出一个水瓶对孩子的母亲说道：“把孩子的嘴掰开，头向上仰。”

孩子的母亲立马照做，轻轻掰开孩子的嘴唇。

陌生女人拧开手里的水瓶缓缓地给孩子灌了几口清水：“没事了，他应该是渴了。”

孩子的母亲惊慌的神情平定下来，双手合十以示感谢。

人群散去。

陌生女人起身，背起背包。

林樾、安逸等人一直看着她。

陌生女人微笑着，伸手：“你们好！我叫安易卡！”她仍然说的中文，虽然带有一点口音，却异常流利。

林樾、安逸等人面面相觑。

还没等他们从吃惊里回过神来，陌生女人又笑着继续说：“你们不必惊讶，我以前在中国留过学。”

林樾伸手与之问好：“难怪你中文会那么好。你好！我叫林樾。”

其他几人也纷纷向眼前这名叫安易卡的女人介绍了自己。

“你们为什么会从中国来这儿？”安易卡问。

“我们是战地记者。”林樾回答。

“哦！那可不容易，千里迢迢来到这里，这里这么乱。”安易卡的目光转向难民营，灰土地上，破旧的棚布搭建起的住所。

几人也随着她的目光扫了周遭一眼。

“哦，这里不方便谈话，几位如果不嫌弃，不如去我那儿坐坐吧！”安易卡回过神来，热情邀约。

林樾、安逸几人跟随着她的步伐走着。

“这么说来，我和中国倒是蛮有缘分的。”安易卡目光灼灼，微笑着，“我八岁那年，第一次接触到中医。那时村子里来了个中国医生，而我得了一种怪病，母亲带我四处求医无果，于是抱着试一试的心态带我去了那儿，我的这条命就是他救的……后来我有幸去中国留学，在中国待了三年，主修专业是医学，本打算就此留在中国的，可我万万没想到我的国家突然爆发了战争，我思虑了很久，最后选择了回来。我热爱这里，因为我的祖祖辈辈都扎根在这儿，即使这里已经满目疮痍，已不成样子……”一路上安易卡对林樾、安逸等人娓娓述说着自己的事情。

“那你回国之后都在做什么？还从医吗？”安逸好奇地问。

“偶尔吧！偶尔背着药箱出去问诊。这里药物很稀缺，染了大病的能挺的都自己挺过去，不能挺的都去了……”她言语悲凉，“我收拾了几间破旧房屋，创建了间大树学校，招收附近的孩子。”

余汇晨：“大树学校？”

“因为学校外有棵古树，所以取名叫‘大树学校’。这些孩子都是国家的未来，战乱不能阻碍他们去学知识，用眼睛看外面的世界。”

安易卡指了指前方：“前面就是大树学校了。”

果然，灰白破旧建筑外屹立着一棵粗大枝干的大树，阳光打在大树上，在地上投下大树枝叶斑驳的光影，绿荫葱葱。

他们走到大树前，一个孩子从不远处看到了安易卡，于是向屋里呼唤了几声。不一会儿，成群的孩子从屋里奔出，敞开怀抱蜂拥而至。

“露西、洱德……桑克……”安易卡叫喊着孩子们的名字。

孩子们纷纷扑向她，他们在欢喜之余也看到了安易卡身边的他们，这些突然闯入的陌生人。

其中有些怕生的看着他们，并不靠近。

这些和自己长得不大一样的陌生人，很快引起了孩子们探索的好奇心，却又不敢上前，畏缩在安易卡后头。

“孩子们，他们是来自遥远的东方的朋友。”安易卡引导孩子们上前和他们打招呼。

终于，一个小男孩鼓起勇气，上前用英语询问站在最前面的林樾：“叔叔，你们是从哪里来的？”

林樾俯下身子，与小男孩齐平，微笑着用英语回答：“我们来自中国。”

“中国？中国是哪里？”小男孩疑惑地自言。

“在哪里？”这个问题有点难住林樾了。

如果在林樾面前的是一个大人，他可以用地理的方式告诉对方：“中国在北半球，位于亚洲东部、太平洋的西岸。”

可对于一个只有六七岁左右的孩子来说，与其谈论地理方面的知识未免太早了一点。而小孩子在这个年纪往往是最喜欢问问题的时候，不问个究竟是绝不罢休的。这时林樾突然想起了那首歌“遥远的东方有一条龙”，于是他这样回答道：“中国在离这里很远很远的地方，是一个龙的国家。”

“哦！龙的国家……”小男孩偏着头若有所思，然后又嘟囔着问，“是像童话里那样的恶龙吗？”

众人都被这孩子的扩散性思维惹笑了，安易卡也笑着对他说：“是的，龙的国家，可那里的‘龙’是友善的、和平的。等将来有机会了，你要去看看吗？”

“嗯！”小男孩把头偏向安易卡，如小鸡啄米般连连点头。

林樾摸了摸小男孩的头：“那叔叔回答了你的问题，接下来是不是该你回答叔叔的问题了？”

“好！”小男孩点头。

“你叫什么名字？”

“桑克。”

“桑克啊！很好听的名字……”

……

孩子终归是孩子，有了一个前例，很快便和这些陌生的大朋友玩到了一起，打成了一片。孩子们对魏旭阳手里的相机很是好奇，伸手摸了摸，可又怕被自己摸坏了，又缩回了手。

玩闹间安逸却注意到了一旁一个扎着双马尾辫的小女孩，她呆呆地伫立在那儿，眼神涣散，像是远离人群的异类。正想着她是不是怕生，于是安逸主动走上前去，问：“小朋友，你为什么不去和他们玩呢？”

安逸蹲下身子，本想拉起小女孩的手，却在伸手触碰到她的时候，她往后退了一步，反应虽不是很激烈，可还是看得出那种排斥的感觉。

小女孩没有回答，自顾自做着自己的事情，啃着手指，紧接着又向后退了一步。

“米粒，不能咬手指哦！”安易卡不知何时也走了过来，接着又对安逸解释，“你别见怪，她患有自闭症。”

“自闭症？”安逸惊讶。

星星的孩子？

安逸的脑子里一下子就跃起了这样一个名字。

她知道自闭症是一种由于神经系统失调导致的发育障碍，主要表现在语言交流障碍，社会交流障碍上。

安逸用怜爱的眼神注视着米粒，她发现这个小女孩的瞳孔里好似有一个她捉摸不透的世界。和那个好听的名字一样，她就像是来自宇宙某个遥远的星球，又像是被囚笼囚禁了灵魂。

林樾也走了过来，蹲下身子看着米粒。

小女孩这时有了动作，她指着林樾背包上那个红色的中国结，嘴里嘟囔着什么。

林樾随着小女孩的目光，从背包链子上解下那个中国结递给了她：“给！”

小女孩握着中国结，依旧沉浸在自己的世界里。

“这叫中国结，它代表着幸福平安。”林樾不知道她能不能听懂，因为他知道自闭症的孩子总是沉浸在自己的世界里。

他伸手摸了摸小女孩的头，这回小女孩没有排斥，只是盯着手里的中国结看得入迷。

看着这一幕，林樾的心总有股酸酸的滋味。

他们和自己一样，只是我们不懂他们的生活，不懂他们的世界罢了！或许他们选择活在自己的世界里，是不愿意理会这个繁乱的世界，至少在他们自己的世界里，没有战争、没有伤心难过。

大树下的嬉闹直至暮色时分才渐渐停歇。

林樾、安逸几人不禁觉得天色竟然会暗得这么快。

“不介意的话，你们就留宿一晚吧！这座城没有像样的住处，就委屈你们了。”安易卡说。

“不不不……不委屈。”安逸回道。

夜晚，林樾被木板床硌得辗转反侧，久久难以入眠。身旁的魏旭阳、肖义志、邵奕鸣早已入眠，有的甚至打起了鼾声，这下他更睡不着了。

林樾在漆黑里瞪着眼睛，脑子里很是清醒，片刻不停歇地反复回想着很多事情。

不知过了多久，林樾小眯了一会儿，却终究只是浅睡，就这样终于熬到了翌日清晨。

林樾打着哈欠踏出房门，还没等他揉开酸涩的双眸，他迷糊地发现桑克一个人站在大树下，正抬头望着天空，不知道在看着什么看得入神。

林樾好奇地走到桑克身边，生怕自己打断了人家的兴致，小声问:“桑克，看什么呢？”

“鸟儿。”桑克别过头，看着林樾回答道。

“鸟儿？”林樾不解，他实在不能理解一个六七岁孩子的内心，可想想自己像桑克这样的年纪时大抵也是如此吧。

于是，林樾也抬起头陪桑克一起看着天空。

清晨舒爽，天空是明丽的蔚蓝色，白云悠悠，偶有展翅的野鸟从这片苍穹中划过。

突然，林樾被一只一掠而过的灰色的鸟儿吸引，它的翅膀张得那样开，每一根羽毛都飒飒有力。它快如电掣般一掠而过，向远方疾驰，仅一眨眼的工夫，就已消失在了视野里。

林樾突然间就明白了桑克，大自然的这种壮阔苍凉与人内心的壮阔孤寂是相同的。高飞是它们的渴望，正是这种渴望使它们肆无忌惮地翱翔在这浩浩蓝天下，盘旋畅游越飞越高。

在这片苍穹之下的我们不也如那一只只鸟儿吗？我们不也随时随地都在寻觅一个可以落脚的地方吗？

林樾蹲下身子，将桑克揽入怀中。

这是林樾第一次体会到不用一丝言语就能通晓一个人心境的感觉，感同身受使他的心生出一种酸涩感，这种成熟的、看透一切事物的滋味是桑克这个小小年纪所不应有的。

“你知道风筝吗？”他抚摸着桑克的额头，希望桑克只是懂得这种壮阔，而不是这壮阔下的那股悲凉。

“嗯。”桑克点头。

“那你想放风筝吗？”他想把童年的天真赋予眼前的这个孩子。

“想。”桑克稚嫩的声音回答道。

“那我答应你，我一定陪你放一次风筝好不好？”

“真的吗？”桑克兴奋地说。

林樾伸出手，竖起大拇指与桑克做出了盖戳的样子：“一言为定。”

话音刚落，远方隐约传来了阵阵轰鸣，惊醒了还在沉睡的人。

安逸、余汇晨、肖义志、魏旭阳、邵奕鸣还有安易卡，惊醒的他们纷纷从屋里跑了出来。

“怎么回事？”安逸跑到林樾身边问。

很快，连孩子们也争相拥出。

轰鸣声隆隆。

众人的目光投向遥远的天边。

02

“一定是又发生了什么事情。”安易卡立马转身进屋取来药箱。

“让我们一起去吧！”林樾对背起药箱的安易卡说。

“好。”安易卡点头。

“旭阳、肖义志你们带上相机、摄影机一起。”林樾转身对伙伴们说道。

“带上我！”安逸上前一步，又怕林樾不肯，补充了一句，“要是有伤员，我还可以搭把手。”

林樾只好点头答应：“那这样，邵奕鸣和余汇晨你俩留下来照顾孩子，记住千万不要让他们走远。”

“好！”两人异口同声地回答。

又是一声震耳欲聋的爆响，清晨不再宁静。

炮弹落下的地方，硝烟遮云蔽日。只是他们不知道，这炮火声意味着 H 国南部反政府军下令对北部武装临时政府军发起绝杀的总攻。这注定是一场不是你死就是我亡的残酷战争。这样的战争在 H

国每天都会不断地上演着，让人疲于应对。

一行人赶往战区。

战争愈演愈烈，炮火不间断地响彻云霄，从远方的天空中隐约可以看到直蹿上天的火星子与黑乎乎的硝烟，好似要把这座城市焚化成一座火炉。

武装人员在通往战区必经的道路上设立了路障，林樾一行人几经协商方才被放行。可与武装军许诺下的条件是：“我军不保证进入战区内任何第三方人士的生命安全。”与免责生死状类似。

林樾毫不犹豫地答应。

这又有什么办法呢？在这样的节骨眼上，还是那句话，不答应就进不了战区。况且几人也没有想过要得到南部军和北部军任何一方的保护。

战区的街道上随处可见一具具尸体和废弃的战车。

焦灼的气味与血腥味扑鼻而来，刺激着几人不安的神经。

他们穿梭在街道上，在这片可以称得上是无法落脚的血染之地里。

安逸步伐小心翼翼，生怕自己一个不小心就会踩到已经离开这个世界的人，目光回避着他们死去时的惨状。

走着走着，林樾像是想起了什么，停下步伐把头扭向身后的安逸。

果然，她已是一脸惊恐的表情。

安逸停下脚步，同时也慌了神。

她是自告奋勇跟来的，此刻却接受不了这样的场面而面露惊恐，她怕林樾因此训诫她。

她也做好了被他训诫的准备，大不了是劈头盖脸的一顿骂。可他会说什么呢？这让她倒有些好奇了，可想想大概无非就是一些“叫你不要来吧，你来了只会给我们添乱”之类不痛不痒的话。

就在安逸思绪万千的时候，林樾的一只手已然伸向她，就在她感到莫名之时，他那只宽大的手掌一下子遮住了她四处乱瞄的眼睛，另一只手悄然牵住了她的手。

这样突然的关怀，让她原本紧张不安的心跳得更快。

“你如果感到害怕那就不要刻意去看，遮住自己的眼睛，我拉着你往前走。”他轻柔低语地对她说。

安逸不知自己该用什么话语来回应他，情急之下推开了他那只挡住她眼睛的手。

“我们……我们快走吧！他们要走远了。”安逸吞吐着，目光瞥了一眼四周。

此刻她已经不再畏惧什么了，相比之下，此时她更想避开林樾那双具有魔力的眼睛，她怕在他的这种目光下，她会失了全部。

他“哦”了一声，拉着她跟上前面的人。

不得不说，被他握住手之后，她心里仿佛有一股安宁的感觉在滋生，然后蔓延到全身。

带着这份安宁，她毅然踏出步伐。

突然，他们在一个颓墙的角落里发现了一个奄奄一息的士兵。

“有人活着！”最先发现的肖义志惊呼。

大家立马停住脚步，然后跑向了那个士兵。

从那士兵的穿着已分不清这是哪一方军队的士兵，焦黑的褐色迷彩服，没有任何能表露出他身份的标志。

就在安易卡准备为奄奄一息的士兵检查伤口的时候，安逸一下子惊恐地捂住嘴，向后跌了几步大叫了一声：“啊！”

一行人的目光齐齐看向她。

安逸用手指向士兵的腹部。

众人的目光都聚向安逸所指的地方，原来那士兵的腹部不知被什么利器划了一条长长的口子……

那名士兵挣扎着，颤抖的唇是绛紫色的。

为那士兵检查了一番之后，安易卡摇头，她已无能为力了。

大家面面相觑。

这是一种难言的痛苦，他们只能眼睁睁地看着一条生命以这种痛苦的死亡方式离开人世。

那士兵睁大眼睛，嘴唇颤抖着，扫视着这些陌生人，像是寻求着什么，却又一下子什么都不渴求了。突然，他的手猛地攥紧胸前的一条链子，从嘴里喷射出一抹鲜血。

头顶的太阳，耀得令人睁不开眼，在他乌黑的脸上投下一抹温暖的亮色，伴随着他离开人世。

安易卡将士兵手里紧攥的链子放进了他上衣的衣兜里。

“安息吧！”她做着所信仰宗教的手势，用这种苍白的语言送走了一条年轻的生命。

这是安逸真真切切地看到一条生命在这样的环境下，就在她眼前以这样的方式离去。

“我们走吧！”安易卡说。

他们在这样沉重的气氛里起身离去。

03

安易卡说市区里有一座教堂，那里是非战区，被划定为临时医疗点，一个保护伤者的场所，此时那里必定聚集了很多伤员。

一行人加快脚步，他们要赶在天黑之前抵达那里。

在穿越主战区的路上，魏旭阳和肖义志没有停下手中相机的拍摄，透过长焦镜头与摄像头，拍下了战场上的一幕幕。

其中一个画面就是：

一处战壕里，一名蓬头垢面的士兵紧紧地握持着手中的枪杆，在炮火连天的声响里低着头，爆炸扬起的土块打落在他的身上，他握了握拳头，眉头一皱，不一会儿却又颓然地垂下头去。战壕外，无数士兵持着枪冲向最前端的战线，有的却在半路上就被射来的子弹打倒在地。只有他在战壕里踯躅着，他的战友都向前冲锋陷阵，他就像是被落下的那个，在这儿犹豫不决着。

或许在死亡面前所有人都会产生这样的踌躇。

这种犹豫没有懦弱之说，此刻这里（战壕）与外面是恐惧，是死亡的界限。

恐惧蔓延至他的全身，他颤抖着像筛糠一样的身子，蓦地，一个被打倒的士兵倒入战壕里，倒在了他的身旁。经由血肉的刺激，他收起了被恐惧支配的神经，爆发自心底的一声怒吼，从尸堆里一跃而出，目光凝结戾气在阵阵枪响里向前冲去，紧接着在枪声四起里销声匿迹，不见了踪迹……

一行人抵达教堂附近的非战区已是暮色西沉，临时医疗点里早已人满为患，国际红十字会的医护人员忙碌的身影穿梭其中。

一行人站立在那儿，看着抬着伤员和传递药物的人从他们的身边而过，没有人驻足看一眼他们。医护人员在这拥挤的场地里来回奔波着，他们一群人全都站在这里有些碍事，于是纷纷自觉地挪到一边。

战争突发，医护人员不够。阿狄德特市国际红十字会又从附近的新米市抽调了数名医护人员过来，其中就包括沈铭与唐灵。

一批批伤员被担架抬着进进出出，呼喊声此起彼伏，很多医生都是刚完成手头的手术，片刻没有停歇又投入到下一场手术里。

教堂的神父也加入了救死扶伤的行列。

安易卡目光四下扫射，像在寻找着什么，当她看到神父时，朝神父挥了挥手。

神父看见安易卡，满是欣慰地朝她走来。

“哦！谢天谢地，你终于来了。”神父拥抱住安易卡。

而后他看见了安易卡身后的林樾一行人，问安易卡：“他们是？”

“他们是战地记者。”安易卡介绍。

“我们是过来帮忙的，有什么需要我们的地方吗？”安逸主动打招呼。

“那太好了，现在正是用人之际。”神父欣喜地说。

神父立马叫了一声在不远处忙碌着的沈铭。

沈铭放下手中的工作，朝他们这边走来。

“沈医生，他们是来帮忙的战地记者。你们都是中国人，交流起来方便。”神父对沈铭说。

“你们好！鄙人沈铭。”沈铭无比亲切地对林樾一行人说道，“我有朋友也是战地记者。”

“好巧，你好！没想到能在异国他乡遇到同胞。”林樾带头与他打了招呼。

其余人也纷纷自我介绍了一番。

沈铭正要伸出手与大家一一握手，才发现自己那双白色橡胶手套上已沾满血液，不太方便又收了回去。他笑了笑，说：“我这手上全是血的，手套摘来摘去的麻烦。”说着用手臂抹抹额头上快滑落下来的汗珠，继续笑着对几人说，“这就算认识了，那就不跟大伙儿客气了，你们都随我来，我那儿正缺帮手。”

唐灵也走了过来，笑着和几人打了招呼：“你们好！我叫唐灵。”

“要不，安逸你和唐灵一起吧，她正好可以带你。”沈铭对安逸说。

“好。”安逸点头。

04

天色昏沉，夜幕低垂，远处的战区传来炮火“轰隆隆”的巨响。

“快，伤者流血严重，需要马上手术！”

“有哪个棚是空出来的吗？”

……

“请问有哪个棚是空出来的？”

“25 号棚空着。”

嘈杂的声音里，有人抽空传来了一个回应。

“快，快往 25 号棚里送。”

……

“脱离生命危险的伤者，送进教堂旁边的屋里，把空出来的棚子让出来。”混乱里，有人指挥着说道。

黑漆漆的夜色里来回奔波的人影，以及此起彼伏的喊声都隐匿在了外头的炮火连天里。

一批批伤者被运送进来，送进临时搭建的简易白棚里。

正值夏季，夜里的蝉鸣声使得时间更显几分局促。

白炽灯闪烁下的一处白棚里，沈铭正紧张地为伤者做手术，有小虫子扑棱棱地扇动着翅膀留恋在这光芒下不肯离去。由于条件差没有无影灯，还有不停有沾了血的医药用品被医护人员用小盆端着从棚子里走出去，场面触目惊心。

月光皎皎，但此时此刻，这个临时医疗点简直可以用“混乱不堪”一词来形容。

忙不过来的时候，安逸和唐灵也充当起了担架工的角色，两人负责护送伤者到手术棚里接受治疗。

唐灵娴熟地喊着口令：“一，二，三，起。”

两个女生吃力地托起伤者将之转移到木板搭建的手术床上。

“你还有劲吗？”唐灵有些担心安逸的体力。

安逸微微一笑，用手臂抹抹额头沁出的汗珠，手中沾染的血液腥臭味扑入鼻腔，她已然习惯了。

“有。”她回答。

“要不你休息一会儿吧？”

“不用。”

于是，两人又投入到接送伤者的工作中。

来回穿梭在拥挤的人流里，白炽灯的光影映照在黑夜的颓墙之上，伤者的哀号声化作一片。

林樾在忙碌中路过安逸的身旁，停下脚步，关怀地问：“怎么样，你累不累？”

她喘着粗气，摇头回答道：“不累。”

这话她不知道自己已经回答了多少遍。

“你看看，血都沾到你脸上了。”林樾二话不说摘下手中的白色橡胶手套，用自己卷起的袖子细心地替她擦拭掉沾染在她脸上的血渍。

安逸被他这突如其来的动作弄得手足无措，想躲避，身体却又很自然地迎合了上去，大概这就是“束手就擒”的表现吧！

这一瞬间，她回想起他们第一次见面时的场景，那时自己也是这样小心翼翼地替他擦掉他脸上的血渍。

安逸细细端详了他一眼，他透亮如流光的深邃眸子正凝视着她，她在他的瞳孔里看到了自己的倒影，她想，能令自己心潮澎湃的，大概也只有他了。

林樾擦拭完她脸上的血渍，双手紧握住她的双肩又细细地看了看她。

安逸被他怎么一看反倒有些不自然了，不知是该与他对视，还是躲开。

林樾的目光扫视了她一圈，总觉得她与平日里不太相同了，于是又仔仔细细地看一遍。

他这才发现，原来是因为她的秀发此时已散乱不堪。

他轻携起她散乱在耳边的一缕发丝，往她的耳后嵌了嵌。

他这才满意地笑着对她说道：“嗯，好了，这样的你才是最漂亮的你。”

安逸也笑了，不知道自己的这一抹笑是为他的耿直而笑，还是为他对自己的这一句赞美而笑。

“你不也是，你的脸上也沾了血。”说着，安逸伸手去拧了拧林樾脸颊上的肉。

“我没事！我是个粗犷的大老爷们。”

没想到他这个粗犷的大老爷们脸上的皮肤这么好。

他们对视着，都想笑。

直到唐灵的呼喊声打破了两人之间的暧昧。

“那我先去忙了。”安逸回过神来。

“去吧！”林樾微笑着目送安逸。

05

忙碌的救助工作一直持续到后半夜。

男人们去做善后工作了，安逸累瘫在一旁，人在极度疲惫的状态下已不会去顾及什么了，正如安逸现在这样一屁股坐在灰土里的砖石上。

唐灵笑着拿过来两瓶水，递给了她一瓶，然后也一屁股坐下。

“谢谢。”安逸吃力地拧开瓶盖。

说实话，现在的她连拧开一瓶水的力气也没有了。

她费了好大劲才把瓶盖拧开来，在喝到第一口水的时候，她竟然觉得这水这么好喝，好似带着甜味。这种甘甜毫不夸张地说是支撑她的唯一动力。哎，有时候人就是这样容易满足。

“怎么样？”唐灵问。

“还行。”

“你的心情不错。”

“嗯？”安逸不明所以。

“有你喜欢的人在你身边啊！或者说是喜欢你的人。”唐灵打趣着说。

安逸这才明白唐灵的意思，料想唐灵肯定是看到了她与林樾相互擦脸的那一幕了。

“你误会了，我们不是你想的那种关系。”安逸有些羞涩。

“哦！就是还没到那种地步？”唐灵不依不饶，“那你心里也一定是喜欢他的，你要好好把握住机会啊！”

安逸没有反驳。

“不过看到你们这样甜蜜，让我想到了一个人。”

“一个人？”

“嗯，他是我的另一半。”唐灵极其肯定地说，“他是一名军人，不懂什么是浪漫，里里外外都透着一股傻里傻气的劲，遇到什么危险他都不顾自己安危地往前冲。我喜欢他，从我第一次在这片土地上遇到他开始，我就喜欢上了他。”

唐灵眼里闪烁着痴迷的光。

“这片土地？”安逸疑惑。

“他也是中国人，是一名维和军人。”唐灵解释道。

“哦！这样啊！”

“所以，爱就要大声说出来。”唐灵嬉笑着。

“那他现在在哪儿？”安逸问。

“不知道。或许在这片土地的某个地方维和吧！”唐灵摇摇头，举头望着夜空长叹了一声。

安逸突然觉得，唐灵这种直白的人很招人喜欢，为人热情，不会拐弯抹角，这种女孩已经不多见了。

天空悬挂着一轮残月，它就那样孤零零地死守在这片浩浩长空里。

如同她们现在这样。

安逸想，古人总对着月亮抒情，在通信工具落后的时代里，皎皎明月自然就成了牵挂抒情的最好对象。因为哪怕是不经意的一瞥，都会被这样的月亮所吸引。

不知道此时地球另一端的家里，父母亲过得怎么样了，每一次自己出任务采访，父母总是会担心好一阵子。每每回到家，她总想停留更久一点，可都不能如愿。

不知道此时此刻家里人会不会也在望着这一轮明月呢？

06

漫长的一夜终于过去了，黎明的曙光并没有终结这场残酷的战争。

一番善后工作后，几人累趴在了地上。

肖义志和林樾两人相互倚靠在墙角，气喘吁吁的，迷糊着眼。

肖义志真的佩服那些医护人员，经过一夜的奋战却还坚守在工作岗位上。炮火轰鸣里，扬起的土块时不时地砸向这片安全区，他们却丝毫不受其影响，仿佛这是一个被屏蔽了的地方。

终于，一向精神抖擞的魏旭阳也拖着疲惫的身躯躺倒在林樾与肖义志两人的身旁。

“不行了……我没力气了……”他声音低沉地叫喊着。

林樾迷糊地睁开酸涩的眼皮，瞧了他一眼。

历经一夜的奋战，大家都已精疲力竭，一点也不想动。

突然，林樾的手机响了。

他有气无力地掏出衣兜里的手机，上眼皮耷拉着下眼皮。

起初他有些纳闷，这部手机自他进入战地以来就很少响起，他多数是通过邮件与朋友沟通，要么就是打卫星电话。

林樾看了眼来电显示，顿时精神抖擞了起来。

是老谭打来的电话。

不过，他还是纳闷，平时与老谭沟通基本是在邮件里完成的，会是什么事让老谭这么着急忙慌地打来电话呢？

林樾起身走到一处无人的地方，接通电话：“喂！”

“林樾！”电话那头是久违的亲切声音。

“有事吗？”林樾疑惑地问。

“听我说，是这样的。接到消息，H 国现在局势紧张，北部军刚刚打赢了几场胜仗打算乘胜追击，清除南部反政府军的势力，接下来必定是一场血雨腥风。现在各国都在撤离在 H 国内的公民，也下了通往 H 国的危险警告。国内方面现在已经派出舰艇准备撤离在 H 国境内的华侨、华人，报社上头出于安全的考虑，决定下达通知让你们撤离，现在由我转告你。”

“怎么这么突然？”

“其实我早该通知你们了，只是这几天给你发的邮件都没收到回复，以为你们出了什么事，我这才着急忙慌地打电话通知你们。对了，第一批撤离的舰艇会在这个月的十七日、十八日抵达莫克里市和古斯特罗市的港口。”

“十七日、十八日？”林樾向老谭确认，“这不就是一个星期后吗？这么急？”

“哎呀，林樾啊！不急了，这会儿你可别再出什么幺蛾子，上头让你们撤退就撤退，这也是为了你们好。”老谭生怕林樾不肯撤退，于是苦口婆心地劝说他。

“好吧，我知道了。”

“对了，你们现在身处的地方是在哪儿？”

“我们在阿狄德特市，距离莫克里市比较近。”

“那好，你们赶快往那边赶，争取赶上，等到第二批不知道会出什么意外，反正你们越早走越好。”

“好，知道了。”林樾应道。

林樾有时觉得老谭挺唠叨的，一点都不像是一个大老爷们，可是转念一想又觉得老谭人挺好的，做事周到，对他们这些奔波在战地线上的工作人员很负责。

林樾正听电话那头唠叨着，突然，一阵滔天巨响传来，伴随着猛烈刺眼的强光。

林樾来不及做出任何反应，吓得呆愣愣地傻站在了原地。

好在没有什么杀伤性物品飞溅，周遭没有人员伤亡。

电话那头的老谭被这一声巨响吓得不轻，以为林樾遭遇了什么不测，急忙对着电话呼叫：“喂！喂！林樾！你没事吧？喂！”

林樾缓过神来，咽了口唾沫，额角隐约沁出了几滴冷汗。

“没事……没事……就是外面爆炸了，你放心，我们在非战区里，你放心……”林樾回应道。他这颗扑通扑通跳动的心被刚刚那声巨响吓得像是随时随地会停止跳动一样。

“就这样，我先挂了，晚点我们邮件联系。”

挂了电话，林樾立马赶回肖义志和魏旭阳两人的身边，这时安逸、唐灵、安易卡以及沈铭等人也都聚集了过来。

这声惊天巨响，把所有人都吵醒了。

爆炸波及了非战区，这说明爆炸地离这里很近。

众人都慌了神，却又很快平复了下来。

不久，战区里便响起了零散的枪声……

后来人们才知道，那声炮火是一个终结。

这场“肃清”南部军的战争，终于以北部武装临时政府军的胜利在阿狄德特市结束了。

在战争的最后一刻，双方的士兵都还死死地对峙着，各自保护着自己心中的那份正义与信仰。

在这场战争里，双方动用了迫击炮、火箭筒与自动步枪，以及无数战车，还有成千上万士兵的生命。

那声巨响之后，外面基本稳定了下来。

临近日暮，因抢救无效死亡的人被集中安置到一起，安易卡问林樾他们要不要一起跟随抬尸体的人以及神父去安葬死者的地方，顺便搭把手。

安易卡起初觉得他们几个中国人会在丧葬事情上有所回避，可林樾几人丝毫不觉得这是一件晦气的事情，安易卡一提，他们便答应了。

掩埋死者的地点是教堂百米外的一处万人墓坑（非战区内）。

林樾一行人到达后，被眼前的场景震撼了。

放眼望去，地上矗立着大大小小用木板钉成的十字架，好似是从芳草萋萋的地上长出来似的。有的十字架因为长年累月的风吹雨打而破损了，残破的木板上连刻写的字迹都残缺不全了。

送来的死者被埋进一座座新挖的土坑里。

土填上的一瞬间，林樾突然觉得这种离别很是可怕，却又说不出这是一种什么样的可怕感觉。

像是就此被尘封了，就这么彻底地从这个世界上消失了。

这片土地上，不知有多少人在此长眠。这个万人墓坑里，有刚刚被埋下的死者，也有很久很久以前被埋下的死者，有留下名字的，也有不知道名字的。

风吹来，十字架上残碎的白布飘飘摇摇，像是目送离开的亡魂，指引它们通向一个新的世界。

按照惯例，安葬在这片土地上的人，每一座墓碑边都会种上一株小树苗。

不远处，一个土坑边，一名妇女目中含泪地送别战死的儿子，看着旁边的人拿着铁锹铲起土块一点一点地埋没掉她心爱的儿子。

这样悲痛的场景是什么造成的？是战争，既然战争那么可恶，又是谁发动了战争呢？

林樾抱着疑问，问向神父。

神父并不能给出答案，只能长叹着说：“悲痛又能怎样？生不逢时，日子依旧是一天天地过。与其怨天尤人，倒不如满怀希望地活着。生活在这片土地上的人终相信希望有一天会光顾他们的。”

在所有死者下葬之后，神父为其祷告。

在场的所有人也都低下头虔诚地双手合十，送离他们。

后来听安易卡说，这片土地上埋葬着因 H 国大大小小战争而死亡的士兵，他们一开始是二十年前为脱离他国殖民而牺牲，那时的军队首领就把那些保家卫国的战士埋葬在这里，然后他们在这片土地上对着这些牺牲的士兵致以军礼，那时的他们是光荣的，对这个国家抱以无限希望。如今依旧是一群人聚集在这里来埋葬着另一群人，带着哀伤，却看不到战火停歇下来的尽头。

离开万人墓坑之前，肖义志问能不能在这里种下一棵树，神父满怀喜悦地应允了。

安逸对肖义志说，你想种，但去哪里找树苗啊？

结果，林樾、肖义志真的弄来了一株树苗。

安逸听林樾说，这是一株“火炬树”。

顾名思义，“火炬树”就是花开的时候像火炬里熊熊燃烧的火一样。

安逸问安易卡，为什么在这里有这种种树的惯例？

安易卡对安逸说：“我们如果有一天真的走了，只是躯壳的消亡，精神去了另一个世界，而剩下的，我们的躯壳会像他们的躯体那样滋养着旁边的大树，他们就像是活着一样，他们没有死。”

战争的枪炮声远离了这座城市。

教堂里传来一阵阵钟声，钟声夹杂着祷告声，犹如凄凉的哀号，又宛如向往生命的赞歌。

悠扬，又伤感。

天边血红色的晚霞渐渐消退，黑色的幕布收拢了大地残留的血腥。夕阳没入西方的地平线，使得这里多了几分阴冷。

林樾一行人踏着暮色离开了教堂。

乘车回去的路上，林樾的目光直直地看着窗外。

另外几人闲聊着。

魏旭阳感叹：“人有时候挺卑微渺小的，走了就化做这苍茫大地上的一抹尘土,不留痕迹,能拿什么来证明你存在过这个世上呢？”

肖义志若有所思：“是啊！以前我看过一个纪录片，说其实我们所处的这个世界就像是俄罗斯套娃一样，一层套着一层。我们本以为我们很巨大，其实我们渺小得微不足道，我们也只不过是最里面那小小的，小得不能再小的存在了。在宇宙里，我们就是如一粒沙尘的存在，地球、银河系、太阳系、拉尼亚凯亚超星系团……遥远得不能再遥远，我们真不是这个世界的中心。”

……

第八章
你若不离，我便不弃

01

迎着风，桑克把风筝往上一抛，然后拉着线向前方不停地奔跑，可是，风筝向下栽了好几回，愣是没能飞上天。

桑克懊恼着，却没想过放弃。

林樾在一旁忍不住闷声一笑。

林樾一回来，桑克就扑进他的怀中，嚷着要求他兑现之前的诺言。于是他连夜动员魏旭阳、肖义志、邵奕鸣，四个人一起做了几十只风筝。

此刻，林樾看桑克这般懊恼的神情，在一旁偷笑。

他走到桑克身旁，桑克抬头看着他，一脸不悦的懊恼。

林樾微微一笑，卷起袖管接过桑克手中的风筝。他托着桑克的手，俯着身子教小家伙操控风筝。

阳光透过淡薄的云层，照耀着这片露珠莹莹的草地，反射出透亮的光芒。在一抹耀人光晕里，红蜻蜓追随着风，在草地上自由地飞翔，忽高忽低，忽快忽慢，如同在空中划出一条条波浪线条。它那晶莹透明的翅膀在阳光的照耀下闪闪发光，它悬停在那半空之中轻振着翅膀稍作停留，片刻工夫又飞得不见了踪迹，成片的蜻蜓随风飞过像追逐着的孩童。

林樾找准最佳时机，趁着风来了，抛出了手中的风筝，然后拉起了风筝线，带着桑克快跑。

风筝终于被风护送着飞向了高空，在缱绻云彩的映衬下越飞越高，犹如展翅的雄鹰。

其余的孩子也相继奔跑而来，带着他们手中的风筝。

林樾把手中的风筝线还给桑克，微笑地抚摸着他柔软的鬈发。

这一刻，大抵就是时光静好吧。

看着一只只风筝随风飘上高空，看着孩子们一张张喜悦的笑脸，林樾不禁想着，究竟谁能给他们一片肆意追逐无忧无虑的天空……

看着孩子们嬉笑着、追逐着，他竟一时忘了自己身处的是一个战乱的国度。

不过，不管怎样，此时此刻，这就是孩子们的幸福时光。

02

肖义志、魏旭阳、邵奕鸣、安逸、余汇晨几人坐在大树下，看着林樾与孩子们嬉戏。

“没想到一向铁面严肃的林记者还有这么童趣的一面啊！”余汇晨忍不住惊呼。

“怎么，你是对我们樾哥有什么误解吗？”魏旭阳笑着反问。

“可不，第一次见到林记者我就觉得他三十好几的人长了一张五六十岁的面孔，不苟言笑、瘆人、难以接触。”余汇晨边回忆着，边细数林樾的“罪状”。

“那你可真是误解他了，其实我们樾哥……”

“其实这一番相处下来，你会发现他是一个很暖心的人，他只是不善表达。”魏旭阳正要为林樾辩驳，安逸却笑着抢先开了口。

众人听安逸对林樾这么一番评价，都别有深意地笑了。

安逸看着他们脸上的笑容，浅浅地埋下头。她不知道为什么，自己会这么自然地就说出了对他的评价。

下一刻，她笑着缓解尴尬与羞涩，又补充了一句无关前后的话：“他真不愧是孩子王。”

这时，林樾向他们跑来。

安逸笑着对林樾说：“林樾你知道吗？你就像个小男孩一样。

“老了，老了，顶多算是个老男孩吧！”林樾应和着，坐在了他们中间。

看着这些人对他绽开笑容，他有些莫名：“什么事情这么开心？”

“没！没！没！”

几人此刻异常默契地摇头摆手。

林樾没当一回事，觉得是时候向他们提及撤离的事情了。

“对了，跟你们说一件事。”林樾平心定神地说。

“什么事？”安逸问。

“我们要撤离了。”

“撤离？去哪儿？”邵奕鸣问。

“你可能误解了我的意思，我说的撤离是领导下令要我们离开H国，回国。”

“为什么这么突然？”余汇晨问。

“你们也看到了，现在H国局势越发紧张，特别是自从H国北部武装临时政府军下令扫除南部反政府军行动开始，其实从古斯特罗市的那场战争开始，现在各地战况激烈，战争会持续蔓延到每一个被南部军占领的城市。”

“那我们不是更应该留下来吗？”安逸驳问。

林樾朝她摆了摆手，说：“听从安排吧！”

她也只得妥协：“那时间是什么时候？”

“这个月的十七日、十八日。”

“六天后？”安逸惊讶，留给他们的时间不多了。

“嗯。”林樾点头，“我们明天离开阿狄德特市，撤华点有两个，一个是古斯特罗市，一个是莫克里市，我们去距离最近的莫克里市撤华点。”

几人点头表示同意，只有安逸若有所思。

“不过说实话，突然说要离开还真有点舍不得。”肖义志抬头看向四周恋恋不舍地说。

在没有炮火的轰鸣下，这里白云悠悠、绿草青青，的确会让人产生一种身处人间伊甸园的错觉，忘记这是一个战乱的国度。

03

热情的安易卡听说林樾一行人将要启程离开，硬是要用本国的习俗来欢送他们。

于是夜幕降临，他们在一处平地上燃起篝火，载歌载舞了起来，孩子们用本国的舞蹈和热情的歌声送上了他们最真挚的祝福。

鼓声在噼里啪啦燃烧着的篝火木柴里响彻着。

桑克拥抱林樾的时候，把头贴在他耳侧依依不舍地说：“林叔叔，等我长大了我要去东方那个有龙的国家去找你。我也要像你一样做一名战地记者。”

林樾笑着摸摸桑克的头：“好，那你一定要好好努力，叔叔等着你。”

大家欢乐地跳着舞，沉溺在无尽笑声的海洋里。

不一会儿，林樾累了，瘫坐在一堆吉祥草堆里，随手拔了一根吉祥草，百无聊赖地随意摆弄着，细长的草条在他指中缠绕。

没多久，安逸和余汇晨也玩累了，坐了过来。

“不行了，我没劲了。我以前还发过誓死也不会跳舞，今天可算是破戒了。”余汇晨把头埋进安逸颈窝里，做号啕大哭状。

“怎么，你跳舞会暴露你腿短的缺陷？”从热闹里走来的魏旭阳调侃道。

“你会不会说话啊！老娘可是要做一个矜持的淑女，像我们家安逸这样。”余汇晨拉着安逸的手臂一个劲地摇。

安逸嫌弃地一把推开她。

魏旭阳坐在余汇晨身边。

“林记者，从今天开始我就把我们家这个傻姑娘交到你手里了。”余汇晨嬉笑着说。

“你说什么呢！”安逸一下子面红耳赤了。

林樾也有些不好意思地笑了笑，两人对视了一眼，又不好意思地别过头。

为打破这尴尬的气氛，安逸拉起余汇晨又去蹦蹦跳跳了。

一整夜，大家都在一片欢声笑语里度过。

04

一览无余的通畅大道上，越野车通行无阻。

路的两边是茫茫戈壁，安逸望着窗外，总有一种刚刚步入 H 国，还置身于古斯特罗市的错觉。

H 国的地形以戈壁沙漠为主，而他们要前往的莫克里市是一个处在沙漠另一头的城市。

时间过得真快啊，两个月就这么过去了。

这一路走来，就经历了这么多事情，看到了那么多东西，所有接触到的事情在安逸的脑海里轮番走过，记忆犹新。

这是一场大规模的撤离行动。

中国政府派出救援军舰，撤离本国在 H 国的华侨、华人……

车载广播里，报道着一条条最新的新闻消息，极不稳定的调频信号，使得广播发出“吱吱”的声音。

据最新消息，自卫军于古斯特罗市自卫军聚集地复燃，北部政府军于今日举行的例行记者会中表示要加强打击力度，打算彻底消灭南部反政府武装军组织和古斯特罗自卫军组织统一 H 国。从目前状况来看，政府军已大面积收回南部反政府武装军所占领的城市，南部武装军节节败退……

……

“古斯特罗市？刚刚广播里说的什么？”

听到这样一条消息，安逸瞬间就淡定不起来了，这预示着古斯特罗市又将迎来一场新的硝烟。

“不去管了，撤离要紧。”林樾的双手握持着方向盘，语气淡淡地说。其实，他的内心也是纠结无比的。

“林樾，我们要不去古斯特罗市吧，反正那里也有撤华点。”安逸提议。

“不行！那里现在就是一个火药桶，随时随地都会爆发一场新的战争。”林樾语气斩钉截铁，不容半点反驳。

“可是……”安逸试图再次商提。

“别说了，说了不行就是不行！”林樾再次果断回绝。

“可是林樾，我们是记者，战地记者！难道我们要一味地逃避危险？在我看来你绝不是一个怕危险的人啊！”安逸不管林樾此时的神色，说出了自己内心的想法。

林樾不再说话。

众人明白他这是铁了心的表现。

车子驰骋在去往莫克里市的大道上。

车里的气氛无比尴尬，除了安逸与林樾之外，其余四人皆大眼瞪着小眼，不知如何化解。

暮色降临，车子停在了沙漠出口的一处驿站，他们已经穿过了沙漠，而再往前开一百公里就是莫克里市区了。此时天色已晚，他们选择在此休息一晚。

林樾率先下了车进入旅店，安逸紧接着也下了车，走向旅店外的木椅处独自一人坐了下来。

肖义志、邵奕鸣随后跟着林樾的步子进了旅店，办理住宿手续。

此时，车上只剩下魏旭阳和余汇晨两人。

“喂！过去劝劝。”魏旭阳慢悠悠地下了车。

“你们男生懂不懂什么叫谦让。”余汇晨紧随其后，拍了下魏旭阳。

“你说他俩也真是，还没确定关系呢，这就开始闹别扭了。”魏旭阳说。

余汇晨看着独自坐在木椅上的安逸，听了魏旭阳这一番话，摇摇头：“你说这事有什么好吵的。”

魏旭阳叹了口气，把车门用力关上：“你去劝林樾，我去劝安逸。”

他们订了三间房，肖义志、邵奕鸣一间，魏旭阳、林樾一间，余汇晨、安逸一间。

深夜，林樾倚靠在床头久久没有入睡。这一天他的确是累坏了，将近十几个小时的车程，外加一场不愉快的谈话，让他有些难以入眠。

正在他百无聊赖的时候，发现魏旭阳竟然也没有睡着。

“大哥，几点了还不睡？”魏旭阳问。

林樾看了看表，已是凌晨一点。

“马上就睡，想些事。”林樾回应。

“我说，你是不是在想白天车上的事情啊？”看着林樾若有所思的神情，他又补了一句，“对你，我还是了解的。”

林樾点头轻叹：“你说我是不是害怕了？不，我是在害怕，我做了近八年的战地记者，这还是我第一次这样。”

魏旭阳知道，以前也遇到过这样的情况。记得当年有一次在一个战乱的国家采访，上头发了紧急撤退通知，林樾愣是选择不撤退，最后他就在那冲突不断的地方待了近三个星期。当时他也陪林樾留了下来，林樾对他说：“做战地记者这行，越是危险就越要往里冲，有价值的东西只有留下来才能够被挖掘。如果在危难时刻撤退了，那战地记者还为何要千里迢迢地奔赴战地呢？”

当年的那一番话跟今天的行为一对比，真是有些矛盾啊。

林樾目光深邃：“我是怕了，这几年我逐渐发现，我自己去拼命可以，可我们是一个团队，我不能拿你们的命去拼。”

“林樾，别人我不知道，可是我始终和你站在同一条线上的。”

魏旭阳坚定地说。

夜晚很安静，这个时候本该都已经入睡，却有两道身影从旅店里走了出来。

“这样不好吧？”余汇晨有所顾虑地说。

“汇晨，对不起，你回去吧！你帮我做这些就足够了。”安逸拿着余汇晨从肖义志那儿偷出来的车钥匙打开了车门。

“不行，钥匙是我偷给你的，我也要去。”说罢她也一同坐上了车子。

这是安逸第一次驾驶越野车，她双手把持着方向盘，驱使着这辆庞然大物在沙漠里游走。

车子颠簸着，仿佛一个不注意就会被掀翻，安逸猛打着手里的方向盘，这庞然大物一下向左一下向右，好在一直平安无事，而余汇晨的手全程都在车把手上。

05

咚咚……

一阵连续且持续的敲门声响彻在夜里。

已是凌晨三点，窗外偶有虫鸣窸窸窣窣。

魏旭阳沉溺在睡梦里，隐约听到敲门声，一时以为那只是在梦境中。

可这敲门声一直响彻不止，且伴随着阵阵紧急的呼声：“林樾……林樾，旭阳……”

他这才迷迷糊糊地醒来，发现真的是有人在房外叫门。

“谁？”魏旭阳问。

“我，肖义志还有奕鸣。”门外的人应答。

林樾也从睡梦中渐醒。

“怎么了？”他边披上衣服，边走去开了门。

门一打开，肖义志就急切地说道：“安逸、汇晨两个人不见了！”

“怎么回事，慢慢说。”林樾虽然急切，但为了了解清楚事情的前因后果却还得淡定地问。

肖义志：“我一觉醒来就发现身边的车钥匙不见了，于是去她们房间叫门，没有应答，我急忙跑去院子看，车子也不见了！”

“坏了！”林樾眉头紧蹙，预料到事情的严重性，“她们一定是去古斯特罗市了。你们快回屋收拾收拾东西，我们得去把她们追回来。”

他们匆忙回房收拾。

林樾急忙穿好衣服下楼找到旅店老板，软磨硬泡地用了近两倍左右的价格才租到了一辆车子。

“东西都带齐了吗？”林樾问其他人。

“嗯。”

三人齐齐点头，然后快速上了车。

林樾不敢耽误一刻，启动车子踩紧油门驱车追赶，这种急切的心情，是因为此时他也不知道那两个女生已经离开多久，而他却只能拼尽全力争取能追到她们，他内心担忧着，只求她们不要出事。

车子在马力全开的情况下，在沙漠里开了近五个小时的路途，这时，天空也从起初的暗沉到放亮。

车上的其他三人也丝毫不敢松懈，睁大眼睛一路上扫寻着车外的茫茫沙漠。

终于，一个颠簸驰骋的车影映入了他们的眼帘，只是那辆车像喝了酒的醉汉般在跌跌撞撞地前行。

“是她们的车子。”魏旭阳兴奋地指着前方。

林樾紧蹙的眉头丝毫没有放松的迹象，此刻他不知是该庆幸还是该恼怒。

幸亏这是在一望无际、没有障碍、荒无人烟的沙漠上，要是在普通的大道上，以她们的这种驾驶技术来说，很难保证不出事故。

林樾猛地踩油门，狂打方向盘，向右边驰骋而去。

“是林樾他们。”余汇晨惊讶地对安逸说。

安逸看了一眼窗外，一辆似游龙一般疾驰而来与之并驾的车子，但她没有停车的打算。

只是林樾驾驶的车子一下超越了她们，横在面前的路上，迫使她踩下急刹。

两辆车子就这样停在了一望无际的茫茫沙漠里，风扬起细沙，带着几分凄凉的壮美。

安逸觉得林樾一定是疯了，才会做出这种疯狂的举动，万一自己一个不留神或是刹车踩慢一秒钟，那后果简直不堪设想。他这是在玩命啊！

安逸还在惊慌里没有回过神，林樾却已经打开车门从驾驶座上下来，然后气冲冲地疾步朝她走来。

他来到越野车的驾驶座门外，一把拉开车门，把安逸拽了出来。

“你疯了？知不知道大晚上一个人开车走沙漠很危险？”

安逸瞪大眼睛，看着自己眼前正在咆哮的男人。她想，这句话应该自己对他说才对——你才疯了，你知不知道你突然挡在我面前很危险？

可她愣是没能像他一样的咆哮出来。

她奋力甩开林樾的手，想回到车上。

林樾却一把抓住她。

他调整了心绪，神情肃穆：“答应我，离开这里！我只想你活着！你明白吗？”语气稍显平和。

这一时刻，其他几人很是自觉地走到一边，应该留点时间和空间让他们两人好好沟通交流一下了。

“你知道你不见了我有多担心你吗？我怕万一找不到你该怎么办？听我的话，跟我回去。”

“林樾……对不起，我没办法答应你。”安逸目光盈盈。

林樾苦笑着，那只紧握着她的手稍微松了些：“你知道吗，如果我站在喜欢你的一方，其实我是自私的。”

“林樾……”安逸这才发现他这是变相地对自己表白。

是的，他再也按捺不住自己怦怦跳跃的心，这种煎熬的感觉他已经受够了。

蓦然，他目光如炬，傻笑着：“那好吧！这一次，我听你的……”

他再也不想掩藏对她的关怀，对她的担忧。

良久，他深情道：“安逸……你知道吗？其实……其实我一直就很喜欢你……”

她愣了愣，终于也笑了，泪水却不知不觉地挂在了脸颊的两旁。

她突然拥抱上去，轻轻地吻了他脸颊，然后对他说：“我也爱你，我的小小男孩。”

两人甜蜜地笑着。

“你们啊！偷听、偷看可耻啊！”那边，余汇晨训斥着正往那边偷瞄的几人。

听到这一句，深情拥抱着的两人也立马弹开，各自在尴尬里却还带着刚刚的那股甜蜜笑意。

06

驱车回到古斯特罗市，让他们有一种物是人非的感觉。又是将近十几个小时的车程，先前黑漆漆的夜晚他们抄着近路前行，几个男人轮流驾驶着车子早已经累得精疲力尽。

他们抵达古斯特罗市的这天刚好是撤离的日子，古斯特罗市的一处安全区里，中国的华侨商人在做撤离准备。

一大早，林樾一行人就接到了消息，在古斯特罗市的莫伽尔港口处，两艘军舰已停靠在那儿迎接撤离的华人华侨。而今天一早老谭也通过电子邮件的方式，确认了他们目前所在的地方。

林樾搪塞地回应说自己在古斯特罗市还有事情未办完，于是临时改了撤离地点。

古斯特罗市。

战争的氛围越发浓重，在这里，非战区的外国人被北部政府军官方圈在了一起，让他们在撤离前不能离开非战区。

安逸、肖义志等人正愁无法自由行动，这样他们回到古斯特罗市就没有意义了。

距离撤离的时间还有五个小时，他们想方设法，想要走出非战区，探访消息。

可天不遂人愿，H 国武装临时政府军几乎是二十四小时把守，以保护他们安全的名义看着他们。

“林樾，我们怎么才能避开他们出去？”几人围坐在一起，肖义志问。

林樾优哉游哉地喝着热茶："自然是有办法。"

"有什么办法？"余汇晨按捺不住，"这距离撤退可就剩最后五个小时了。"

林樾看了看表，抬头扫视一眼四周聚集准备撤退的同胞："人这么多，等到撤退的时候肯定是一窝蜂地往前走，这里就这么一处出口，把守人员就这么几个，等到时候趁着拥挤劲儿偷偷溜进城里。"

说罢，他继而嘱咐道："到时候彼此跟紧，不要乱了阵脚，等进了城不要大张旗鼓地行动，一切行动听从指挥。"

"好。"

其他几人应答。"不过话说回来，这仗应该是打定了，不知道麦恩怎么样了。没有他的消息吗？"肖义志问。

"回到这里之前通过他留下的邮件和他联系了，可始终没有他的消息。"林樾惋叹。

人生中，有些人分别后，可能就再也不会重逢了吧！

当中国撤离队的车成排地停靠在非战区外，H国武装临时政府军下令放行华人、华侨时，林樾一行人混在了人群里，伺机而动。

"一，二，三……"林樾打着手势，口中默数。

魏旭阳眼神四处瞟，确定了没人注意他们，H国政府军此刻也放松了防守，于是几人目光汇集在一起，逃出了撤离的人群。

07

一行人一脱离非战区就听到了阵阵枪声，他们只得暂时到一处破旧的房屋里躲藏。他们隐约听到屋外的街道上传来一阵粗吼声："走快点！"

胆大的肖义志从屋内探出头，目光扫向外头的街道。他看见几名穿着黑色军事训练衣的人凶神恶煞的样子，用枪支抵着前头几个囚首丧面的像是平民的人，口中还呵斥着什么。因为双方衣着不明，故此也分不清究竟是哪方士兵。

肖义志用相机捕捉外面的画面，手指颤颤巍巍地按下快门。他的心差一点没随着轻微的快门声一起蹦跳出来，生怕发出一点动静被听到，一群人就跟着玩完。

“这群人怎么没穿军服？难不成是便衣？”肖义志提出疑问。

“看那样子不像是军人，能在战区这样明目张胆地带走一批身份不明的人，这群人一定大有来头。”林樾分析道。

“那要不要跟过去看看？”魏旭阳问。

林樾皱眉思虑：“去。不过我们不知道这伙人的身份，不知道他们是北部武装临时政府军还是南部反政府军武装。不过不管他们是南部军还是北部军，我们没经过允许偷偷潜入，要是被发现，一枪崩了我们也不是不可能，他们大可以我们是不明身份为由处置我们。还有，他们既然能带走穿非军装的人，那么说明他们什么人都抓，所以我们更要小心，要是被抓了可就是凶多吉少了。”林樾把所能想到的，和所会发生的事情结果全都做了个预想。众人都明白点头回答：“我们会加倍小心的。”

“这样吧！我们分成两组，如果一组不幸被抓，另一组可以想办法掩护逃跑，不至于被一锅端。”

众人点头，没有异议。

于是林樾开始了分组：“第一组：我、安逸、肖义志。第二组：旭阳、奕鸣、汇晨。第一组主要是跟随在那伙人的后面看看他们要做什么，第二组跟在第一组后面，这样不至于人太繁多而暴露。”

第二组的魏旭阳、余汇晨、邵奕鸣三人点头："好。"

"如果，我是说如果……

林樾在说"如果"一词的时候瞥了安逸一眼，而安逸用一种坚定的眼神回应了他。

"如果我们被发现，那我们就会掩护第二组的你们撤离。记住，万一事情到了这个地步，你们三个要头也不回地逃跑，到莫伽尔港口找到撤侨的中国军队，你们就安全了。"

众人坚定地点头，内心都希望这些预想不要真实地发生。

于是他们就这样分成了两组，一路跟着那群不明人士。

因为有暴露的风险，第一组的林樾、安逸、肖义志三人没有紧紧跟随那些不明人士，而是隔了一百米左右的距离，好在到处是残垣断壁，十分好躲藏，又能方便洞察所跟随的目标对象。而第二组的魏旭阳、余汇晨、邵奕鸣三人则跟随在第一组的林樾他们三人身后，第二组的他们因为看不见那些不明人士的身影，只得按照第一组的林樾他们的行动而行动。就这样，他们一路走一路跟，直到暮色降临，他们不知道自己跟着那些不明人士跟了有多久，也不知道对方的目的地会是哪里，只知道对方背后一定隐藏着巨大的不为人知的秘密。

终于，不明人士在一处空旷的建筑废墟停了下来，于是林樾命令身旁的肖义志挥手告知身后还在继续前进的第二组三人停止向前。

林樾紧张地咽了咽口水。

第一组的三人紧紧贴着墙垣，不敢妄动半分。

此刻，寂静无比，好似连最轻微的呼吸声都能通过空气的流动传入不明人士的耳朵里。

林樾战战兢兢地探出头，看到了几个不明人士正将他们所羁押的人捆绑着按跪在了地上。

那些被按跪在地上的人嘴里还发出悲愤的怒骂。

穿着黑色军事训练衣的不明人士，其中一人点燃了一根烟，好似在静静地听着他们的怒骂。

他手里的熹微烟火在这漆黑的夜里忽明忽暗。

突然，那个不明人士把烟头一掐，然后夺过身边一名同伙手中的枪支，立马扣响了扳机。

“砰”的一声，震耳欲聋。

跪在地上的那名怒骂得最凶的人倒下了。

林樾看到那一枪下去，倒在地上的人流了一地血。

肖义志吓得捂住了嘴。

安逸捂住双眼，手指都在颤抖着。

紧接着，接二连三的枪声响起，那些跪在地上的全都被击毙了……

空气里顿时弥漫起了一阵恶臭的血腥气味，浓烈，勾得人胃里酸水翻涌。

林樾手中握着相机，鼓起勇气把镜头探了出去。

“咔嚓！咔嚓……”

他迅疾地按下快门，拍摄下了眼前惨烈的这幕。

然而，让他万万没有想到的是，相机的镁光灯却突然闪烁起来。

林樾恍然间想起，这部相机在之前的一次拍摄里遭受过严重的撞击，这可能就是那时撞坏的。

怎料这一时疏忽，酿成了后面的大祸。

“谁？”

这一动静让那些不明人士迅疾看过来，他们拿起枪支，对准了镁光灯亮起的地方。

“不好，快跑！”林樾第一时间反应过来。

情急之下，林樾一把拉住了安逸的手，向前狂奔。子弹声随即而来，打入他们倚靠着的墙垣之上。

“抓活的，他们手里有照片！”这群不明人士的头目这样喊道。

漆黑的夜里，安逸脚下的步伐随着林樾速度的增快而增快，喘息声把周遭所有的窸窣声都掩盖住了。

“旭阳！”林樾喊着第二组的三人，把挂在胸前的相机朝他们挥了挥。

魏旭阳顿时明白了林樾的意思，双手做出接捧的姿势。

距离越来越近，林樾终于把手中的相机抛给了魏旭阳，正好落入了魏旭阳的怀里。

“你们快走，保护好相机，我们分两路跑，肖义志、安逸你跟着他们。我去吸引他们的注意力。”林樾说着便把手从安逸的手上松开。

“不！我不能让你冒这个险……起码……起码……”安逸摇头。

“听话！”

“不。”安逸坚决地拉住了他的手。

无奈，背后紧追而来的不明人士越来越近，林樾只得答应。

“旭阳，接下来就交给你们了。如果不出意外我们港口见。”林樾与之嘱咐。

众人点头，分头行动。

“分头追，一定要抓住他们，要是被他们逃了我们就完了。”见状，不明人士的头目吩咐道。

林樾拉着安逸的手拼命地往安全的地方跑，尽量寻着有建筑障碍的地方，以防被子弹打到。

“他们到底是谁？”安逸气喘吁吁地问。

“不知道，可是从他们这种残忍的手法来看，他们绝不是什么善类。”林樾回答。

“林樾，我刚刚看到他们手里的枪上有一个蓝色的像鹰一样的标志。”安逸回忆道。

听安逸这么一说，林樾脑子里忽然灵光一闪，像是想到了什么：“蓝色飞鹰！”

“蓝色飞鹰？那是什么？”安逸问。

“蓝色飞鹰是H国南部反政府军的标志。”林樾不敢想象。

安逸听到这话，顿时吃了一惊。

“也就是说，他们是南部反政府武装军？”安逸大胆地猜测。

此刻的他们已经跑得气喘吁吁，完全没有多余的思绪再去想其他繁杂的事情了。

“不对，如果是南部反政府武装军，那为什么要去杀手无寸铁的人？难道那些被杀的人是北部武装临时政府军的人？”林樾细思极恐。他回忆着一路以来的种种，顿时觉得脑子里有一股杂乱无章的思绪，在把他往一个方向牵引着。

林樾环顾四周，拉着安逸跑进了一处破旧建筑里，静下心来，慢慢理清思绪。

“他们该不会是‘野狼’吧？”林樾猜疑。

再一次听到这个名字，安逸的脑子顿时“嗡”了一下。

“你怎么会这样想？”她问。

“你看，我们这一路走来，听到的有关事情，那一次，在乌干村里，听说的事情，当时我们就怀疑过有人勾结恐怖组织，可那只是猜想，只是说明‘野狼’势力已经渗入H国了。可如今我发现事情远不会那么简单，就算H国战乱，也不会让恐怖组织这么为所欲为吧？”林樾步步佐证。

“所以你的猜想是，H国反政府武装军勾结恐怖组织，一来是用这场混乱剿灭H国内这片特殊区域内古斯特罗自卫军的势力，二来是打算最后把这一切都推到北部武装临时政府军的头上，让人民以为他们所支持的军队作恶多端。”

林樾眉头一皱：“只是不能排除这种可能。”多年来的记者职业操守，使得他在下定论的时候十分谨慎，没有证据，一切都还只停留在猜想里。

“现在得把这件事先告诉魏旭阳他们。”

林樾掏出手机，在发给魏旭阳的信息里打下两行关键字：

蓝色飞鹰！

南部反政府武装军勾结外人所为！

另一边，魏旭阳等人已经逃得精疲力竭，尽管事先规划好了线路，可是港口距离他们目前所在的位置还是很远，而背后那些人仍穷追不舍。

余汇晨累得上气不接下气，跑了一段路就扶着墙垣蹲了下来。

“汇晨，你没事吧？还有一段路能再坚持一下吗？”肖义志迅速上前扶起了她。

余汇晨摆了摆手：“有点累。”

魏旭阳、邵奕鸣也都停了下来。

肖义志看了看四周建筑，对魏旭阳与邵奕鸣说道：“我看这么跑下去是不行了，要不先找个地方躲躲吧！”

于是几人搀扶着余汇晨往一处建筑走去。

残破的建筑只剩下一处砖石堆砌的墙角，相较四周零零落落没有一处是适合躲藏的地方，这里因为有夜色作为掩护倒也算较为安全。

几人紧靠在角落。

“旭阳，把相机里的卡取出来藏好。”肖义志嘱咐。

魏旭阳赶忙抠开相机储存卡处，取出相机里的那张储存卡，手颤抖得差点把储存卡抖落在地，幸得肖义志手疾眼快一把接住。

四周传来不明人士的动静，他们追上来了！

肖义志当即对他们做了个噤声的动作。

气氛一下子焦灼了起来，他们慢慢地挪动着脚步，更加往后倚靠了一点。

直到搜寻的动静渐渐变小，他们这才松了口气，但是那些不明人士并没有离开。

“要不我出去引开他们，你们带着储存卡逃吧！”魏旭阳把储存卡塞进肖义志的手里。

“不行，你出去了会死的。”肖义志急忙阻拦住魏旭阳。

魏旭阳说：“那怎么办？再这样下去谁都活不了！”

“那也不行！”肖义志神情坚决，死死地拉住魏旭阳的手不肯放开。

“汇晨，你还有力气吗？”肖义志偏过身子问身后的余汇晨。

余汇晨点点头。

肖义志：“好。我跑得快，待会儿我出去引开他们，你们就尽力跑，能跑多远就跑多远，不要回头，走S形，找建筑障碍躲避。”

“可是你……”邵奕鸣的话还没说完，就被肖义志制止。

“不要再多说了。”肖义志把储存卡塞回到魏旭阳手中。

他把双手搭放在魏旭阳的双肩之上，拍了拍对方的臂膀，语气缓和地开口："好了，这就交给你了，你还有更艰巨的任务，就是把这张储存卡送出去。"语毕，他匆忙地跑了出去，为了防止那些不明人士注意到他们躲藏的地点，他还特地绕了一个弯。

肖义志跑了出去，引走了大部分不明人士，却不料还有少数几个发现了魏旭阳几人的身影，察觉这是调虎离山计。

"完了，快走！"魏旭阳一把拉起余汇晨，对邵奕鸣说，"奕鸣，跟上！"

肖义志一回头就发现一个黑洞洞的枪口正对准着魏旭阳一行人，而走在最后的正是邵奕鸣。

"小心！"

"小心！"

肖义志、魏旭阳齐声喊道。

最末的邵奕鸣还没来得及反应过来，一声枪响就贯入耳膜。待他反应过来，发现是魏旭阳死死护住了他。

刹那间，邵奕鸣感觉到了一阵潮湿的炽热感，腥味弥漫，一口鲜血从魏旭阳的口中喷溅而出。

"旭阳！"余汇晨大叫。

"还愣着干什么！快跑啊！"肖义志回到他们身旁，一手扶起了魏旭阳。

邵奕鸣瞪大眼睛，失神空洞的目光里像是充了血似的混浊，涟涟眼中泛着阵阵潮红，身子僵硬着像死人般停滞不动。

直到肖义志、余汇晨两人呼喊他，他这才反应过来，背着受伤的魏旭阳拼命地向前奔跑。

"不能死……旭阳你要活着！你要活着听到吗？"邵奕鸣流泪

大喊。

魏旭阳身旁余汇晨和肖义志护在左右。不知为何，邵奕鸣背着魏旭阳，好似感觉不到他的重量，脚步越来越快。

他们穿过一片林子，一处低矮的建筑群，港口终于近在眼前，他们闻到了海风吹来的腥味。

背后那群人似乎一点也没有停下追逐的迹象，只是靠近港口，他们已经不敢再开枪了。

“我不想欠你一条命，所以你一定要挺过去！”邵奕鸣泪眼汪汪。

魏旭阳把手中那沾满了血液的储存卡递给身边的肖义志：“储……储存卡……”

“救救我们！有人受伤了！”余汇晨朝港口那军舰下的巡逻人员大喊。

港口两艘军舰亮着灯，中国士兵持枪在军舰下来回巡逻，听到他们的喊声，便跑了过来。

“快！这里有人受伤了！”一名士兵大叫着招来支援。

肖义志发现身后穷追不舍的不明人士不知何时已不见了踪影，他们安全了。

黝黑的夜晚，安静阴沉，天幕上一轮残月。

安逸与林樾就这么坐在废弃建筑里，外面已经很长一段时间没传来声响了。

良久，林樾壮起胆子往外一瞥，忽然，一个黑影擦过，用冰冷的枪口瞄准了他们。

“举起手来！”

林樾抬头，陡然迎上了一双透着戾气的眼睛。

08

“报告！刚刚外面有伤者送来！”一名士兵走到军舰的指挥室报告。

“怎么回事？”一名军官问。

“有四个人，其中一个受了枪伤，现在已安置在军舰的休息室里。”士兵回答。

“走，带我去看看。”

军官陡然起身，此人正是负责这次撤侨行动的指挥部长，方伟民。

“那几人什么来头？”方伟民跟随着士兵，一边走一边问。

“是记者。听他们说是拍到了战地里不明人士枪杀无辜人员，从而被追杀。他们一共六个人，还有两人下落不明。”

“哦？”方伟民立马感觉到事情的严重性，加紧脚步来到军舰休息室。

赶来休息室救助的救援医生沈铭与唐灵一下子就认出了肖义志和受伤了的魏旭阳。

“是你们？”唐灵一边查看魏旭阳的受伤情况，一边问，“安逸和林樾呢？”

“说来话长，我们……”

肖义志正要回答，就被推门而入的人打断了话语。

“林樾？”

推门而入的人正是傅言东，听到林樾的名字，顿时不安地问：“你们没事吧？我刚刚听到消息说有伤者送来，没想到竟然是你们。”

“你们认识？”一旁方伟民静静地看着这一切，却发现他们相互认识。

“这说来话长了，之前在古斯特罗我们见过，而且林樾是我从小一起长大的兄弟。”傅言东回答了一句。

“不说这个了，林樾人呢？”傅言东迫切地问道。

“傅军官，我们和林樾他们走散了，他们应该在赶来的路上。”余汇晨回答。

“伤者情况严重，我们要立马对其做出应急处理，请你们先退出去。”沈铭说道。

众人退出休息室，余汇晨神色担忧地透过小窗把目光投向里面躺在床上的魏旭阳，他已经昏迷了。

方伟民安慰几人：“你们放心吧，我们会尽力救助他的。你们可以说说究竟发生了什么吗？”

肖义志把事情的来龙去脉说了一遍，语毕交出了那张被血液浸染了的储存卡。

“那些照片就在这张储存卡里。”

“你们是英雄！接下来的事情就交给我们！放心，上了这艘军舰，到了我们中国人自己的地方，你们就安全了。”

休息室的门骤然打开，唐灵走出来，众人急忙上前询问情况。

“伤者暂时止住了血，可要是没能及时接受治疗的话……”唐灵没有再往下说。

“那距离这里最近的 X 国怎么样？那里医疗条件完善。我可以向上头申请，与 X 国外交部联系，让 X 国的医院协助我们救助伤者。”

傅言东：“好，方部长劳烦您了。”

“哎！说什么麻烦不麻烦的。这是我们的职责。”

余汇晨走进休息室，看着躺在病床上的魏旭阳。她为魏旭阳整理衣服的时候，他的手机掉落了出来。

余汇晨拾起，发现手机里有两条未读的消息，手机没有密码，她直接点开。

看完短信后，她惊呼一声："你们快来！"

众人齐齐涌入。

肖义志问："怎么了？"

她举起手机："这是林樾发来的。"

只见屏幕上两条醒目极短的信息映入众人的眼帘：

蓝色飞鹰！

南部反政府武装军勾结外人所为！

第九章 北辰是回家的路

01

这是一天中阳光正好的时段，透过铁窗，可以看到外面的天空。

安逸微微抬起手臂，迷迷糊糊地看清了自己的手掌。

手臂上旧伤重叠着新伤，累累伤痕上是触目惊心的猩红。

阳光在她的指间来回晃动，空气中尘埃纷飞。

任凭她的手在空中如何抓取，也无法握住一缕细微的阳光。

她的嘴角因为干涸而皲裂开来，这是她被抓住的第四天。

“林……林樾……”安逸一直喃喃着他的名字，虚脱的身体使得她吐字都吃力和模糊。

林樾被一些遮着脸的男人带出去已经三天了。

屋外静得出奇，除了一直看守在屋外的几名黑衣男人偶尔的交谈声与他们的来回踱步声，安逸似乎听不到周遭有任何动静，只有在夜深人静的时候才能听到一种诡异的叫声，那叫声回荡四周，不绝于耳。

这里仿佛与世隔绝了，像是被罩子罩住了一样，什么声音都传不出去，也传不进来。

不，直觉告诉安逸，这应该是在深山之上。

这几日，屋外并没有传来任何枪声，这对安逸来说未必不是一件好事，因为这暂时能断定林樾目前并没有遭遇不测。

可又或许……

安逸不愿再多想下去。

她现在唯一想知道的是抓他们的人有什么目的。她与林樾拍到了他们滥杀无辜的照片，以及知道了他们和跟 H 国南部反政府军有勾结的事情，而他们却将她囚禁在这座小黑屋里，难道不应该杀人灭口吗？他们是想要拿她与林樾来换取政治支持？不，如果事迹败露，那么 H 国反政府军与恐怖组织勾结的事情必将会引起国际社会舆论的哗然……

思虑间，小屋的铁门外传来脚步声，蜷缩在角落的安逸吓得往里面的墙角处挪去。

铁门被打开的瞬间，尘土飞扬，阳光也破门而入，猛地流泻进了屋内，一下子照亮了狭小的房间。安逸的眼睛被晃得一下子看不清眼前的事物。

“进去。中国人，嘴巴还真硬。”一个蒙面男人操着蹩脚的英语说道。

林樾被推搡得倒在了地上，门瞬间又被重关上了。阳光一下子又退出了小屋，黑暗与湿气再度占领了这里。

一阵微弱的喘息声传入安逸的耳朵，她又急迫又忐忑。

“林樾……林樾是你吗？”安逸急切地喊道。

安逸的眼睛被刚刚那束强光晃得一片迷糊，还没缓过劲来。

“是……是我……安逸……”林樾声音微弱，好似遭受了非人的对待。

视力恢复之后，她迅疾地朝林樾的方向挪去，替林樾揭开了遮挡着双目的黑布。

“你没事吧？”安逸手抚着他的脸，悬着的心终于平定了下来。

“没……没事……一点小伤而已，不碍事的。”

在安逸的支撑下，林樾慢慢地朝墙的方向移动，两人背靠墙坐着。

林樾牙咬唇壁，伤口的扯痛让他忍不住低呼：“啊……”

安逸撩开林樾的衣服，只见他胸膛上布满交叠的伤痕，一片血肉模糊。

“他们打你了？”安逸吞声忍泪。

林樾拂过安逸一缕凌乱的发丝将它梳理到她耳后。

“那些家伙也就这些小伎俩。”林樾挥了挥手，示意安逸这点伤算不了什么。

见他故作坚强的样子，安逸却红了眼眶。

这些日子以来她自己也受了不少苦难，最初黑衣蒙面男人每天都会来询问她一些事情，也会动用一些私刑来威吓她，但她都坚强地挺了过来。面对皮肉伤的私刑她并不害怕，她最害怕的是那些人对女性做出非人且龌龊的事情，幸好他们没有。

现在林樾就在她身旁，让她仿佛有了依靠一样，所以表面一直伪装的坚强瞬间崩塌，被内心吞咽。

林樾一脸柔情地望着安逸，她漂亮的脸蛋现在污秽不堪，曾经那头飘逸长发，此时也是杂乱得干燥分叉，整个人蓬头垢面的。

“傻瓜，不许哭！我们会安全逃离这里的……”林樾的手掌轻抚在安逸的脸颊上。

那样的温热使得安逸瞬间恢复了动力。

“谁说我哭了……我没有……没有。”安逸双目酸涩地吸了口气。狭小阴暗的空间里连空气都是混浊的，她用手使劲不停地抹着眼角流出的泪，强装出一副若无其事的样子，可嘴角却是情不自禁地抽动着。

“说实话我还没有见到你哭的样子。”林樾展笑，声音依旧是那么富有磁性，让人在绝望里还能感受丝丝的慰藉。

展笑间，他又轻轻地安抚安逸：“不过你可不许哭，也不能害怕。以前你们总觉得我每次遇到危机的时候都是气定神闲的，其实，我就算是铜墙铁壁也会有害怕的时候，而你要是比我先害怕了，或者先流泪了，那么我内心唯一的支柱也就坍塌了。所以此刻你得做我的依靠，而你还有我。放心，他们暂时不会拿我们怎么样的。”

安逸一瞬间感受到了前所未有的力量，她从来不曾觉得自己还能成为他人的依靠，或许说是——他的依靠。

那种力量是林樾所赋予的，而恰巧林樾的力量也是她所赋予的。

这不正是一种共患难中的相互依靠与陪伴吗？

“他们为什么暂时不会拿我们怎样？”安逸不解。

“其实他们是想找到那张储存卡罢了，而那张卡我早就交给了魏旭阳他们。相信他们早就带着那张储存卡撤离到安全的地方了。”

“可，可他们知道的话……”安逸有些担心。

“所以……所以我们必须要坚持下去，等待救援……”林樾紧握住安逸的手，“还有我觉得我之前的猜想错了。”

“错了？”

“是，错了。抓我们的人不是恐怖分子。”

“那是谁？”安逸吃惊地问。

“是雇佣兵！”林樾断言。

“你为什么那么肯定？”

“第一点，三年前那件事发生后，我一直在收集‘野狼’的资料，我知道他们组织内部的成员手臂处都会文有一头狼。但这些人抓我问话的时候，我清楚地看到他们手上都没有文身。”

“那你怎么知道就不是其他不知名的恐怖组织抓的我们？”安逸提出疑问。

“这是我要说的第二点。假如那些反政府军想要利用他们扰乱临时政府军的形象，使他们被外界误以为勾结恐怖组织，那么反政府军不会找真正的恐怖分子来‘合作’吧？如果有一天战争结束，那么反政府武装不就会给自己留下一个巨大的隐患吗？所以说，他们找这些无名小卒的雇佣兵的确是个明智之选，拿钱办事，这是最‘干净’的办法，到哪儿都行得通。”原来如此，那些黑衣蒙面的不明人士也不想把事情搞大。

知道这些后，心仿佛更安定了，安逸突然觉得林樾的手掌就像是一张巨大的网，保护着她。她也明白了，自己与林樾现在唯一能做的只有等待，拖延时间，等待救援。

02

夜已静谧，小黑屋外再度响起了诡异的叫声。

安逸瑟缩在林樾怀里：“那怪声又响起来了。”

林樾把安逸揽入怀中，自己却竖起耳朵细细听着。然后他说道：“果然没错……”

安逸吓了一跳，问：“什么？”

“我们所处的地方一定是在深山里。”林樾断定。

“你跟我猜想的一样，可你为什么那么确定？”

“因为屋外传来的诡异叫声。”

“叫声？这叫声确实诡异。”

林樾解释：“这是鸮的叫声。”

“鸮？”安逸问。

“是的，它们多栖息在低海拔地区人迹罕至的针叶林和针阔叶密林中，在夜间活动。是鸮形目，鸱鸮科的动物。”

它们是什么？是某种奇特的动物？安逸听得一脸迷茫。

林樾见安逸一脸的迷茫神情，又补充解释：“哦，就是猫头鹰一类的鸟。民间又称之为‘报丧鸟’。”

“报……报丧鸟？”安逸听得有些害怕，更何况是在这样的情况下。

“嗯，因为它们会闻到将死之人的气息。”

说完，林樾觉得自己说错了，因为安逸的脸色变得有些难看。在这个时候，他跟她说这些，无疑加深了她内心的惶恐。

“不要怕，这都是传说。”林樾宽慰安逸，“莎士比亚说过：‘黑夜无论怎样悠长，白昼总会到来。’在那之前我希望我们都能活着。”

他幽深的眼睛凝望着她。

安逸觉得林樾的眼睛仿佛有种神奇的魔力，那是一种可以把星河揽入眼底的魔力，即使在伸手不见五指的黑暗里，他的眸子依旧闪着光，好似有吞下宇宙的力量，让人安心。

屋外传来脚步声，还有火柴划出火光的“吱啦”声。

瞬间，狭小的空间里就溢进了淡淡的烟草味。

他们知道这是屋外巡逻监视着他们的黑衣人在抽烟。

很快，林樾和安逸两人就听到了屋外的交谈声。

虽然两人听不懂他们的语言，但是有一个词他们知道，那就是——“死亡”。

这个词门外的人仿佛是故意说给他们俩听的，还特意用蹩脚的英语说出“die”这个词。

安逸和林樾彼此都清楚，他们这一次将会凶多吉少。他们彼此依靠，任何一个人的内心垮塌了，那么另一个人也会随之内心崩塌。

所以，他们俩都必须挺住。

林樾突然笑了，与其压抑着内心的恐惧，倒不如释放出来。

“安逸，你知道吉祥草吗？”林樾像是想起了什么似的，突然这样问。

她依偎在林樾的身旁，默默地点着头。

林樾继续说：“它形如杂草，看上去很不起眼，繁殖速度却很快，能占据一整片土地，而且它象征着吉祥！”他说着，在衣兜中摸索着什么，很快便掏出了一个东西。

那是一枚用吉祥草编成的戒指，只是已经发黄了。

安逸不知道他是在什么时候准备的，有些吃惊。

“你收了这枚戒指，就等于把我给收了。这辈子，这一生我可都是你的了。”他深情款款地看着她，像在完成心中未了的愿望。

“林樾，你知道女人这一辈子最重要的就是男人的求婚吗？以前有很多追求我的人，我都拒绝了，你是我见过的，比他们还草率的人，”她望着林樾，眼眶里盈盈闪烁着泪花，“你也是唯一一个可以用这枚草戒换走我心的人……只要你，只要你不嫌我麻烦老给你惹事就行。我愿意嫁给你。”

这一刻再多的甜言蜜语也不够，她多想和他多说些话啊！

她伸出手，林樾将那枚已经略微发黄的戒指给她戴上。

“安逸，我爱你！”

“我也爱你。”

“安逸，如果我们之中只有你一个人活着，答应我，你要好好地活下去。我要让你活着回去。”

她用手堵住他的嘴，打断了他：“林樾，那你也答应我好不好，我要你今晚一直陪着我。听说天边的北极星特别美丽，我想看那扇窗子外面的星空。上次我不是说人死了以后都会幻化成一颗星星，找到一个属于它的位置,永远挂在天空,守护着她爱的那一个人吗？”

屋内小小的铁窗，两人朝那个位置挪了挪，不约而同地抬起头来望出去。

窄窄的视野里，他们仅能看见一丁点天空。

这是个万里无云的天气，星星闪烁着，真的好似小时候歌里唱的那样：“一闪一闪亮晶晶，满天都是小星星……”

安逸依偎在林樾怀里：“今晚的星空好美啊！好美啊！”

林樾的脑海里想着很多事情，其中也包括死亡。虽然之前他早有所准备,但依旧会……甚至心想人最害怕的事情莫过于等待死亡，时间久了内心便会变得害怕起来，这何尝不是一种煎熬，倒不如一枪崩了自己来得痛快，只是他心里不能放下的是她……

想着想着，林樾的眸子就合上了。

“林樾……”安逸在林樾的耳畔喃喃着，这一刻有他在自己身边就已经心满意足了，“不管接下来我做什么你都不要管我，这是我此生唯一能为你做的了。”

林樾突然转过身子，脸凑近她的侧脸，眸子是闭着的。这一回变成了他倚靠在她的身上。

他自私地睡得这样香甜，安逸笑了，她伸手去梳理着他繁乱的头发。

03

天空是暗沉的灰色，还没有完全亮透，两人就被铁门打开的声响惊醒。

进来的是几名黑衣蒙面男人，二话不说，一上来就将林樾和安逸两人从地上拖拽起来，接着推搡着两人往外走。

“放开！我们自己会走。”林樾甩开他们。

一个男人用枪托敲了敲林樾的背脊，呵斥道：“Go fast（走快点）！”

林樾和安逸两人就这么被他们推搡着赶出了小屋。

室外是久违的新鲜空气，同时他们也知道即将来临的是什么。

林樾伸手牵住了安逸的手。

背后的黑衣男人觉得他们拖拉，于是又用枪托敲了林樾一下，让他们快速朝前走去。

天渐渐亮了，天地也变得清晰了起来，鸟儿从他们头顶飞过，发出阵阵鸣叫。

林樾紧握着安逸的手，两人十指紧扣，安逸的指间，那枚草戒还戴在那里。

他们就这么朝前走着，时不时对视一番，仿佛告诉对方自己就在身边。此刻他们的脸上都挂着微笑，那种笑意是打心底里散发出的最纯真最美的笑意。

这一刻他们多希望时间能够停留，可是身后的黑衣蒙面男人叫住了他们。

那人又对身旁的两名部下说：“停下，就这里。”

两名黑衣部下上前分开了林樾和安逸，正准备把他们两人按跪在地上，而他们出于本能的反应开始挣扎。两名黑衣部下正要用绳子束缚住两人的双手，安逸喊了一声：“等等！”

这一举动使得空气一下子寂静了，两名黑衣部下也停下了手头的动作。

安逸甩开其中一名黑衣部下的手，上前一步。

“你要做什么？”黑衣小头目用英语问她。

“你们杀了我，把他放了，那张储存卡在我的手里。”安逸不卑不亢地说。

黑衣小头目上前，颇具意味地笑着，然后上前托起安逸的脸说道：“你说什么？”目光犀利带着一股玩味，像是秃鹰那样可怕，“告诉我，那张卡在哪儿？”

林樾一惊，他知道安逸这是想保护他，但他绝不能让她这样身处危险，他答应过她要让她安全离开。他刚想扑上去，就被一旁的两名黑衣部下给压制住了。

黑衣小头目看着一旁的林樾扑腾的样子，举起手枪，抵向他的额头：“你既然那么想死，那就拿你开刀。”

“你不许动他！”安逸的声音像是一道惊雷，“不然我死了也不会告诉你那张卡在哪儿！”

“告诉我在哪儿，不然我现在就杀了他，然后再杀了你！”黑衣小头目显然被惹怒了，上前一把掐起安逸的脸颊，如同一头爹了毛的狮子咆哮着。

安逸静静地看着他暴跳如雷的样子，笑着。

“刚刚我已经把它吞下去了，你们有本事就来开我的膛啊！”

“好！好！”黑衣小头目连连叫唤着，挥手招来身边一名黑衣部下，“把她，把她给我绑起来毙了！”

“是！”那黑衣部下动作迅速。

“不！你们放开她！”林樾扭动着身体，扑腾着想要上前，可他依旧无法摆脱开那股压制着他的力量。

安逸被他们按跪在地上，深深地望着林樾。

她脸上还染着一丝凝固了的血液，飘扬的头发杂乱得如同地上的野草，却还是美丽。她笑靥如花，如春天含苞待放的花蕾，这一刻她用笑做最后的告白，她将此生最美丽的一面展现给了他。

“你们不必绑着我，我不会逃。”安逸说。

黑衣小头目笑了：“成全她。”

她站立在杂草丛生的荒地上，张开双臂……

“不——”

一声枪响划破了沉寂的天空，受惊的鸟群从林子里高飞起来，扇动着翅膀的声音这样清晰。

这声音引来了四面八方的注意，傅言东带领着一群士兵齐齐向鸟儿高飞出的地方望去。

“快！在那边！”他有一种不祥的预感，召集所有士兵向那边聚齐而去。

枪声四起，林樾在黑衣人对战救援士兵的时候，奔向安逸。

他连滚带爬地来到倒地不起的安逸身边：“安逸……安逸……你怎么那么傻啊！”

他扶着安逸，泪如雨下。

“林……林……林樾……”安逸微笑着，伸出沾染了鲜血的手贴在了林樾的脸上。

那一刻他接触到两种不同的温度——血液的温热和她手掌的

冰凉。

安逸看着他，手指摩挲着他的脸颊：“林樾，我好舍不得这个世界，好舍不得你！可我好高兴，好高兴你能活着，林樾……你看天上的北极星还没有落下，那里就是我……就是我的位置……你要替我好好看看这个世界，我也会在天空中好好守护着你。”

“不，不，安逸，你不许睡，我知道，我知道，这一夜我们太累了，你不要睡……你起来好不好，你为什么要这样，为什么？”

“不要……不要哭……”安逸轻轻抹去他眼眶流下的泪水，“我很开心……这一生遇见了你，我就已经心满意足了……真的……虽然我的一生很短暂，但是我已经把你当成是我的全部了……其实我还是相信人是有来生的，不然就这么一直做一颗天上的星星该有多……多寂寞啊！你给的戒指……我就收下了……来……来生再……再见……你可……可不许……不许，忘了它……我会戴着它来找你……”

安逸闭上了眼睛。

“啊！”林樾抱着安逸仰天长啸，那一吼仿佛彻底划破了暗沉的天。

朝阳幻化着迷离的光晕，照在了他的身上，而他的背影却显得那么脆弱与无助，阴冷的气息围绕着他。

这时，一个黑衣人正悄然将枪口对准了他。

砰——

一颗子弹射入了林樾的胸膛。

“林樾！”傅言东呼喊着，抬枪对着那个黑衣人扫去……

终于，枪声停止了。

一切在这一刻全部结束，天终于亮透了，只是那驱散黑暗的光明来得有些晚。

“快！快送就近的医院！”

事实证明，那伙穿着黑色军事训练衣的不明人士正是雇佣兵，其实那时雇佣兵的残余势力已经逃离，留下来的只不过是领命杀掉他们两人的小喽啰罢了！原来战争真的可以使得人“走火入魔”。

空气里凝结着死亡的气息，仪器声作响，仿佛在给每一条生命倒计时。耳畔尽管有乐观的孩子努力破坏这沉闷的气氛，但始终比不过那股死亡的气息。

耳边仿佛又传来了那首熟悉的乐曲，那是大提琴厚重的声音，在弹奏着那首《神秘园之歌》。

如果人死后会变成天上的一颗星……那么北辰就是她的位置。

林樾感觉仿佛有人在自己的耳边低声哼唱着那首熟悉的《神秘园之歌》，曲风悠扬悲凉，就好似指引人间的孤魂这般……

但愿这只是一场梦，梦醒时分一切都将结束……

第十章

此去经年，余生不长

01

2015 年，初春。中国，榕城市。

“从目前的诊断来看，病人患有 PTSD，还带有轻微的抑郁症。”

医院三楼昏暗的走廊里，医生与余汇晨、魏旭阳谈论着林樾的状况。尽管他们是如此小心翼翼地压低声音，可谈论的重点却依然一字不差地灌入了林樾的耳朵。

许是怕这样的气氛会施与病人过大的压力，为了分散他的注意力，又怕病人独自待在诊断室里太过乏闷。医生将两人带离诊断室谈话时，随手递给了林樾一个打乱了的魔方。

他拨弄着手里的魔方，那是医院摆放在休闲区为病人准备的缓解压力的玩具。林樾玩弄了好一阵子却发现怎么也恢复不了原状，终于在一阵不耐烦中泄气了。抬头目望，眼前是柔色的白光，此刻竟显得如此压抑。透过这惨白的灯光，他才能勉强看清楚了这里的环境。在他的正前方端端正正地摆放着一个文件夹，那是闭合的。即使不去打开，他也知道的。

林樾很难想象一份诊断书竟可以一股脑地将以前那些他听到过的，却又是那么遥不可及的病一下子装进了自己身体里，在此之前他甚至连想都不会去想。

可事实证明他的确是病了。

他的嘴角也因为近来上火的原因糜烂了，整夜睡不着，只要一躺下脑子里就乱得可怕。

在那样伸手不见五指的漆黑魅夜里，用硕大的瞳孔试图张望着身处在黑暗里的一切，却陡然发现原来黑暗强大到已经把它们吞噬得无影无踪，到头来自己做的这一切只是徒劳，殊不知自己也深陷在这无穷无尽的黑暗里。

这大概就是病状吧！或许自己配合治疗，吃了药，病就好了呢！

或许吧！也许吧！

02

2018 年 4 月。

林樾从噩梦中挣脱出了一身的冷汗时，天已蒙蒙发亮。

极度放大的瞳孔，凝视着一片空阔雪白的天花板，急促的喘息慢慢平缓下来。

林樾发现，渐渐地，安眠药似乎对他也不起作用了，四个小时。果然还是药剂量太少的原因吗？

余汇晨因为害怕林樾私自添加药量的原因而严格把控着药物。林樾觉得自从自己患病以来，十分麻烦自己身旁的这些朋友。

林樾艰难地撑着身子，安眠药的作用让他的神经迟缓了不少，他伸手去摸床头柜上的烟和打火机。

“刺啦”一声，打火机在黑暗中燃起火苗，很快又灭了。烟雾弥散整个房间，指尖星火忽明忽灭，林樾麻木地倚靠在床头吞云吐雾。

这些年他学会了抽烟，从没有安逸的那一刻开始，他就只想让自己沉沦下去。

林樾抽着烟，眯着眼，在思考。

过一会儿，他捞起床头的手机，习惯性地打开浏览页面。

有些习惯一旦养成了便很难改变。

四年了，即使他已不做战地记者这行了，这个习惯他却是一直保持着。哪怕他刻意地去躲避有关战争的新闻，手机的新闻软件也总会推送一些国际局势的新闻消息。

林樾把手机丢到了一边，靠着床头阖上眼。他像是长在了床上一样，真有那么一瞬间他是多么希望自己就这样躺下永远不要起来。

沉闷了片刻他才懒懒散散地起身走到窗边。

他推开帘子才发觉东方天际隐约升起了一片模糊的霞光，显得这般温热柔和。他展手，阳光落在了他的掌心里，他攥紧拳头，却终究还是握不住这手心的一缕阳光。

这般柔和的景色在如今的林樾眼中看来却是灰暗色的，现在这个样子的他能做什么呢？又想做些什么呢？一切都只是徒劳罢了。因为置身在黑暗里的人根本抓不住一点希望。他跌坐在原地一动不动，只剩下木讷的躯壳子，逝去的灵魂再也找不回来了。

镜子里是一张沧桑的面容，胡楂如同疯长的芒草。

林樾呆呆地痴望着镜子里的自己，他都快认不出这个人是谁了，这真的是自己吗？

那个曾经无论阅过多少黑暗都会把希望紧握在自己手中的林樾已经死了吧？在那一道枪声过后就已经和这个世界永别了……

林樾觉得自己越来越不会笑了，用手触碰到自己的脸颊试图扯出一个满意的笑容，可这终究是虚假的。这样的生活对于自己来说还有什么意义，人既然没有了生的渴望，那么对死也就无惧了……

洗漱台前水龙头里的水哗哗地流，很快就溢了出来。

那冰冷的刀子划破手腕竟已不觉得疼了。

一切是那么迅速，他还没有感觉到一丝疼痛就被突然闯入的人和熟悉的声音制止了，只是他的眼前已经一片模糊。

“对不起……”昏沉的眩光里，他喃喃着。

光影中的“噩梦”隐隐浮现这林樾的脑海中，那一声枪响竟如此清晰，仿佛跨越了时间与空间一同射穿了心脏，在记忆空灵的枪火余音里，一下子就被拉回了现实。

魏旭阳：“林樾……”

林樾睁开眼，视线里是熟悉的人，魏旭阳和余汇晨。

他苦笑着，望着被纱布包裹着的手腕，隐约还有些刺痛。

“你们为什么要救我？”他流泪，言语轻吐，“四年前也是这样，你们为什么不让我走了呢？为什么？你们不了解这种痛，像是刀剐着心窝的痛……”他的心阵阵抽痛，却又无可奈何，不是自己想死，而是那种“难受”说不出口，不是矫情，而是“病态”的作祟。

魏旭阳伸手，搭在林樾的手上：“不管有多痛苦，就算是为了你身旁爱你的人，你都要给我死皮赖脸地活着！”

余汇晨把一箱子安逸的东西交给林樾，希望他看了之后能好起来。

后来，在林樾整理安逸遗物的时候翻看到了她日记本里这样一句话：“见到他像是命中注定，他像是在那里等待着我一样。如果说遇见是巧合，那么再度相遇就是缘分。说不清道不明。”

03

月朗星疏，初夏的晚风夹带着热浪涤荡夜跑者，低矮的围栏将看台与跑道隔离开了一段距离，从上俯瞰周围尽收眼底。夏天的夜晚，榕大好生热闹。这里是林樾曾经就读的大学，时隔多年他再度回到这里竟有种说不出的玄妙。初踏入这里，他还是个毛头小子，带着刚刚从高考中踏出来的喜悦，一无所知。

如今他选择重新回到他职业生涯开始的地方，考研读博，当一名老师。

夜晚操场夜跑的学生窸窸窣窣，其中就有林樾的身影。此刻的他觉得没有什么比大汗淋漓的感觉更让自己痛快的了，在初夏夜里，一切沉闷都随之而去吧！

看台上，魏旭阳和余汇晨站立在那儿，看着林樾奔跑着，两人不约而同地朝他跑来的方向挥了挥手。

林樾也向两人挥了挥手，然后奔跑而过。

魏旭阳朝余汇晨瞥了一眼，然后下了看台，追上了林樾。

林樾现在的状态似乎好过几个月前。

“最近还好吗？”魏旭阳问。

“挺好的，本以为离开太久，重新回到这里会学不进去，现在看来还不错，至少在记忆力部分不算太差。”林樾言语间很是轻松，“你呢？最近怎么样？和汇晨还好吗？”

“还行，结了婚之后就只想跑普通新闻线了。”魏旭阳的脸上浮现出一抹笑意。

“是啊！安心养家才是最重要的，毕竟我们都是平凡人。”

两人继续朝前奔跑着。

良久，魏旭阳又问：“你……你就没有想过回报社继续工作？”

林樾停下步子，喘息着：“不了，可能我也不适合做战地记者这一行吧！人呢，劝别人总是轻描淡写的，可一旦是自己就变得懦弱了。”

林樾盯着操场上那个巨大的高杆灯，眸子有流光闪动着，有几分苍凉之色。

魏旭阳也停下脚步，笑说：“不行了？”

林樾也笑言：“接着跑，怎么不行。”他擦擦额头的汗水，“倒是你，身体恢复得怎么样了，这么剧烈的运动对你身体没大碍吧？”

“没事，医生说我恢复得挺好的，和常人一样能跑能跳！”魏旭阳拍着自己的胸膛。

四年前的那场劫难，对于林樾，对于魏旭阳来说都是一场不小的伤害，不仅仅是在他们的身上留下了疤痕，更是在他们的心理留下了一道永不磨灭的疤。

两人笑谈着，默契十足地看着不远处的终点线。

下一秒他们飞一样向前冲刺，身旁的一切都像是一阵风般掠过。

魏旭阳边跑边说：“说实话，你真打算就这么过下去了？”

终点线越来越近……

终点线近在咫尺，林樾倾泻出全身的力气，脚步越发快速，冲过终点线，他瘫倒在地，魏旭阳也紧随其后。

林樾四肢摊开摆成了一个“大”字，他仰着头看着漆黑的长空，豆大的汗珠从他的脸颊缓缓滚落。

“这么多年都过来了，管他明天后天还是未来的某一天，强撑着就是一天……”他喘息着，张着嘴巴，吐露出微弱的言语。

汗水浸透了衣服，林樾话音刚落，一瓶冰水就此泼下。

魏旭阳呆愣愣地望着那个“罪魁祸首”——余汇晨。

林樾依旧这样躺在跑道上，闭起眼睛，任水从他的发梢流淌下来。

冰水和他身上的汗水混合在一起，化解了他此刻身上全部的热量。

良久，他才睁开眸子，依旧没有任何的反应。

即使刚刚那句话低若蚊蚋，可还是被走来的余汇晨听见了。

“林樾，我现在打心底里瞧不起你！”她把倾倒完冰水的瓶子往边上一丢，言语恨恨。

“我以为你只是想暂时休息一会儿，可没想到你生命的动力竟然已经完全到了停摆的状态。此去经年，日子还长，你对得起安逸吗？”余汇晨浑身发颤，见他没有回应，又继续说，“林樾，如果你选择以后留在大学任教，我尊重你。但是，如果你是因为逃避而做出这个选择的话，我余汇晨打心底里瞧不起你。”

她扬长而去，徒留魏旭阳和躺倒在地的林樾两人。

“她说得对，这样的我真令人讨厌！”林樾神色黯然，深邃的眸子里像是一下子就收纳下了夏日的全部流萤，泪水不知怎的就从眼眶里溢了出来……

04

许南峥再次见到林樾是在战地记者的访谈会上。

他是这场访谈会的特邀嘉宾，本以为林樾不会出席这场访谈会的，先前主办方就曾发出过邀请，直到访谈会临近才接到林樾的回复，为此欣喜不已。

“我们堂堂战地记者一把手怎么‘沦落’到这个地步了？”

底下熟知林樾的媒体人，窃窃私语。

林樾已经隐退战地记者这一行四年多了，许南峥自己也是许久不曾与林樾碰过面。四年前从H国回来他就和伊静晓去了美国，自此，他们就很少再有联系。之前他也听到过有关于林樾的传闻，传闻传得神乎其神，可他还是抱着一些匪夷所思的态度，几分信，几分不信，但他知道林樾是得病了。

许南峥欣喜之余，已经杵着拐上了台，如今的他已经没有了一条腿。面前是陌生而又年轻的战地记者，面对他们，许南峥觉得自己不再年轻了。

会场大厅内座无虚席，除了特邀的媒体记者早早来到了现场，抢得最佳机位架好摄影机外，这场演讲还吸引了许多高校就读新闻传播专业与其他相关传媒专业的学生慕名而来。

这次活动的承办方特意选择了这个可以容纳万人的大体育馆来做这次访谈会的会场。

林樾永远也不会想到，有一天竟会有这么多人想要来聆听他们战地记者的故事。或许他们之中有的人只是为了发掘这其中的新闻价值。而他们则是今天这场分享会的主角，一群战地记者和他这个曾经的战地记者。

让林樾意外的是，多年不见的许南峥也出席了这次的访谈会，只是……只是许南峥的腿……成了他永远的伤。许南峥的事，他后来是从伊静晓那儿了解到的。伊静晓和许南峥两人的婚礼是在国外举办的，即便许南峥失去了一条腿，她也义无反顾地嫁给了他。伊静晓说，人的一生都是在错过中度过，她不想再错过了……

能再见到许南峥，无疑是林樾参加这场访谈会最意外的收获。

访谈会初始，暖场的主持人烘托着会场的气氛。林樾想起四年前的那一场分享会，如今看来他竟然有些发怵了，虽然他以前也常常与摄影机、相机打交道，可今天望着场下这些对着自己的摄影机与相机，他竟有些不知所措。它们虽然远不如战场上突然落下的火箭弹来得可怕，可人往往就是这样，在特定的时间里即使是平常觉得不可思议的东西在你眼中也犹如洪水猛兽。

主持人引导性地问了几个问题：“战地记者这个名字在我们眼中看起来是个很遥远的职业，也带有一定的危险性，是个高危职业。平常人很少会去到战乱的国家与地区，而在座的各位却不一样，几乎只要哪个国家地区一有战争就要第一时间前往发回一手报道，说实话你们会不会怕？”

“怕，当然怕了！机枪的声音、炮火的声音，有时采访着突然一颗不知道是什么的东西落到你身旁不远的地方就炸开了，况且你不知道下一秒会发生什么的时候……”一名年轻的女记者说得绘声绘色，“在战地上对于我们来说最生死攸关的不是枪林弹雨或是被绑，更多的是偷偷摸摸反反复复被拔的储存卡，被盘问、被抓，我们生怕用生命换来的相片会被毁于一旦。”

“那在战争中有没有让你们记忆特别深刻的人或事物？”

“有，很多，那种时刻随时都有，从那些身处在战火里的平民眼神里，你可以看到很多很多，死亡、恐惧、害怕、愤怒、绝望、反抗、希望、和平……他们有的只是想简简单单地活着，可连这一点愿望都会被无情地剥夺。我还记得我采访过一个睡在坟地里的小女孩和她的母亲，因为房子被炸成了废墟，她们无家可归，一家五口就她们母女活着出来了。我记得那是入秋的时候，天很冷，女孩瑟缩着身体，那天我把身上所有的衣服都留给了她们，只留下了一件单薄的衣服，我也冷啊！可我知道我离开那里回到自己生活的地方我还是可以穿得很暖和的，可是……可是她们呢？我不知道她们的死活，其他的，我也帮不了她们一丝一毫……”

年轻女记者的言语富有感染力，众人似乎能从她的讲述里看到战地上的种种画面。这是跨越空间、时间的距离。

……

紧接着，主持人把话引到身旁一位身材微胖的男记者身上。话题相同，但这位胖记者的讲述与回答相对地把气氛拉到了轻松的点上：“怕，当然怕了！记得我第一次进战地听到炮火声吓得连照相机都提不起来了。”

台下接连响起了笑声，使得这场访谈会不会显得那么刻板死寂。

胖记者继续说：“我在采访的时候就被炸开的弹片伤到过。”胖记者伸出手，他的左手大拇指少了一截，“这就是我受过的伤，在采访武装军的时候留下的，那时战争一触即发，从来没有想过原来死亡离我这么近。”他神色平淡仿佛是在述说一件极其平常的事情。

“我们也曾探讨过枪炮与信仰哪个更具有力量，这就是这一职业留给我的功勋章吧！”他再次亮出手上的伤。

胖记者滔滔不绝地讲述着在战场采访会遇到的各式各样的事情，以及他们在战地里面临突发状况的处理方式，让主持人和台下的观众听得连连感叹。

有些事情如果自己没有亲身经历过，仅凭语言，是无法切身体会的，可台上战地记者们的发言却让在场所有人都好似身临其境。

这其中，恐怕也只有许南峥和林樾最有体会。

话筒传着传着就到了许南峥的手里，他不知道该说些什么。前面的记者已经把在战地上所发生的一切都说尽了，到他这里或许说什么都已经不再稀奇了。

许南峥笑了笑说：“做战地记者并不是一时的心血来潮，也不是喜欢冒险，我们没有外界对我们的评价那样神乎其神，我们也是平凡得不能再平凡的一类人，大抵还是我们心中流着激情的血液在作祟吧！以前总觉得新闻报道得不全面，不会揭露事实的真相，那我们就有义务去挖掘它，说看不惯也好，说是一种正义的行为也罢！我们终是去做了这一行，而我们也献出了我们最宝贵的东西。”

台下响起了雷鸣般的掌声，紧接着话筒便传到了林樾的手里。

主持人兴奋不已，仿佛林樾就是今天的主角，这场访谈会的噱头。

“众所周知，林樾先生是在场所有战地记者里面最资深的老前辈了，之前也是一直在做战地记者这一行，可是他四年前隐退，外界是对之众说纷纭啊！那么请问林樾先生，您能告诉我们这是为什么吗？也给我们解答一下其中的谜团。”

林樾手握着话筒，感觉到了金属的冰凉正从手掌传递到他身体里的每一个器官，他张望着这些大大小小的镜头，它们伫立在四周，他脑海里隐约闪现着那些难以挥去的场景……

众人都把目光投向了他。

“我……”他微微张开口，紧张的样子表露无遗。

他平复了一下心绪，再次开口道：“我们没有高尚的灵魂，和普通人一样，只是我们活成了自己想活着的样子。记得那时我大概还在上高中吧，那年的电视里正播放着国外战争爆发的消息，我也正是从那个时候了解到了什么是战争，从各大媒体口中听到了很多新闻。原来这就是21世纪的战争，只是我们身处在和平里，看不到太多世间的残酷。这个世界有成千上万的人，就有成千上万的路，走的路不一样了，看到的自然也就不同了。有时我觉得自己像极了工作时手中的相机机器，有时候坚强不已，其实也是要有定期的保养。可能看的事物多了，累了，有时候就会学鸵鸟把自己的头埋起来，两耳不闻窗外事……时间久了才发现身边的很多事情都会变，变得淡了，变得不再如初始之时单纯了。武侠小说里所有失意的大侠也都会选择隐退，闭关休整，但他也会有重出江湖的一天！”林樾的言下之意是，他自己也总有一天会“重出江湖”。

访谈会的现场一下子变得十分寂静，底下的所有人全神贯注地听着他说话，目光也全部投递在他一个人的身上。

待他话落，掌声尤为热烈。

是啊！时间久了，什么事情都会变，想想这些年，这些人。

邵奕鸣出国进修新闻学。

肖义志改跑了社会新闻线。

魏旭阳和余汇晨结婚后也不再冒险上战地线了，选择过安安稳稳的日子。

那年的那些事多多少少会弥留在他们的心底，成为永远抹不去的阴影。

访谈会结束。

散场后，林樾不经意间瞥到台下还站立着一个没有离去的女孩。那女孩一直注视着他，目光里带着几丝犹豫。林樾总觉得那女孩是想要对他说些什么，又或者是他多虑了，目光便没在她身上多留片刻。

女孩在林樾把目光望向她时，紧张地闪躲开来。其实早在访谈会伊始，她的目光就始终注视着闷闷忧郁的林樾。

林樾和许南峥交谈着，正准备一同离开会场的时候，那女孩仿佛一下子鼓起了勇气似的朝他们这边走了过来。

“不……不好意思……可以……可以打扰你们片刻吗？”她因为紧张而颤抖着，炯炯的眼睛晶莹剔透，像是天上的星辰。

林樾点了点头，把目光望向了她。

女孩紧张道：“我是榕大新闻传播学院一名大三的学生……我……我叫林舒静。”

林樾与她对视。

这名叫林舒静的女孩，让林樾有种熟悉的感觉，她的神情有一种说不出的迷茫感，像他年轻时一样，他想，她此刻一定是在做着什么抉择。

“林老师，在榕大我听过您的课，之前也听过您的一些新闻报道……我，我很热爱我的专业……高考填报志愿的时候，是我执意填报的新闻系，我的梦想是做一名像您一样的战地记者……可……可我的家人根本不愿意我做记者这一行，更别说战地记者了……”女孩说着说着就哭了出来，但看得出她还是很努力地在克制着自己的情绪，激动的情绪使她的述说有些磕绊，甚至几个音都在哽咽里模糊不清了，好在整段话的意思林樾是听懂了。

林樾突然有些发蒙，在学校以外的场合下突然被叫“老师”让他实在有些不太适应，况且他真是不敢当，而且他自己也还在迷茫着，更别说为他人指点迷津了。他自己选择在榕大任教不也是在躲避着什么吗？此刻他又有何脸面用自己职业的经验来告诉他人怎样选择未来职业的道路呢？

林樾长长地叹了口气：“我们有时候总说，‘人不能活得太自私’，可这种不能太自私，恰巧阻碍我们。以前我也和你一样，在面临选择的时候也会考虑到身边家人的情况，可是到后来你会发现，其实从生下来开始你就是生命的个体，有自己选择的权利，家人父母的担忧无非是担心他们老了以后无法成为你的依靠，所以把可能想到的一切他觉得对你‘不安全’的都扼杀掉，留给你最平凡最适宜生存的‘生活环境’，而这种生活因人而定……平凡不一定代表着不好，总之都是各自的选择，人类的本性罢了！有人选择‘冒险’，不甘生命被安排……但最好还是能做到两全其美吧！”

很显然这一番话连林樾自己也都很难说服自己，当初不也是因为不喜欢平平淡淡地过一辈子才选择做战地记者的吗？原来所有事都是要自己走过才知道好与不好，现在呢？自己还是不知道哪种生活是好与不好。

女孩啜泣着，一边抹着眼泪一边听着林樾说。

林樾摸摸衣兜，从口袋里掏出了一包纸巾，撕开抽出一张递给了她。

“对了，小姑娘，我送你一句话，这句话是我到最后都没能跟我的一个朋友说的。‘我们的眼睛是纯净的，它不是我们手里的相机，看到什么只要一个删除键就可以消失，那或许是一辈子残留在记忆里的东西。’所以在你选择的时候考虑好一切你所能预想到的，这一点我自始至终都没能做到。”

他说完便和许南峥一同离开了。

林舒静擦掉眼泪，像是明白了什么似的豁然开朗了。

而林樾在走出会场大门的那一刻，许南峥看到他的脸上是带着笑的，那是久违的笑意……没有人能知道此刻他心里是在想着什么。

人有时候就是这样，不知道会在什么时候一切都想通了。

她竟然能和那个人那么相像，一样的眸子，一样的执念……

05

天气已经入秋。

许南峥和林樾坐在公园一处长椅上，金黄色的银杏树大片大片地落叶，成片的落叶堆积在地面上，厚得如同一张棉被一样包裹着土地。

秋日的清风拂过，竟已有了些凉意，有人说榕城是没有春秋的，只有冬夏这两个季节在轮回交替。

许南峥倚靠在长椅上，对林樾感叹着这些年来榕城市的变化。当初和伊静晓回国后又离开，四年的时光，这里就好像天翻地覆了一样。他说这次自己回国，下了飞机那些熟悉的站牌自己已然找不到了，曾经的老城区也已经不见了踪迹。他感叹着城市日新月异的飞速变化时，才发觉原来这片熟悉的土地，他也已变得不再熟悉了。

“这几年多多少少也听到过有关于你的一些传闻。”许南峥不知该从何说起，或者说是多年不见亦是有些生疏了，“抱歉，在你最‘困难’的时候没有陪在你的身边。”

林樾摸摸口袋，估计是烟瘾犯了。待他从口袋里掏出烟盒打开时，才发现里面的烟已经抽完了，只剩下一个打火机孤零零地躺在烟盒里。

许南峥从自己口袋里掏出烟递给了林樾，他为林樾点燃了一根烟。

“我记得你以前是不抽烟的。”

林樾摇头：“不知怎的就抽上了，有了一次就会有下次，这些年我就是这么过来的。我是不是很颓废？”他看了许南峥一眼，笑了。

他的确是沧桑了很多，虽然刮掉了胡子，他还是像老了十岁的样子。

“该说抱歉的是我，这几年你们在国外过得怎么样？抱歉，连参加你们婚礼的时间都抽不出来。那时我状态不好，怕去了给你们带去晦气。现在祝福你们不晚吧？”

“别这么说。”

“你的腿……”林樾看到时有些惊讶，虽然他知道伊静晓和许南峥和好了，却不知道其中缘由，更不知道许南峥失去了一条腿。

“之前在H国受的伤，这条腿就是那时没的。”许南峥提起这件事来很是轻松，“一条腿换一个人，是我还给乔笙的，七年前要不是我执意要路过那个村子看看那里的村民他也不会走。”

看着许南峥那条空荡荡的右腿裤管，林樾的心一下子像是被什么东西抽了一下似的。

“她这次没跟你回来？”

许南峥笑着：“想回回不来啊！”他的笑意像是快从脸上溢出来了。

“怎么？”林樾问。

“在家照顾孩子呢！”

“啊？什么时候的事？小子还是闺女？”林樾有些意外，还有些说不出来的高兴。

“孩子一岁了，是个胖小子。”许南峥掏出手机，打开手机相册给林樾看孩子的照片。

照片里，小孩肥嘟嘟的，有笑的，有哭泣的，还有许南峥和伊静晓逗弄孩子的。

一家三口和和睦睦。

“这么大的事你都不告诉我啊！我可是这孩子的预备‘干

爹’啊！”

许南峥一边翻阅着手机相册，一边带着笑意说：“真不是我们不告诉你，而是这小家伙可难缠了，抵抗力差，三天两头病给你看，我们俩的心思全都放在这家伙身上了。”

“什么时候给带回来啊！叔叔阿姨是不是也想着了？”

“是啊！我妈我爸也想着呢！过年吧，等静晓忙完那边的事情，就回来。”

“我说你们倒不如趁这个机会，向上头申请调回国来得了。”

“也是。”

……

两人唠着唠着，很快林樾手里的一根烟就抽完了。

秋叶落在地上被风刮得沙沙作响。

“你不抽一根？”林樾问许南峥。

许南峥摆摆手：“不了，为了孩子现在很少抽了，基本戒了。”

“真好，真好啊！”林樾感叹，生活对于他们来说是越过越有滋味的，“秋天过了，冬天快来了吧！”

林樾抬头看着清冷的天空，那抹南飘的白云，柔软得像是一团棉球。

不知从何时起，他竟已经慢慢适应了烟草的味道，这一切都是时间的功劳，它淡化了一切，让人学会迎合。

与许南峥告别，天色很快阴沉了下来，秋季的天气就是这样说变就变，一会儿万里无云，转眼间小雨飞絮。

乌云压顶的天空，林樾打着一把黑色的伞朝墓园走去，穿着这一袭黑色大衣显得他十分高大。

那是他最不愿意去的地方，是一个会勾起他最伤心往事的地方，因为那里住着这些年他最难以面对的人，是安逸安息的地方。

穿过弯曲的小路，他来到了安逸的墓前，将手中的一束花放在了墓旁。

墓碑上，是一张安逸很久以前的照片。

照片里，她笑容灿烂，不知道那时的她在拍这张照片时，心底是在想着什么。

林樾久久地盯着那张照片，红了眼眶却没有泪水，或许说泪水早已在这几年时间里流尽了。

“安逸对不起，曾经跟你许诺过要陪你去遥远的北极星，对不起，我可能要走得慢一点了……对不起，你的一路孤独我无法陪你了，而我的一路孤独终要我去走了……”

06

2018年临近年关，林樾回到许久不曾回过的家属大院，这样算来自从爷爷去世他也已经十二年没有回来过了，房子一直由父亲打理。

林父很是珍惜每一次能和儿子在一起的时光，大年夜，老人家亲自下厨做了一桌子年夜饭，林樾在一旁愣是没帮上一丁点忙。

年夜饭虽然只有他们两人但终是很开心，守着电视上午夜十二点的准点报时，听广场上响起的烟火声，其乐融融，或许这就是最容易知足也是美好的天伦之乐。

这次回来，林樾也顺便前去探望了许久不见的傅家老爷子，也就是傅言东的爷爷。老人家年近九十高龄，称得上是高寿了，可身体大不如前了，嘴皮子却还很是利索。

傅老爷子见到林樾很是开心，拉着他唠了很多，老一辈的情感是温热的，打小看着这些孩子长大自是喜爱的。傅老爷子感叹伊老爷子和林樾的爷爷走得早，曾经的战友只剩下他一人徒留人世，感叹“长命百岁”无人相伴的孤苦伶仃。说着说着就说到了傅言东。傅言东几个月前回来过，这几年维和的任务渐渐多了起来，很少归家，军人出身的傅老爷子自是体谅的。他说上次傅言东回来还带回来了准孙媳妇，叫唐灵。他很是开心。

家长里短，林樾就和傅老爷子这样聊着，说着工作上的事，感慨着这一年就这么过了。临走前，傅老爷子还嘱咐林樾说：“人呢，累了就停下来歇息一会儿，人生路还长着呢！”

林樾还记得自己刚刚投身战地记者这一行时，父亲特意找他语重心长地谈了话。

那是他第一次准备出发去一个陌生的战乱国家，那里是那样遥远，他根本不知道那个战乱国的真实状况，对战争也是一知半解。

出发前一晚，父亲推开了他虚掩着的房门，那时他倚着双臂躺靠在床前看头顶天花板发呆。当时在想什么，他已经记不清了，只记得那时的心跳得很快，紧张、兴奋、恐惧……任何的滋味他都有，可这些在他父亲推门而入的瞬间，归于了平静。

说实话，他本以为父亲是来责备他的，因为他选择这一行一直是隐瞒着父亲的。直到最后板上钉钉，他才把一切告诉父亲，他有些愧疚，内心的罪恶感一直没有消去。

林樾是林家唯一一个不穿军装的人。林父一共有四个兄弟姐妹，他排行老三，家里与林樾同辈的人里，只有林樾特立独行，林父自是打小就顺着孩子，也任由着他去。林父从来不是一个爱束缚孩子发展的父亲，这一点也使得林樾家不同于普通家庭，直到现在他对父亲的情感也是十分亲近的，没有那种孩子越大，父子关系越疏远的感觉。

出身于军人世家，林樾打小就没有想往部队里发展过，从小学到初中，林樾浑身都散发着与其他孩子与众不同的特性，不拘束缚，甚至这种特性在林樾的学生时代表现得淋漓尽致。他会在上课的时候起身公然反驳老师错误的观点，绝不在乎老师的面子。到了高考填报志愿，林樾毅然决然地在志愿书上填上“新闻系”专业。对于他的选择，父亲从来没有不悦过，他庆幸自己的父亲是一个通晓情理的人。

那晚父亲只是很平淡地对他说了几句话：“小樾，爸爸自小对你疏于关心，以前看到社会新闻，电视里记者采访犯罪的青少年时，虽然脸上打着马赛克，但我的心十分酸涩，好像我能看到那孩子脸上懊悔的表情。那时我好怕，我怕我的儿子万一哪一天也变了，变得是我所不认识的了那该怎么办，所以我不敢太去管你，我知道青春期里的孩子很容易叛逆，我对你灌输的理念越多，反而适得其反，我想倒不如任你发展。好在你一身正气没有误入歧途。以前忙，爸爸没有时间管你，你会怪爸爸吗？”

林樾一下子鼻尖酸涩，他摇着头。

这是他长久记忆里父亲第一次坐在自己对面说心里话，父亲选择这样一个时间与他说，是觉得他已经长大了，成人了，要对自己所做出的事抱着负责的态度了。

最后父亲问他：“你选择做战地记者这一行，我不反对，你也大了，什么事情都应该你去做主了。况且从小到大你都是自己的事情自己决定，这一点我对你还是很放心的，可我能听听你这样选择的想法吗？”

话题一下打开了，林樾很乐意与父亲述说自己内心的想法：“以前我总觉得自己像是一只井底之蛙，不知道是不是因为自己生活环境局限的关系，于是乎高中时期的我就非常努力想考得远一点，可再远也终不过是到了大一点的井里，继续抬头仰望那口井上的天空，所看到的还是凤毛麟角的部分。后来终于有机会选择新闻这一行，能看到的东西也多了。后来我变得更加想真正走出去，那些平常里听说的终归是听说，与看到的是不一样的体验。”

那晚林父在走出林樾房间，关上门的那一刻，心中莫名地空落落的。刚刚他看见了林樾房间里收拾好放在一旁的行李箱，上次看到林樾准备好这一切还是在林樾读大学的时候，虽然身处榕城但林樾还是选择了住校的生活，那时候离家并不觉得儿子离他很遥远，可这次不一样了。

……

年后一切照旧，只是林樾变得更加配合医生的治疗了。

时间如梭，不知不觉就横跨至 2019 年 3 月，春。

林樾从榕大办完离职手续回到家里的时候，发现了许久不用的信箱里塞着一份从外国寄来的国际邮件。

他纳闷地取出来后，心中一下子有了猜测。

他取出信件，心中的猜测就得到了印证。

是安易卡寄来的，临走前他们互留了地址。

致故友林樾：

2018 年，12 月 25 日。我将永远地记住这一天，这一天是个好日子，人们终于在这一天不约而同地放下了手里武器，纷纷走上街头高声欢呼着胜利。

今天，H 国终于迎来了和平的日子。

人民狂欢着，我们再也不用提心吊胆地过日子了，终于可以在夜里安安稳稳地睡下，不用担心突然的空袭和预知不到的危险。

今天注定是个不眠之夜，人民无须担忧，因为他们达成了协议，一个新的党派“青年党”在 H 国这片土地上孕育而生了。

一切都如愿步入正轨……

今天是 12 月 25 日，我抑制不住自己激动的心情，想来想去我还是把这份喜悦的心情写进了这封信里，漂洋过海地将之分享给你。

这种日子我们盼望了五年，在每一个日夜里，我们把盼望变成了渴望，把渴望变成了奢望，终于这种奢望变成了美梦成真的新希望。

这将是一个崭新的国家，会有新的政府来接管它，人民也会变得更加热爱乃至珍惜这一切，因为这是我们用血与肉换取来的自由与和平。

最后欢迎你，有机会一定要再次踏足这片土地，看看那棵你们亲手种下的火炬树，同时也希望你在踏足这片土地的时候，这片土地会给你一种不一样的感觉。

林樾合上信。

他不知道为什么这封信会耽搁了四个月之久才到他的手里，可总算还是不晚。这一次，她无疑是带来了一个好的消息，他读完信的那一刻，心情也是说不出的激动。

这封信是用中文写成的，字里行间充满着喜悦与欣喜，可见信上歪歪扭扭的文字丝毫掩盖不住安易卡心中激动的心情。

此时正值春季，三月初正是万物复苏的季节，窗外小区里的大树多数都已抽出了嫩芽，这是个希望的季节。林樾心想远在千里之外的H国，那棵他们曾经亲手在墓坑里种下的火炬树定会在这个万物复苏的春天里抽出了新芽。与以往的每一个春天不同，新抽出的嫩芽在H国那片土地上，会发出希望的种子，希望的种子终会在H国生根发芽，当旭日东升，日月重光，新的希望会比原来的更加蓬勃有劲……

几天后，林樾在翻看近来几个月的报纸时偶然发现了一篇文章，标题是“H国的新希望——青年党”，配图是一张年轻男人的照片，正是这张照片让林樾顿时倍感惊讶与意外，照片下面是一行小字：“H国青年党领导人麦恩。”

07

余汇晨听说林樾已经辞掉了榕大讲师工作，是春天临近尾声的时候，她百思不得其解，于是和魏旭阳去找林樾打算问清楚，却在他的书桌上发现一封信件。

信封上面写着“给余汇晨、魏旭阳”的字样。

魏旭阳和余汇晨对视了一眼，打开了那封信。

致余汇晨、魏旭阳：

亲爱的汇晨、旭阳，当你们看到这封信的时候我已经踏上了一段新的旅途，没有目的地，没有落脚地，我和最初的自己一样，抱着初心想去看看外面的世界，再度投身于水深火热里。原谅我的不辞而别，或许人生很多时候不做告别就是最好的告别，这一次是只有我一个人的孤旅。

我不知道写这封信能和你们说些什么，我们之间已经很熟了，熟到无话可说，可临走之前还是想动笔留下些和你们说的话，于是就有了这封信。也当是谢谢你们这五年来对我的照顾，使我摆脱了曾经的阴影。

首先感谢汇晨，是你的那瓶水浇醒了我。以前我总以为一生很长，长得可怕……可现在我反倒觉得，这一生都只是转身一瞬间。以前我总是思考一个人来到世上的目的是什么，是一生平淡地走完？如一套被设定好了的程序，照着它走？可终是苦于没有答案与结果。后来我才知道人与其悲观厌世，倒不如好死不如赖活着过完这一生，反正多活一点时间也不亏。

我这一生都不曾消停过，现在不会，估计这一辈子也都不会了。我还是不能放弃那一切，回顾我的前半生，这一路我看过大漠边疆的苍凉，感受过飞沙扑面的刺痛，谢谢你们告诉了我，我心底真正想要的生活。我生来无拘无束，就如一匹脱缰的野马，生性不喜被束缚，可恰是这五年，病痛束缚了我，我爱自由，如同爱我的职业。倘若有一天我不是我了，那我的生命就结束了……

感谢你们，感谢所有爱我关爱我的人，我会在接下来的人生里带着安逸的那份一起，一起加油。

我现在是以一名自由职业记者的身份出现在战场，渴望与你们的再度相遇与重逢。

爱你们的林樾留

合上信，魏旭阳嘴角展笑着对余汇晨说道：“我很高兴，他终于做回了自己。我们的人生，从头到尾其实都是一个目送的过程，我们对于林樾来说只是一程之缘，目送他离开启程。”

余汇晨露出甜蜜的笑意，依靠在魏旭阳的肩上，看着窗外听他静静地说。

“我相信他们终会在该相遇的地方相遇的。”魏旭阳轻笑着搂着余汇晨说。

余汇晨默默地点点头。

一抹阳光钻进了窗外乔木树繁茂的枝叶里，在窗台上打下一片斑驳的光影，这是温暖的清新味道。这一刻阳光是如此美丽娇艳。

时光会渐渐淡忘记忆，如窗外的这抹阳光，褪去时连同留下的余温也会慢慢消散。也许多年过去了，居住在那里的人们以及外界涌入的人们终究会忘记发生在那片土地上的那一场战争。

人们不会知道如今的麦恩，曾经是一名把救国运动当成毕生信仰的小青年，还有那些许许多多渐渐消逝在记忆的人……

尾 / 声

再见！我们终会重逢

2019年，冬。

窗外寒风呼啸，高大的不知名的乔木落下了它所剩无几的叶子，徒留下那枯槁的枝丫直直挺立，高耸向清冷的天空。

榕城市已经步入冬天，阴沉的天气把前阵子积压着的寒气一股脑地释放开来，凛冽多变的天气似是在宣告着今年冬天的威严。漫步在街头的行人少了，榕城迎来了近几年来最冷的冬天。

林樾虽不喜欢心理医院里这种沉闷的气氛和黑白的阴冷色调，因为它们像是要把人推向无尽的边缘，总让他感到一种窒息的胸闷。

此刻，他静坐着像是等待宣判的犯人，心情焦灼无比，只能摩挲着手掌，望着面前的心理医生。

心理医生的神情难以捉摸，片刻之后，他摊开手中的测试卷，满意地对林樾微笑道：“恭喜你，你现在的状态很好。”

“谢谢。”林樾终于松了口气，心里的大石头放下了。

这几个月，他积极配合治疗，尽力不去想那些不开心的事情，按时服药，再加上一些运动锻炼，看来还是有成效的。

“说实话，你是我所有病患里恢复得最好、最接近正常状态的。”心理医生嘱咐他注意调节心情，也叮嘱他定时服药，能让每一个抑郁病人都接近“痊愈”是心理医生的成就之一。

走出心理医院时，天空下起了雨，牛毛小雨如絮。

视线里的世界升腾着潮气，像被一片迷雾笼罩。

林樾抬头展望，头顶的孤鸿向南飞着，渐行渐远……

这一天他在自己的日记里写道：

“我像是一只孤单的野鸟，飞上高空就不再选择落脚，一直飞一直飞，直到生命终了。”

榕城市第一人民医院。

推开病房门，病床上的病人睫毛是湿润的，像只是因为困乏了熟睡了一般。

余汇晨拿来棉签和水替她擦拭嘴角。

病床上的她全身插满了管子，仪器嘀嗒嘀嗒地轻响着。

窗外，骄阳浓烈得快把行人熔在这光景里。阳光透过窗子投射而来，洒在洁白的病房被褥上。

这样万里晴空的天气，余汇晨特意把病房里的帘子都掀开来。她边做着手上的事情，边对病床上的她说道：“我知道你一定是闻厌了这消毒水的味道，再不给你晒晒太阳你都快发霉了。”

她就这样一动不动地躺在那儿，没有一丁点回应。

余汇晨忙活完手里的活儿，搬了一把椅子坐在病床边。看着病床上的她，余汇晨觉得她瘦了不少。

“安逸，你近来还好吗？我抽空来看你了。你知道吗？他快坚持不住了，这些年他大把大把地吃药，是抑郁症、PTSD，今天……算了，不说了，我们会替你照顾好他的，你也要快醒来啊！你难道不怕他等不了你吗？”说着说着，豆大的泪珠就顺着眼角滚落了下来。

余汇晨像是消息的传递者，每每来到这里都会和她报告林樾近来的状况：“安逸，不是我们狠心，是因为你现在这个样子他见你也只是徒增哀伤罢了！”

她抹了一把眼泪继续说：“安逸，你知道以前我总是喜欢读《神雕侠侣》的。小说里小龙女和杨过都中了毒，杨过扔掉半枚丹药要与小龙女共死，小龙女知道杨过的深情，知道自己死了，杨过绝不会独活在世上，所以就跳了崖……她为了让杨过坚定生存的信念，还在断肠崖石壁上刻下十六个字‘十六年后在此相聚，夫妻情深莫失信约’。她留下十六年之约，是为了让杨过活。当然，因为种种机遇与奇迹，他们两个人都活了下来，而且十六年之后，两个人相见了。

“那么，你要让他等你多少年呢？”

窗外的阳光依旧浓烈，病房里只剩下仪器的嘀嗒声……

三个月后。

沉碧的天空，太阳温暖地把它所有的光热都毫无保留地洒向脚下这片柔情的大地。风吹拂而至，拂过一张沧桑忧郁的俊俏脸庞，他扩展开宽大臂膀想要迎接眼前这片来自自然的恩泽。这些日子，他如浪子一般四海为家，置身于这片广阔无垠的茫茫草原。

一个突如其来的电话瞬间打破了平静，男人接起电话。

“喂！”

“你好。”

电话那头平缓熟悉的声音使他惊愕地愣了愣，握住电话的手指微颤着。

“我叫安逸，平安的安，‘逸’就是走字旁加个兔。”

男人泪眼盈盈，喉头酸涩。

他对着电话也自我介绍道：“你好，我叫林樾，‘歌声振林樾’的林樾！”

他欣喜着，眼角那抹溢出来的泪，潸然而下。

春光乍泄，天边的光源浓烈迷离，仿佛一眨眼，时间就像是沙漏倒转般一点点流转而回，一幕幕，一件件，一桩桩……

他从没有感觉阳光会如此明媚，照耀得连夺眶而出的泪水都是滚烫的。

（全文完）